신을
을
기
다
리
고
있
어

KAMISAMA WO MATTEIRU
by HATANO Tomomi

Copyright ⓒ HATANO Tomomi, 2018
All rights reserved.

Original Japanese edition published by Bungeishunju Ltd., Japan, 2018.
Korean translation rights in Korea reserved by MUNHAKDONGNE Publishing Corp., 2020
under the license granted by HATANO Tomomi, Japan arranged with Bungeishunju Ltd.,
Japan through The English Agency (Japan) Ltd. and Danny Hong Agency, Korea.

이 책의 한국어판 저작권은 대니홍 에이전시를 통해
저작권자와 독점 계약한 ㈜문학동네에 있습니다.
저작권법에 의해 한국 내에서 보호를 받는 저작물이므로
무단 전재와 무단 복제를 금합니다.

이 도서의 국립중앙도서관 출판예정도서목록(CIP)은
서지정보유통지원시스템 홈페이지(http://seoji.nl.go.kr)와
국가자료종합목록 구축시스템(http://kolis-net.nl.go.kr)에서 이용하실 수 있습니다.
(CIP제어번호: CIP2020012818)

신을 기다리고 있어

하라노도모미 장편소설 ∣ 김영주 옮김

문학동네

일러두기

1. 주석은 모두 옮긴이주다.
2. 영화 제목·방송 프로그램 등은 〈 〉로 구분했다.

차례

1

전갱이 튀김에는 소스다.

그러나 테이블 끝에 놓인 것은 간장과 소금뿐이다.

옆에도 뒤에도, 건너편 테이블에도 소스가 있는데 이 자리에만 없다.

점원이 정식을 담은 쟁반을 양손에 들고 테이블 사이사이를 지나며 연달아 들어오는 주문에 응대하고 있다. 이 근처를 지날 때 "소스 좀 주세요" 하면 될 것 같은데 좀처럼 타이밍을 잡기가 힘들다. 옆자리 사람에게 "소스 좀 써도 될까요?" 하고 물어보려 해도 정장 차림의 남자 둘이서 은행이 어쩌고 증권사가 어쩌고 하며 진지하게 대화중이라 말을 걸기 어려웠다. 뒤에는 나처럼 여자 혼자 앉아 있지만 아까부터 줄곧 스마트폰만 보느라 고개를 들지 않는다.

전갱이 구이였다면 소스 같은 건 뿌리지 않는다. 뭔가를 뿌린 다면 간장이겠지. 그러니 간장이라도 괜찮으려나. 전갱이 튀김에 간장을 뿌리는 사람도 많지만 튀김옷에 배어들면 짜기 때문에 나는 별로 좋아하지 않는다. 곁들여 나온 양배추 채에도 소스를 두르고 싶다.

인터넷에서 이 식당을 알고 나서 전갱이 튀김 정식을 줄곧 먹어보고 싶었다. 원 코인 런치라는 이름의 수량 한정 메뉴다. 오전 업무가 조금 일찍 끝난 오늘이 기회라고 생각해서 12시가 되자마자 사무실을 나왔는데도 이미 사람들이 줄을 서 있어 이십 분 정도 기다렸다. 다 팔릴지도 몰라 불안했지만 다행히 주문할 수 있었다.

다음에 또 언제 올 수 있을지 모르니 가장 맛있는 상태로 먹고 싶다.

하지만 점원이나 옆 사람에게 말을 걸 만한 타이밍을 기다리고 있을 시간이 없다.

나는 파견사원이라 시급제로 일하고 있고, 점심시간은 한 시간으로 정해져 있다.

오후 1시까지 반드시 사무실로 돌아가야 한다.

젓가락을 들고 통통한 전갱이 튀김을 집어 한입 베어 문다. 전갱이 살은 두툼하고 갓 튀긴 튀김옷은 바삭바삭하고 고소하다. 아무것도 안 뿌려도 전갱이 자체에 적당히 짭조름한 맛이 있다. 가늘게 채 썬 양배추는 반찬으로 나온 감자 샐러드와 함께 먹는다.

이걸로 충분한 듯하면서도 그래도 뭔가 부족한 기분이 든다.

사무실로 돌아와서 자리에 앉아 오후 업무에 매진한다.

정직원에게도 점심시간은 한 시간으로 정해져 있는데 아직 안 돌아온 사람들이 있다.

컴퓨터 화면을 마주하고 손을 계속 움직이면서, 재잘거리며 돌아오는 정직원들에게 "식사 맛있게 하셨어요?" 하고 말을 건넨다. 자리는 안쪽에서부터 직급순으로 배열되어 있고, 파견사원인 내 자리가 제일 끝에 있다. 그 직원들이 모두 내 뒤나 옆으로 지나간다.

"미즈코시 씨, 잠깐 나 좀."

"네."

이름을 부르기에 고개를 들었더니 내 자리에서 가장 멀리 떨어진 부장이 손짓하고 있다.

일어나서 안으로 가려는데 부장이 내 쪽으로 오면서 아무 말 없이 그대로 복도로 나간다.

나도 뒤따라 복도 끝에 있는 회의실로 들어간다.

이 회사에서 제일 넓은 회의실인데 쓰이는 일은 별로 없다. 의자와 책상이 입 구口 자 형태로 배치되어 있다. 문을 열면 바로 보이는 책상 끝에 부장이 앉아서 나는 살짝 사선 방향으로 앞쪽에 앉는다.

부장은 어색한 듯 나를 보기만 하고 아무 말도 하지 않는다. 불려온 사람이 먼저 말을 꺼내기도 이상할 것 같아 나도 잠자코 부장의 얼굴을 본다.

그대로 한동안 서로를 마주본다.

숨이 막힐 것 같아서 나는 눈길을 돌려 창밖을 본다.

바깥에서는 가로수 잎이 햇빛을 받아 싱그럽게 반짝인다.

아직 5월인데도 햇살은 여름 같다.

"점심은 뭘 먹었어?" 부장이 묻는다.

"역 맞은편에 가서 원 코인 런치를 먹고 왔습니다." 다시 시선을 돌려 부장을 본다.

"원 코인 런치?"

"원래는 정식집인데 점심시간에만 500엔에 먹을 수 있거든요." 어색한 분위기에 나도 모르게 말이 빨라진다. "500엔짜리 동전 하나로 먹을 수 있어서 원 코인 런치라고 합니다. 한정 메뉴인 전갱이 튀김 정식을 먹었고요. 고를 수 있는 반찬이랑 채소 절임도 함께 나오고, 전갱이도 큼직해서 500엔이라 해도 배가 터질 만큼 양이 많아요. 반찬은 감자 샐러드로 했고요. 줄 서서 기다리느라 시간이 걸려서 점심시간 안에 돌아올 수 있도록 서둘러 먹고 달려왔습니다."

소스가 없어서 난처했다는 것도 말할까 하다가 별로 중요하지 않은 얘기라 그만두었다.

"500엔으로 그만큼 먹을 수 있다니 좋네." 부장의 표정이 조금 온화해졌다.

"뭐, 저한텐 500엔도 약간의 호사지만요."

돈 얘기를 해선지 부장은 다시 어색한 듯 입을 다문다.

그 표정을 보고, 역시 그거구나 싶었다.

대학을 졸업하고 세 달이 지났을 무렵에 이 회사에 파견되었다. 문구용품을 개발하는 곳인데, 문구류 사업부에서 카탈로그를 제작하는 게 내 업무다. 카탈로그 제작은 정직원을 중심으로 이루어지고, 나는 그 직원의 지시에 따라 사진을 배치하거나 가격을 입력한다. 그 외에 잡다한 서무도 담당하고 있다. 파견된 지 이제 곧 삼 년이 된다.

노동자파견법에 제정된 파견 가능 기간은 삼 년까지다.

따라서 '삼 년 후, 정규직 전환을 검토한다'는 것이 파견 당시의 약속이었다. 정직원이 되기 위해 계약 외 업무도 도와서 했고, 지각이나 조퇴 한 번 하지 않았다. 그리고 타사 제품까지 포함해 문구용품에 대해서도 공부했다. 전에는 다른 사람이 부장이었다가 재작년 봄에 지금의 부장으로 바뀌었다. 정규직 전환을 구두로만 약속해서 확실히 전달되었는지 걱정스러웠지만, 작년 이맘때쯤 부장에게 "정규직까지 앞으로 일 년 남았네"라고 들은 터였다. 상황 확인차 면담하러 온 파견 업체의 담당자도 "괜찮을 것 같네요"라고 했다.

"미즈코시 씨, 미안하게 됐어." 부장이 양손을 무릎에 얹고 고개를 숙인다.

"……뭐가 말인가요?"

"정규직 전환, 힘들게 됐어."

"어째서요?"

"실적 악화로 신입 채용 인원도 감축됐어. 컴퓨터와 스마트폰 시대가 되었어도 문구용품을 쓰는 사람은 많지만 예전보다 줄어든 건 사실이잖아. 개인이 운영하는 문구점은 점점 사라지고, 히트 상품을 내놓지 못하면 살아남기가 어려워. 미즈코시 씨는 열심히 잘해줬으니까 어떻게든 정규직으로 전환할 수 있지 않을까 했는데 역부족이었어."

"그런가요……"

"보통은 파견 업체에 말해서 담당자가 미즈코시 씨에게 전달할 얘기겠지만, 그렇게 하면 안 될 것 같아서. 삼 년 동안 우리 회사를 위해 일한 미즈코시 씨를 생각하니 내가 직접 말해야겠다 싶었어."

"저, 혹시 다른 부서에서 다시 파견사원으로 근무할 수는 없을까요? 거기서 삼 년 근무하고 그후에 정직원이 될 수 있을지 검토해주시는 건 어려운가요?"

한 부서에서 일하는 기간이 삼 년까지인 거니까, 같은 회사의 타 부서에서 일하는 건 가능할 테다.

"그것도 어려워." 부장이 고개를 떨군 채 가로젓는다.

"그렇군요."

"파견 업체에도 연락해둘 테니까 앞으로 일정은 담당자와 의논해줘."

"알겠습니다."

"계약 만료 때까지는 일해줄 수 있지?" 부장이 불안한 듯 나를 본다.

"물론이죠."

"남은 연차는 다 써도 돼. 그리고 실업급여도 받을 수 있을 거야. 자세한 건 파견 업체 담당자나 우리 회사 총무부에 물어보고."

"네."

"그럼, 다음달까지 잘 부탁해." 부장이 자리에서 일어나 회의실을 나간다.

"잘 부탁드립니다." 나도 따라 일어나 그 뒷모습에 대고 고개를 숙였다가 다시 앉는다.

돌아가서 일해야지 하면서도 몸이 움직이질 않는다.

점원이나 옆 사람한테 말해서 소스를 받을 걸 그랬다.

그 간단한 걸 왜 말하지 못했을까.

앞으로 한 달 남짓, 전갱이 튀김을 또 먹으러 갈 수 있을까.

*

헬로워크*는 왠지 불편하다.

새로 생긴 시설이고 조명도 너무 밝다 싶은데 왠지 어둡게 느껴진다.

이곳에 오는 사람들은 거의 모두가 실업자다. 삼사십대가 많고, 이제는 취업할 가망이 없어 보이는 연배의 사람도 있다. 나 같은 이십대 중반의 여자는 적다. 실직중이라는 사실에 떳떳하지 못하거나 껄끄러움이 있는 건지, 부자연스러울 정도로 그 누구도 눈을 마주치려 하지 않는다. 소파에 앉아 취업 상담이나 실업급여 접수 순서를 기다리는 동안, 다들 시선이 비스듬히 아래

---

* 취업 활동을 지원하는 일본의 행정기관. 정식 명칭은 공공직업안정소.

를 향하고 있다. 취업 활동중인 처지라선지 멋을 낸 사람도 없다. 여름인데도 칙칙한 옷차림에, 피로에 찌든 얼굴들뿐이다.

문구 회사와 파견 계약이 끝난 지도 벌써 두 달이 흘렀다.

오늘은 두번째 실업인정일이다.

실업급여를 받으려면 헬로워크에 와야 한다.

회사에서 보내준 서류를 제출하고 신청 절차를 밟은 후에 수급 설명회에 참가한다. 그후 지정된 인정일에 와서 취업 활동 상황을 보고하고 실적이 인정되면 실업급여를 받는다. 첫번째 인정일은 수급 설명회 일주일 뒤였다. 본인의 의사로 퇴직한 경우, 개인 사정으로 취급해 실업급여를 받기까지 세 달 정도 기다려야 한다. 나는 파견 기간이 끝나 그만둘 수밖에 없는 상황에서 퇴사했기 때문에 회사 사정으로 분류되어 그 정도까지 걸리지 않았다. 인정일로부터 불과 며칠 사이에 일주일 치 실업급여가 입금되었다.

두번째 이후로는 사 주 간격으로 인정일을 받고, 그사이에 최소 두 번은 취업 활동을 해야 한다.

내가 사는 도쿄 23구는 사람을 구하는 곳이 많아서 다른 지역보다 기준이 엄격한 것 같다. 면접에 응시하거나 취업 지원 세미나에 참가하는 등 적극적인 활동을 요구한다.

그런 가운데 부정 수급자도 있는 모양이다. 취업 활동을 하는 척만 하면서, 일하지 않고 지급받을 수 있는 만큼 돈을 받으려는 것이다. 그런 사람은 딱 보면 알 수 있다. 지친 얼굴들 속에서 왠지 모르게 태평해 보인다. 이십대 후반에서 삼십대 남자가 많고 내 또래의 여자도 있다. 마음만 먹으면 당장이라도 일할 수 있을 듯한데도 편한 길을 찾으려 한다.

이십대라고 해서, 대학을 졸업했다고 해서 무조건 취업할 수 있는 건 아니다. 대학 시절에 나는 필사적으로 취업 활동을 했다. 그러나 수십 군데의 회사에 지원하고 채용된 곳은 단 한 군데였다. 그 회사의 최종면접에서 성희롱을 당했다. 삼십대 초반쯤 되는 남자 면접관이 느닷없이 "남자친구는 있나?" 하고 물었다. 왜 그런 질문을 하는 건지 이해할 수 없었지만 일단 "없습니다" 하고 대답했다. 그러자 세 남자 면접관들로부터 질문이 이어졌다. "언제부터 없었나?" "선호하는 남자 스타일은?" "미팅은 하나?" 다 마치고 복도로 나와보니 같은 대학 출신의 여자애가 있길래 면접은 어땠느냐고 물었다. 평범한 면접이었고 그런 질문은 받지 않았다는 말에 그것이 그저 성희롱이었음을 깨달았다. 채용 통지서를 받고도 기뻐할 수 없었기에 입사를 포기했다. 취업 활동을 갓 시작했을 무렵이다.

한 군데에 합격했으니 언젠가는 다른 회사에도 틀림없이 채용되리라 생각하며, 졸업이 코앞으로 다가올 때까지 취업 활동을 계속했다. 하지만 어디에도 채용되지 않은 채 봄이 되었다. 졸업 후 세 달 동안은 재학 시절부터 해온 빵집 아르바이트로 생활비를 벌면서 일자리를 찾았다. 몇 군데나 지원했지만 합격 통지를 받지 못해 결국 파견 업체에 등록했다.

내가 졸업한 대학은 당당히 이름을 자랑할 만한 학교는 아니지만 그렇다고 말 못할 정도로 나쁘지도 않다. 대학 동기 대부분은 재학 중에 취업이 결정됐다. 분수에 안 맞게 내 눈이 높았던 것이 패인이었다고 생각한다. 가능한 한 빨리 자립하고 싶어 연봉이 높은 회사에만 지원했다. 집단 면접에서는 고학력자들에게 둘러싸여 심리적 패배감만 맛보았다. 이대로는 안 되겠다고 생각했지만 기준을 낮출 수가 없었다.

접수대 위 모니터에 내가 들고 있는 번호가 표시되었다.

"이쪽으로 오세요." 직원이 손을 든다.

"잘 부탁드립니다." 실업인정 신청서와 함께 접수처에서 받은 번호표를 내고 직원 앞에 앉는다.

실업인정 신청서에는 지난번 이곳에 왔을 때부터 오늘까지 한 취업 활동에 대해 적혀 있다.

직원이 실업인정 신청서를 훑어본다. 나보다 연상인 삼십 대 중반 정도로 보인다. 화장하지 않은 듯한 얼굴에 작은 기미가 몇 개 있다.

"이 회사의 결과를 기다리고 있다는 건가요?"

"지난주 수요일에 면접을 봤으니 이번 주 안에는 연락이 올 것 같습니다."

"그 외에는 결과가 나온 거죠?"

"전부 불합격입니다."

"미즈코시 씨는 4년제 대학을 나왔고, 아직 젊고 엑셀이나 워드도 웬만큼 할 수 있으니 이 정도로 이력서를 냈으면 어딘가 채용될 법도 한데 말이죠."

"……그게 좀처럼 어렵네요."

"꼭 정규직이 아니라 아르바이트나 파견직도 괜찮지 않아요?"

"정규직이어야 합니다. 제가 좀더 분발하겠습니다."

"왜 정규직만을 원하는 거죠?"

"아니, 저, 그게." 이유가 있는데도 갑자기 물어오니 어떻게 말해야 좋을지 몰랐다.

"취업 활동은 제대로 하고 있죠?" 직원이 의심스러운 눈초리로 나를 바라본다.

"그럼요, 하고 있습니다! 어떻게든 꼭 정규직이 되고 싶어요!"

"알겠습니다. 다음에 오실 때까지는 일자리가 정해지면 좋겠네요."

"……네."

"이게 다음 인정일입니다."

"고맙습니다." 인정일이 적힌 신청서를 받고 자리에서 일어난다.

복도로 나와보니 채용 공고가 붙은 게시판에 사람들이 몰려 있다.

조건을 따지지 않는다면 일은 얼마든지 있다.

하지만 그래선 안 된다.

문구 회사에 파견직으로 들어가기 전, 빵집 아르바이트로 생활하며 취업 활동을 계속하는 게 힘들어 정규직을 목표로 하는 길에서 도망쳤다. 일이 년이라면 아르바이트로도 생활해나갈 수 있지만 십 년, 이십 년 후를 생각하니 무서워졌다. 근로 조건은 학생 아르바이트와 똑같다. 유급휴가는 받을 수 없고 사회보험에도 가입되어 있지 않다. 감기에 걸려 쉬기라도 하면 돈을 받지 못하고, 만약 빵집이 망해도 보장받을 수 있는 건 아무것도 없다. 어쨌든 상황을 바꾸고 싶었다. 파견될 회사가 정해지고 정규직 전환을 약속받았을 때는 이걸로 됐다는 생각이 들었다.

그런데 이렇게 또다시 취업 활동을 하는 처지가 됐다.

종신고용 따위는 꿈에서나 가능한 일일지도 모른다. 하지만 삼 년 단위로 계약이 끝나는 근무 방식으로는 똑같은 상황을 되풀이할 뿐이다. 다음달 생일이면 나는 스물여섯 살이다. 삼 년 후에는 지금보다 취업 활동이 어려워지겠지.

실업급여는 구십 일 동안만 지급된다.

하루에 약 5000엔, 한 달에 15만 엔 정도 받을 수 있다. 월급보다는 적은 금액이지만 생활하지 못할 정도는 아니다. 저축해놓은 돈도 20만 엔 있다. 파견 업체의 담당자에게 부탁하면 다음 파견지를 소개받을 수 있겠지만 이번에는 정규직이 될 때까지 포기하지 않기로 마음먹었다.

대학생 때 자격증을 따거나 어학연수를 다녀왔으면 좋았을지도 모른다. 친구의 권유로 자원봉사 동아리에 들어갔지만 열심히 활동했던 건 아니다. 열정 넘치는 사람들이 개발도상국 지원에 대해 이러쿵저러쿵 얘기하는 걸 멍하니 듣고만 있었다. 가지고 있는 자격증은 고등학생 때 취득한 영어검정 준2급과 대학생 때 취득한 한자검정 2급뿐이다. 졸업하고 삼 년 넘게 지났는데도 면접에서 내세울 만한 것을 여전히 찾지 못한 상태다.

채용 공고를 대강 훑어본 뒤 복도 끝으로 가서 엘리베이터를 타고 1층으로 내려가 밖으로 나간다.

빌딩들 사이로 뜬 태양이 전력을 다해 아스팔트를 가열하고 있다.

매미 울음소리가 이명처럼 들린다.

가로수가 있지만 매미는 없을 것 같은데.

저멀리 보려고 해도 고층 빌딩에 시야가 가로막힌다.

어째서 이런 장소에 헬로워크를 만들었을까. 같은 거리에는 인기 있는 편집숍과 SNS에서 유명한 카페가 줄지어 있다. 아직 오전이지만 여름방학이라 그런지 십대 아이들이 많다. 방학 동안만이라도 머리를 금빛에 가까운 노란색으로 염색한 여자애들이 스마트폰 카메라로 핑크색 아이스크림을 찍고 있다. 방금까지 내가 있었던 장소와는 다른 선명한 빛깔에 가벼운 현기증을 느낀다.

모처럼 나왔으니 어디선가 쇼핑을 하고 차를 마시며 느긋하게 시간을 보내다 가고 싶은데 그럴 돈이 없다.

혼자 사는 연립주택의 집세가 6만 엔, 식비, 공과금, 스마트폰 통신비, 생활에 필요한 돈은 이 정도다. 그 밖에도 내야 할 돈이 수두룩하다. 6월 중순에 주민세 고지서가 왔다. 납부일은 일 년에 네 번인데, 6월 말이 첫번째고 이번 달 말이 두번째다. 수입이 많았던 것도 아닌데 청구된 금액이 상당하다. 10월에는 연립주택의 계약 갱신비로 집세 한 달 반 치에 해당하는 액수가 필요하다. 국민연금과 국민건강보험, NHK 수신료도 내고 있나.

한눈팔지 않고 역으로 향한다.

집에 돌아오니 우편함에 고등학교 동창의 청첩장이 와 있다. 결혼식은 10월이다. 6월 말에 참석했던 다른 동창의 결혼식에서 이 친구를 만나 결혼 소식을 들었다. "결혼식에 와줘"라고 직접적으로 들은 터라 가지 않을 수 없다. 9월 초에는 대학교 동아리 선배가 결혼하는데 뒤풀이에서 접수를 맡아달라는 부탁을 받았다. 작년 말부터 올해에 걸쳐 몇몇 친구들이 학생 때부터 사귀던 남자친구와 결혼했다. 나는 파견사원이라 계약에 없는 일요일이나 공휴일에는 출근하지 않으므로 "일이 바빠서"라고 변명할 수가 없어 초대받은 결혼식에는 전부 참석했다.

웨딩드레스를 입고 행복해하는 친구의 모습을 보는 건 기쁘다. 고등학교나 대학교 동창들을 만날 수 있는 것도 즐겁다. 하지만 청첩장을 손에 들고 보니 핏기가 싹 가신다. 회비제 결혼식*이기를 기대하며 봉투를 열었으나 식장은 도쿄 시내에 있는 호텔이다.

축의금, 어떻게 하지?

*

원피스를 입고 거울 앞에 선다.

---

* 청첩장에 명시된 회비만 내고 참석하는 결혼식. 축의금을 내는 경우보다 금액이 적고, 레스토랑 등에서 파티 방식으로 진행된다.

동아리 선배의 결혼식은 오후라서 여유롭게 준비할 수 있다.

결혼식에 입고 갈 원피스를 사고 말았다.

전에 입었던 차림으로 가면 되겠다 싶었지만, 문구 회사에서 일하기 시작했을 무렵에 산 한 벌뿐인 원피스를 결혼식에 갈 때 이미 다섯 번은 입었다. 액세서리나 숄 등으로 다른 분위기를 연출하는 수법도 이제 한계다.

나를 결혼식에 초대하는 이들은 고등학교나 대학교 동창들이다. 이 두 부류에서 배드민턴부의 친구와 선배, 같은 반 친구, 자원봉사 동아리의 친구와 선배, 아르바이트 동료로 좀더 자세히 나눌 수 있다. 그중에서도 동아리와 반이 같았던 친구와는 몇 번이나 만나게 되고 기본적인 멤버도 거의 바뀌지 않는다. 허세를 부릴 생각은 없어도 몇 번이나 같은 원피스 차림으로 가는 건 창피했다.

오로지 원피스만 보겠다고 결심하고 편집숍에 갔다. 옷을 입어본 뒤에도 처음 한 번은 거절하고 거듭 고민한 끝에 결국 사기로 했다. 앞으로도 결혼식은 있을 테고, 지금까지 열심히 절약해왔으니. 게다가 여름 마지막 세일이라 반값에서 20퍼센트 더 할인된 가격이니까 괜찮다고 생각했다.

레이스나 보석 장식이 달리지 않은 심플한 원피스다. 전에 입던 것은 검은색이었으니 이번에는 파란색으로 했다. 로열 블루라는 짙은 파랑이다. 가슴 부분이 많이 파이지 않은 보트넥*에 프렌치슬리브**라서 숄 없이 결혼식에 입고 가도 괜찮다. 무릎까지 오는 길이에, 허리 아랫부분은 봉긋하게 퍼졌다.

지갑에서 1만 엔짜리 지폐를 꺼낼 때 속이 쓰린 것만 같아 사지 않겠다고 말할까 망설였지만 그래도 사길 잘했다.

거울에 비친 나를 보니 기분이 좋아진다.

내 주위로 보이는 건, 대학교 2학년 가을부터 살아온 10제곱미터 크기의 결코 깨끗하다고 할 수 없는 방이다. 청소는 하고 있지만 수납공간이라고는 작은 벽장뿐이라 옷과 책을 깔끔하게 정리할 수 없다. 육 년이나 살다보니 벽지도 어딘가 모르게 꾀죄죄하다. 실업급여를 받게 된 뒤로 면접이나 헬로워크에 가는 일 말고는 되도록 밖에 나가지 않고 있다. 전기세가 많이 나오기 때문에 아무리 더워도 에어컨은 틀지 않고 선풍기만 쓰며 견뎠다.

새로 산 원피스를 입었을 뿐인데, 좁은 방안에서 답답하고 울적했던 마음이 후련해진다.

세일 상품이라 어차피 환불도 안 되니 고민해봐야 소용없다.

색상도 디자인도 내게 잘 어울린다.

---

* 목둘레가 배 모양처럼 옆으로 길게 파인 스타일.
** 윗부분이 넓고 아래로 갈수록 좁아지는 소매.

예쁜 옷을 입고 선배의 결혼식에 참석해 친구들을 만날 일을 기대하는 편이 낫다.

취업이 안 되는 상황을 너무 심각하게 생각해서 채용되지 못한 건지도 모르겠다. 열심히 하겠다는 열의는 중요하지만 지나치게 필사적인 자세는 여유가 없어 무서워 보이겠지.

축의금 3만 엔도 준비했다.

돈 나갈 일이 거듭 생기니 아무래도 안 되겠다는 생각이 들었지만 이럴 때일수록 냉정해야 한다. 아직 실업급여를 받을 수 있고 저금해둔 돈도 있다. 조바심내지 않아도 괜찮다.

다만 미용실에는 가지 않고 직접 머리를 손질한 뒤 화장을 한다.

9월이지만 더위가 계속되고 있다. 머리는 고데기로 말아 업스타일로 하고 100엔 숍에서 산 헤어핀으로 고정했다. 화장도 100엔 숍에서 산 화장품으로 평소보다 살짝만 화려하게 했다.

대학생 때는 혼자 사는 친구들끼리 모여서 돈이 없어도 놀 수 있는 방법을 연구했다. 자전거를 타고 전철역으로는 세 정거장 떨어진 곳의 저렴한 슈퍼마켓까지 가서 식재료를 사다 전골 파티를 하거나, 무료로 이용할 수 있는 오락시설을 찾아다니거나, 100엔 숍에서 모은 재료로 선반을 만드는 등 재미난 일이 많았다.

절약하면서도 알차게 살아갈 수 있을 테다.

부정적이지 않고 긍정적으로 나아가야 한다.

전철을 타고 결혼식장으로 향한다.

오늘 갈 식장은 중심가에 있는 호텔이다.

전철 요금도 한푼이 아쉽지만 생각하지 않기로 한다. 고등학교 동창들은 고향인 시즈오카의 호텔에서 식을 올리는 경우가 많다. 도쿄에서 좀더 멀면 참석을 거절할 이유가 되지만, 시즈오카 중에서도 가나가와에 가까운 지역이라 당일치기로 다녀올 수 있다. 다만 고속철도 신칸센으로 오가는 비용을 내주는 경우는 거의 없다. 도쿄 근교로 향하는 도카이도선이나 장거리 버스로도 갈 수는 있지만 시간이 꽤 걸려서 갈 때나 올 때 한 번은 신칸센을 타게 된다. 그에 비하면 도쿄 시내에서 전철로 갈 수 있는 장소는 교통비가 싸게 드는 셈이다.

식장 안내에 적힌 역에서 내려 개찰구를 나간다.

사무실이 밀집한 지역이라 그런지 일요일인 오늘은 사람이 별로 없다.

고등학교를 졸업하고 도쿄로 온 지도 칠 년 넘게 지났지만 여전히 이 거리가 낯설다.

전철역 하나에 출구가 지나치게 많다.

몇 개나 되는 표지판을 봐도 어느 쪽으로 가야 할지 모르겠다.

스마트폰으로 검색하는 게 낫겠다 싶은 찰나에 뒤에서 누군가가 등을 세게 두드린다.

뒤를 돌아보니 아마미야가 있다.

흰색 와이셔츠에 검은색 바지, 마치 교복 같은 차림이다. 재킷과 넥타이는 손에 들고 있다.

"오랜만이야." 아마미야가 말한다.

"반가워. 등은 아프지만."

"그렇게 세게 안 쳤는데."

"너랑 나는 힘이 다르잖아."

"알았어, 알았어. 결혼식 가는 길이지?"

"너도 가는 거지?"

"식장, 어딘지 알아?"

"아니, 몰라서 지금 찾아보려고 했어."

"이쪽일걸." 아마미야가 그렇게 말하고 앞장서서 간다.

빠른 걸음으로 나아가는 그 뒷모습을 따라간다.

아마미야를 따라가면 헤맬 일이 없다.

"우리 얼마 만에 만나는 거지?" 아마미야가 얘기하면서 출구 표시를 확인한다.

"작년 여름 이후인가?" 나는 그애를 따라 지하도를 나란히 걷는다.

"그후에 고등학교 동창회 같은 거 있었잖아."

"그래, 도쿄 모임 말이지?"

"맞아. 11월쯤에."

"그럼 그후로 처음이네."

아마미야와는 고등학교도 대학교도 같은 곳을 나왔다. 고등학교 1학년과 3학년 때 같은 반이었지만 얘기를 해본 적도 없었다. 나는 좋든 나쁘든 눈에 띄지 않도록 고교 시절을 조용히 보냈다. 아마미야는 중심 그룹에 있지 않았는데도 매우 눈에 띄었다. 정의감이 강해 상관하지 않아도 되는 일에 노상 끼어들었기 때문이다. 싸움을 하거나 그러진 않았다. 아무도 가까이하지 않던 조용한 남자애에게 말을 걸어 친구가 되고, 어느 집에서 도망쳐 나온 닭을 학교에 데려와 주인을 찾아주고, 체육대회에서는 당연하다는 듯이 응원단장을 맡기도 했다. 얼굴이 잘생긴 편이고 운동신경도 좋아서 말없이 가만히 있으면 인기가 있을 법한데, 그렇지 않아 비정상적으로 밝은 아이로만 보였다. 솔직히 말하면 좀 싫었다.

졸업하고 도쿄로 온 친구는 여럿이었고, 같은 대학에도 몇 명 있었다. 하지만 학부가 같은 건 아마미야뿐이었다. 우리가 다닌 대학의 입학 성적은 보통 수준이지만 규모는 국내에서 손꼽힌다고 할 수 있다. 학교 건물을 한곳에 모을 수 없어 도쿄 시내에 각 학부가 흩어져 있다. 그러니까 가까운 지인은 아마미야뿐인 상태에서 나의 도쿄 생활이 시작됐다.

가까이하지 말아야겠다고 생각하고 있었는데 아마미야가 먼저 말을 걸어왔다. 입학식보다 앞선 신입생 오리엔테이션 때였다. 넓은 계단식 강의실에 들어가자마자 누군가가 "미즈코시!" 하고 큰 소리로 내 이름을 불렀다. 먼저 도착해 교실 한가운데 자리에 앉아 있던 그애가 양손을 흔들며 나를 보고 있었다. 도망치고 싶어도 그럴 수 없었다. 하지만 싫은 감정이 들었던 건 그때뿐이었다.

대학에서도 밝은 성격을 발휘했던 아마미야는 상당히 의지가 되는 존재였다. 내가 도쿄라는 도시에서 겁먹고 낯설어하는 동안, 그애는 자원봉사 동아리에 가입해 친구를 많이 사귀었다. 그리고 선배들과 친구들에게 들은 모든 정보를 내게 공유해주었다. 의지할 수 있는 친구구나, 그런 생각이 들어 이내 그애에 대한 인상이 바뀌었다.

자원봉사 동아리에 들도록 내게 권유한 것도 아마미야였다. 2학년 가을까지 나는 학교 근처의 여성 전용 연립주택에 살았는데, 그곳 생활이 원만하지 못해 고민하고 있을 때 이사할 집을 구하고 짐 옮기는 걸 도와준 것도 그애였다. 내 인생 최초의 남자친구를 소개해준 것도 그애였고.

"요즘, 무슨 일 해?"

말하고 싶지 않은 이야기를 아마미야가 꺼낸다.

"실직중." 나는 솔직히 대답한다.

"문구 회사는?"

"파견 기간이 끝났거든."

"정규직 되는 거 아니었어?"

"회사 실적이 나빠지는 바람에. 경기가 점점 나아지고 있다지만 아직은 아닌가봐."

"아니, 정규직으로 전환한다고 약속했던 거잖아?" 아마미야의 말투가 심각해진다.

"구두 약속이어서."

"아니, 구두 약속이라도 약속이잖아."

아마미야는 의지할 수 있는 친구이긴 하지만 너무 정확하게 굴어서 가끔은 성가시다. 정의감 강한 성격은 고등학생 때 그대로다.

"약속은 지켜지지 않을 때도 있는 거야."

"왜 약속을 안 지키는지 확실히 물어봤어?"

"물어봤지. 실적 악화라고 말했잖아."

"단지 그 이유만 듣고 납득한 거야?"

"응."

"너는 그래서 안 된다니까."

"뭐가?"

오랜만에 만났는데 거의 싸우자는 말투다.

"사람 좋은 척하지 말고 할말은 좀 해."

"그런 말은 못하겠어. 부장님도 날 배려해준 거니까."

"정말로 배려해줬다고 생각해?"

"응. 파견 업체에 알리기 전에 먼저 나한테 말해줬고, 말 꺼내는 것도 어려워했으니까."

"그런 건 다 연기야. 이직할 회사를 고민해봐준 건 아니잖아?"

"그거야……"

실은 나도 살짝 그렇게 느꼈다. 회의실에서 자리로 돌아갔을 때, 조금 전까지 난처해하던 부장이 후련한 얼굴로 일하고 있었으니까. 충분히 고민했다는 듯한 태도를 보여서 내 입막음을 한 거구나 싶었다. 불만을 말하고 싶었지만 말해봤자 아무 소용 없다는 걸 안다. 옥신각신해봐야 헛수고일 뿐이니 잠자코 있는 편이 낫다. 그후 부장은 이직 자리에 대해 물어보는 일도 없었고, 퇴사하는 날도 아무 말을 하지 않았다.

"그만둔 회사 일 생각해봤자 달라질 것도 없는데 뭐, 그 얘기는 이제 됐어."

"되긴 뭐가 돼."

"넌 어떻게 지내?"

"똑같이 일하지."

"그렇구나."

"무사태평한 공무원이니까."

아마미야는 구청 복지과에서 근무한다.

실업급여에 관해서도 잘 알고 있을 듯해 앞일을 의논해봐야겠다고, 파견 기간이 막 끝났을 무렵에는 그렇게 생각했지만 하지 않았다. 편하게 돈을 받으려 한다고 꾸중을 들을 것 같았다.

대학생 때는 아마미야가 화를 내든 말든 나는 모든 걸 얘기했다. 연애에 관한 일도 죄다 말해서 남자친구에게 한소리 들은 적도 있다. 손을 잡아본 적도 없으면서 서로가 어떤 섹스를 하는지까지 대충 알고 있는 사이다. 그러나 그애의 취업이 결정됐을 때부터는 말할 수 없게 됐다. 아무리 꾸중을 들어도 같은 레벨에 있다고 생각했던 친구가 멀어져버린 것처럼 느껴졌다.

지금은 그애에게 꾸중을 들으면 그저 비참한 기분이 든다.

대학생 때는 거의 매일 함께 있었는데, 졸업한 뒤로는 가끔씩만 만나게 됐다. 술 마시러 가자고 연락해와도 내가 거절했다.

"참, 여자친구는?" 일 얘기에서 화제를 돌리기 위해 내가 묻는다.

"헤어졌어."

"왜?"

"상대가 바람피워서." 아마미야가 어두운 표정을 지으며 작은 목소리로 말한다.

"저런, 그랬구나. 힘들었겠다." 미안한 일이지만 웃음이 나왔다.

연애운이 없다는 게 아마미야의 유일한 결점이다. 정신적으로 문제가 있는 여자를 그냥 두지 못하고 다정하게 대해주다가 자연스레 사귀게 되는 것이다. 아마미야와 사귀면서 괜찮아진 듯 보였던 여자는 연락이 두절되거나 손목을 긋는 등 금세 또 문제를 일으킨다. 대학생 때, 일면식도 없는 여자한테서 "아마미야를 뺏지 마!"라는 말을 몇 번인가 들은 적이 있다. 그럴 마음이 전혀 없지만 말이 통하지 않으니 나는 그저 "미안해요!" 하고 도망쳤다.

"너는? 남자친구 없어?"

"없어."

"언제부터 없는 거야?"

"작년 말부터니까 그렇게 오래된 건 아니야."

문구 회사의 경리부 직원과 사귀었는데, 친구의 결혼식 얘기를 꺼낸 게 화근이었는지 헤어지자는 말을 들었다. 곧 파견 기간이 끝나가니 내가 결혼하고 싶어하는 것처럼 보였으리라. 물론 그런 생각을 전혀 안 한 건 아니지만 그렇게까지 강력히 원했던 것도 아니다. 그래도 상대에게는 부담스러웠던 모양이다. 일 년

반을 사귀었는데 헤어지자는 얘기는 십 분도 안 걸려 끝났다.

"우리 둘 다 솔로라는 얘긴가." 아마미야가 어이없다는 듯 웃는다.

"그러네. 친구들은 결혼하느라 바쁜데." 나도 웃어버린다.

재미있어서가 아니라 아마미야와 내가 같은 상황에 있다고 느껴져 조금은 마음이 편했다.

"시즈오카에는 가끔 가?" 아마미야가 묻는다.

"결혼식에 초대받아 갔었지."

"부모님 댁은?"

"안 갔어."

"전화 정도는 하고 있지?"

"안 해. 그쪽에서도 안 하고."

일 얘기보다 더 하기 싫은 얘기로 화제가 흘러간다.

"남동생은?"

"몰라. 너는? 시즈오카에 가?"

"니도 정초 연휴에 간 게 다야. 결혼식 초대도 없고."

"남자애들 중에는 결혼한 사람이 아직 별로 없잖아."

"그렇지. 오늘 식 끝나고 뭐해? 다른 일 있어?"

"없긴 한데, 뒤풀이 때 접수를 부탁받았어. 뒷정리도 도와주기로 했으니까 늦을지도 몰라."

"여전히 귀찮은 일을 잘 떠맡는구나."

"그런 거 아니야."

"아니긴. 동아리 시절에도 바비큐 파티 총무나 벚꽃놀이 자리 맡기 같은 거 너한테 맡기고 그랬잖아. 넌 좀더 단호하게 거절할 줄 알아야 해. 참으면서 괜히 사람 좋은 척해봤자 편리하게 이용당할 뿐이니까."

"너도 벚꽃놀이 자리 맡으러 같이 갔잖아."

"그러네."

"그렇다니까."

"오늘 신부 측이지?"

"응. 넌 신랑 측?"

동아리 선배끼리 하는 결혼이라 여자는 신부 측, 남자는 신랑 측으로 초대받았다.

"예식 도중이나 뒤풀이 때도 얘기 못할 것 같으니까 나중에 여유 있게 한잔하러 가자."

"그러자."

"실직 얘기도 듣고 싶고."

"그래, 알았어."

진지하게 얘기하면 아마미야는 화내지 않고 들어줄 것이다. 지인에게 부탁해 일자리를 소개해줄지도 모르지만 그러면 안 된다. 대학 시절에 줄곧 그애에게 응석을 부려왔으니. 누구에게도 기대지 않고 생활할 수 있는 사람이 되지 않으면 자립할 수 없다. 이젠 학생도 아니니 곤란한 일이 생길 때마다 그애를 의지할 순 없다.

"연락할게."

"응."

"여기서 나가면 바로 앞이야." 아마미야가 출구 표시를 가리킨다.

계단을 올라 밖으로 나간다.

빌딩 사이로 파란 하늘이 펼쳐져 있다.

하늘이 여느 때보다도 멀리 있는 것만 같았다.

뒤풀이 접수를 부탁받았을 때는 귀찮다고 생각했지만 아무래도 맡길 잘했다.

예식 전이나 도중에는 주위에 신랑 신부의 친척과 회사 사람들도 있어서 친구들이나 선배들과 무난한 대화만 나눴다. 서로 근황을 주고받아도 자세히는 묻지 않으려고 했다. 실직한 사실을 아마미야에게는 말할 수 있어도 다른 친구들에게는 그러고 싶지 않다. 정직원으로 바쁘게 일하거나, 파견사원이어도 결혼 생각이 있는 남자친구를 둔 여자애들에게 내 현재 상황을 얘기한다면 아마미야 때와는 다른 비참함이 덮쳐올 테니까. 승자니 패자니 하는 말이나 여자들끼리의 서열 평가 따위에 별 관심 없다 해도 패배감을 맛볼 것이다. 나는 늘 지기만 하니까 관심이 없을 뿐이다. 어떻게 지내냐고 묻길래 거짓말을 할 순 없어서 "문구 회사에서 일했는데, 저축해둔 돈도 있으니까 당분간은 쉬려고. 해외여행이라도 가볼까 생각중이야"라고 여유 있는 척했다. 남자친구에 대해서도 "결혼 얘기가 나와서 성가시더라고" 하며 마치 상대방이 결혼을 원해서 헤어진 것처럼 말했다.

예식이 끝나고 친구들끼리만 대화할 수 있는 분위기가 되자 일과 연애 얘기의 수위가 순식간에 깊어진다. "뒤풀이 접수를 부탁받아서." 한창 떠들어대는 친구에게 그렇게 말하고 먼저 호텔을 나와 모임 장소로 간다.

호텔 근처에 있는 이탈리안 레스토랑을 통째로 빌려놓았다.

예식에 참석하지 못했던 사람들도 모였다. 친척이나 회사 사람들은 부르지 않았는지 신랑 신부의 학창 시절 친구들뿐이다. 대학교 동아리 때 선배들이 많아서 대부분이 나도 아는 사람들이다.

입구의 유리문 앞에 접수용 테이블과 의자가 놓여 있다.

빌딩 안에 있는 곳이라 레스토랑 밖이라도 덥지는 않다.

뒤풀이가 시작되면 접수를 끝내도 된다고 했지만, 늦게 오는 사람도 있으니 그대로 잠시 접수대에 있기로 했다.

"나머지는 제가 할 테니까 그만 들어가세요." 이렇게 말하고 신랑의 부탁을 받았다는 남자 접수자를 안으로 들여보낸다.

가만히 앉은 채로 유리문 너머에서 한껏 흥이 오른 사람들을 바라본다.

대학생 때는 똑같이 돈이 없었고 엉뚱한 짓만 했던 친구들인데 언제 어디서 차이가 벌어진 걸까.

여자애들은 모두 예쁜 원피스를 입고 명품 구두를 신고 비싸 보이는 가방을 들었다. 머리도 미용실에서 세팅하고 온 것 같다.

집에서 거울을 봤을 때는 돈이 없어도 이 정도는 할 수 있다고 만족했는데, 친구들에게 둘러싸이니 초라한 내 모습이 신경쓰였다. 세일 때 산 원피스, 회사에도 신고 다녔던 검은색 펌프스, 결혼식뿐 아니라 장례식에도 들고 다닌 검은색 가방도 나쁘다고 할 정도는 아니다. 하지만 전부 싸구려 같고 자주 쓴 느낌이 드는 그것들이 한데 모이니 궁상스러움으로 변했다. 직접 손질한 머리도 다 풀어지고 있다.

정직원으로 일하는 친구라고 다들 좋은 회사에 근무하는 건 아니다. 사회인이 된 지 아직 4년 차니까 급여가 그렇게 많지도 않을 것이다. 선배들도 5~6년 차니까 비슷한 수준일 텐데 어떻게 저 원피스와 가방과 구두를 샀을까.

파견사원으로 일할 때도 나는 옷이나 신발이나 가방에는 되도록 돈을 쓰지 않으려 했다. 어떻게 해서든 갖고 싶은 물건은 정가로 샀지만 그 외에는 꾹 참고 세일을 기다렸다. 저렴하고 가성비가 좋다는 패스트패션 브랜드의 옷도 며칠이나 고민하고 구입했다. 될 수 있는 한 저축하고, 1박 2일로 온천 여행을 가는 것만이 낙이었다. 그것도 일 년에 한 번이면 다행이다.

　예식 때 하는 얘기를 들어보니 다들 일 년에 한 번은 해외여행을 가는 모양이다. 저가항공이 아닌 비행기를 타고 미국이나 유럽 또는 어디 있는지도 모르는 섬으로 간다. 나는 해외라고는 졸업여행으로 런던밖에 가본 적이 없다.

　다들 월급 말고도 다른 데서 돈을 버는 걸까.

　낮에 회사에서 근무하고 밤에도 일하는 여자들이 늘고 있다는 기사를 뉴스 사이트에서 본 적이 있다. 월급만으로는 생활할 수 없어 부업으로 돈을 버는 모양이다. 마이넘버* 제도가 시행된 후로 카바레 클럽 같은 데서 일하면 회사에 발각될 가능성이 있으니 개인적으로 손님을 받아 성매매를 하는 여자도 있다는 내용이었다. 성인소설 같은 얘기라 가짜 뉴스라고 생각했다. 하지만 다들 숨기고 있을 뿐, 실제로 그런 일을 하는 건지도 모르겠다.

---

* 2016년 일본이 도입한 개인정보 식별 제도.

대학 시절, 수수했던 여자애가 갑자기 화려해졌기에 어찌된 영문인가 싶었는데 애인 계약을 맺었다고 했다. 길거리에서 말을 걸어온 아저씨에게 돈을 받고 선물로 옷도 받았다고 말이다. 정기적으로 만나기 위해 월정액으로 계약했다고 했다. 생각해보면 영화 〈마이 페어 레이디〉나 〈프리티 우먼〉 같다고 할 수도 있겠지만 그애는 아저씨와 육체관계까지 가졌다. 그저 성매매일 뿐인 일을 자랑하듯 얘기하는 모습에 다들 기막혀했다. 그애가 자리를 떠난 다음에는 역겹다며 입을 모았다. 그때 딱히 물장사 일을 하는 듯한 애도 없었으니 몸을 판다는 건 있을 수 없는 일이다. 다들 그렇게까지 돈 때문에 곤란한 처지는 아니니까 성매매 같은 걸 할 리가 없다.

친구들보다 훨씬 아래에 있는 나 자신의 처지를 어떻게든 긍정하고 싶어서 안 좋은 생각을 해버렸다.

대학에는 본가에서 통학하는 애들도 많았다. 혼자 자취하면서 돈이 부족한 친구 중에도 진짜로 가난했던 애들은 부모에게 생활비를 받지 못한 몇 명뿐이다. 돈이 없다면서도 집에서 보내준 생활비를 다 쓰고 따로 용돈을 받아 옷이나 화장품을 잔뜩 사는 친구도 있었다. 그애들은 지금도 본가에서 살거나 부모에게 지원을 받고 있겠지. 집세와 공과금을 안 내도 된다면 나도 좀더 윤택한 생활을 할 수 있다.

"미즈코시." 유리문을 열고 아마미야가 나온다.

"왜?"

"안으로 들어오지?"

"아직 늦게 오는 사람이 있어서."

"여기는 내가 볼게. 회비 받아서 두면 되는 거잖아."

"괜찮아."

"애들하고 얘기 안 해도 돼?"

"글쎄, 뭔가 얘기하기 좀 그래서."

"왜?" 아마미야가 옆에 앉는다.

"실직중이기도 하고 남자친구도 없고."

"그런 걸 누가 신경쓴다고."

"여자애들은 신경써."

"별걸 다."

"구청에서 일하면서 여자한테도 그럭저럭 인기 있는 네가 뭘 알겠어."

"그럭저럭이 아니라 엄청 인기 있거든."

"엄청은 아니야."

"맞다니까."

"아냐, 고등학교 때 여자애들 전부가 널 특이한 애라고 말했으니까."

"진짜로?"

"진짜로."

아마미야와 얘기하고 나니 침울했던 기분이 가벼워졌다.

둘 다 솔로니까 이대로 사귀고 결혼할 수 있다면 안정된 생활이 가능하다. 아마미야는 바람도 피우지 않을 테고 일을 그만두지도 않을 것이다. 직장은 구청이라서 도산할 일도 없다. 아이를 좋아하니 좋은 아빠가 될 것이다. 결혼 상대로서 최고의 사람이다. 연애 감정으로 좋아했던 적은 없지만 그애와 교제할 수 있는 여자가 부러웠던 적은 있다. 여자친구가 연락이 두절되거나 손목을 긋고 자해하는 건 그저 관심받고 싶어서 그런 거니까 내버려두면 된다고, 내가 아무리 말해도 그애는 진심으로 걱정하곤 했다. 연인에게 온 힘을 다해 잘해준다. 그래서 상대방을 더욱 망친다. 그런 여자들보다 나랑 사귄다면 아마미야도 행복해질 수 있다.

하지만 나와 아마미야가 사귈 일은 없다.

다른 남자였다면 좀 괜찮다 싶은 감정만 있어도 일단 한번 만나볼까 하는 생각이 든다. 그런데 아마미야와는 진심으로 좋아하는 게 아니면 사귈 수 없다.

"좀 충격인데."

"몰랐어?"

"응." 아마미야가 고개를 젓는다.

"학교에 닭을 데려오면 특이한 사람 취급받는 거야."

"아하, 닭 때문이구나."

"그 이유만은 아니지."

"또다른 게 있어?"

"그리고, 뭐더라."

"뭐, 그 얘긴 이제 됐어. 아무튼 안으로 들어와. 아이짱이랑 얘기하고 싶다는 남자도 있으니까."

"왜 갑자기 이름으로 불러? 성희롱이야?"

"몰라, 그렇게 부르더라고." 아마미야가 웃으며 나를 본다.

"취했다는 거잖아?"

"아이짱이 계속 여기 있으면 다들 나한테 뭐라고 한단 말이야."

"하지 마. 너한테 아이짱이라고 불리는 거 징그러워."

"실직했어도, 남자친구가 없어도, 미즈코시는 그런대로 귀엽고 그런대로 인기가 있으니까 괜찮아."

"나도 알아."

맞은편에도 가게가 있다. 오늘 휴무인지 불이 꺼져 있다. 유리문에 나와 아마미야의 모습이 비친다.

미남 미녀는 아니지만 그럭저럭 잘 어울리는 두 사람이다.

쉽게 다가가기 어려울 정도로 미인인 사람보다 그런대로 무난한 쪽이 더 인기가 있지 않을까. 고등학생 때는 배드민턴부 친구들하고만 어울리다보니 연애와는 거리가 멀었다. 그러다 대학교 1학년 여름방학 전에 처음 남자친구가 생긴 뒤로는 나름대로 인기가 있었다. 취업 면접 때 말고도 아르바이트하는 곳에서 성희롱을 당한 적이 있다. 문구 회사에서도 다른 부서의 남자 직원에게 성희롱을 당했다. 내가 미인도 추녀도 아니라 말을 걸기 쉬웠겠지.

정직원은 되지 못해도 서른 전에는 결혼해서 전업주부가 될 수도 있을 거라고 생각했다. 결혼한다고 무조건 안심하고 살 수 있는 건 아니지만 생활비가 나올 구멍은 있을 것이다. 그런데 앞으로 사 년 사이에 도저히 결혼 상대를 만날 수 있을 것 같진 않다. 이직도 못할 것 같은데, 나 앞으로 어떻게 해야 할까?

*

실업급여를 받는 기간이 끝났지만 새 직장은 찾지 못했다.

10월 말에 집 계약 갱신비와 11월분 집세를 냈다. 세번째 주민세 납부일도 다가와 저금해둔 돈을 다 써버렸다.

정규직만 고집할 때가 아니다. 아르바이트든 파견직이든 상관없으니 일을 해야 한다. 하지만 그걸 알면서도 면접을 보러 갈

기력조차 없었다. 방 한구석에서 몸을 웅크린 채 연달아 도착한 불합격 통지서만 생각했다. 식비를 줄이려고 하루에 한 끼밖에 먹지 않아 체력도 없다. 11월이 되자 감기에 걸렸다. 병원에도 못 가고 약도 못 사고 며칠간 계속 잠만 자며 버텼다. CD와 만화와 책을 팔고 옷과 가전제품도 팔았다. 팔 수 있는 건 모조리 팔아서 어떻게든 돈을 마련해 12월분 집세를 냈다.

연말연시에 단기 아르바이트를 해서 일단 급한 대로 돈을 벌어볼 생각이었는데 어째선지 면접에서 떨어졌다. 면접자 가운데 학생이 많았던 걸 보면, 구인 정보에는 기재되지 않았지만 나이 제한이 있었을지도 모른다. 스물여섯 살이나 먹은 나를 어디서도 채용해주지 않겠지. 가진 돈은 줄어만 가는 와중에 슈퍼마켓에서 제일 저렴한 쌀을 사는 것만으로도 손이 떨렸다. 지갑 속의 돈을 온종일 거듭 세어본다고 늘어나진 않는다.

12월 말, 수중에 남은 건 한 달 치 집세에 해당하는 6만 엔뿐이었다. 이걸로 1월분 집세를 내고 나면 식비며 공과금이며 통신비도 낼 수 없게 된다.

그리고 이대로라면 2월과 3월은 물론, 그후의 집세도 낼 수 없다. 관리 회사에 사정하면 세 달 정도는 기다려줄지도 모르지만 그동안 빚을 지게 된다. 혹시 어느 회사에 채용되더라도 갚을 돈을 모을 때까지는 몇 달이 걸린다. 누군가에게 돈을 빌린다 해도 마찬가지다. 게다가 몇 만 엔이나 되는 돈을 내게 빌려줄 만한 사람도 없다.

살 곳과 입을 옷이 없어도 살아갈 수 있다. 하지만 먹지 않으면 죽는다. 오늘날 일본에서 아사라니, 말도 안 되는 일 같지만 현실로 다가오고 있다. 집세보다는 식비를 선택해야 한다.

관리 회사에 전화해서 집 계약을 해지했다. 집에 있는 물건 가운데 들고 나갈 수 없거나 팔 수 없는 것은 전부 버렸다. 대형 폐기물과 대형 가전 수거에 돈이 들었다. 그래도 집세를 더는 낼 수 없게 됐다는 말 때문인지 보증금 전액을 돌려받았다. 1월에 두 달 치 집세 12만 엔이 계좌로 들어온다. 그 금액이면 여기서 한 달은 더 살 수 있겠지만 그러면 받을 수 없는 돈이다. 낸 지 얼마 안 된 갱신비는 돌려받지 못했다.

졸업여행으로 런던에 갔을 때 산 빨간색 여행가방에 들어갈 수 있는 만큼 옷과 생활용품을 욱여넣었다.

좁게 느껴졌던 집이 텅 비자 의외로 넓었다.

집에서 나오자 새해맞이를 준비하는 사람들의 소리가 들렸다. 신나게 떠드는 그들에게서 도망치듯 멀어져 계속 걸었다.

12월 31일, 나는 홈리스가 되었다.

2

 TV에 〈공장 잠입!〉 같은 방송이 나오면 유심히 보곤 했다.

 택배용 상자를 끊임없이 접고, 컨베이어벨트 위로 죽 늘어서서 오는 쿠페빵*에 생크림을 계속 채워넣거나, 완성된 과자를 케이스에 담는 일이 재미있어 보였다. 문구 회사에서 일할 때 서무 일도 맡았기 때문에 출근해서 퇴근할 때까지 자잘한 일들을 수없이 부탁받았다. 자리에서 도시락을 먹고 있는 동안에도 비품 볼펜을 가져다달라는 직원들이 있었다. 점심시간이니 잠깐 기다려달라고 거절할 수도 없다. 아무것도 생각하지 않고 한 가지 일만 하면 되는 단순 작업자들이 부러웠다. 온종일 똑같은 일을 계

---

 * 소시지나 생크림 등 다양한 재료를 넣어 먹는 길고 납작한 빵.

속하다보면 러너스 하이 같은 경지를 느끼지 않을까 싶었다.

그러나 그런 일은 없다.

12월 31일에 홈리스가 된 후로 이제 곧 한 달이 된다.

지금도 여전히 홈리스인 채 만화 카페에서 지내고 있다.

돈이 필요하므로 새해 연휴가 끝나고 곧바로 일일 아르바이트를 시작했다.

일할 수 있는 날짜를 파견 업체 사이트에 입력해두면, 전날 이른 오후 무렵에 집합 장소, 휴식 시간을 포함한 노동 시간, 시급이 명시된 안내 문자가 온다. 어지간한 이유가 없는 한 거절할 수 없다. 만약 거절한다면 더이상 일을 소개받을 수 없다. 보통은 도쿄 시내나 그 주변의 공장과 택배 창고에 파견되는 경우가 많다. 파견 업체에 등록할 때 가져간 이력서에는 전에 살던 집 주소를 적었다. 개인 면접은 없고 주의사항과 일당 지급에 대한 설명만 들었다. 문구 회사에 파견되기 전에는 파견 업체에서 면접을 보고 희망하는 근무 방식이나 어떤 업무가 좋을지 담당자와 상담했다. 일일 아르바이트의 경우에는 아무것도 묻지 않아 편했지만, 나 자신이 떨어질 데까지 떨어지고 있음을 느꼈다.

오늘은 어디에 있는 건지 알 수 없는 택배 창고에 파견되어왔다.

집합 장소는 오피스 빌딩이 즐비한 시내의 전철역 근처였고,

거기서 버스에 실려 여기까지 왔다. 도심을 벗어나 주택과 편의점이 점점 줄어들고 창고와 공장만 남게 됐을 때 버스에서 내렸다. 삼십 분도 안 걸렸으니 도쿄에서 그렇게 멀리 온 건 아니겠지만 도쿄도 안은 아닌 것 같다.

종이상자에 가득 담긴 재고 아동복의 수량을 파악하는 게 오늘의 일이다.

상자를 뒤집어 테이블 위에 내용물을 전부 꺼내고 옷에 붙은 바코드를 찍어나가면 된다. 여름용 티셔츠와 스커트와 바지뿐이다. 보관했다 세일 때 내놓는 것들이겠지. 그리고 옷을 개어 상자에 도로 넣으며 수량을 센다. 전부 담은 다음에는 바코드로 찍은 수량과 내가 센 수량이 맞는지 확인한다. 그런데 이 숫자가 희한할 정도로 안 맞는다. 바코드를 제대로 찍지 않았을 수도 있고 아니면 잘못 세었을지도 모른다. 어느 쪽이 틀렸는지 알 수 없으니 한번 더 꺼내서 다시 세어본다.

"이 일도 혹시 요령 같은 게 있나요?" 옆에 앉은 여자의 작업이 일단락되기를 기다렸다가 묻는다.

그러나 대답이 없다.

내 목소리 따위 들리지 않는다는 얼굴로 다음 상자를 열어 테이블 위에 아동복을 꺼내놓는다.

탁구대만한 테이블을 에워싸고 여섯 명이 작업한다. 나를 제

외한 다섯 명은 전에도 몇 번 이곳에 파견된 적이 있는지 작업을
시작하기 전에 담소를 나눴다. 전부 나보다 열 살 정도 많은 삼
십대 중반 여자다. 상냥한 사람들 같아 담소를 나누며 즐겁게 일
할 수 있을 줄 알았는데, 작업 시작 벨이 울리기 전에 작업반장
으로 보이는 남자가 오자 다들 조용해졌다.

남자는 아동복 회사의 직원이 아니다. 이 창고의 관리를 맡고
있으나 나와 같은 파견 아르바이트이고, 일용직이 아니라 삼 개
월이나 육 개월 단위로 장기 계약을 하고 있다. 별반 다르지 않
은 입장일 텐데 우리를 깔보는 눈빛으로 보았다. 그러고선 작은
목소리로 바코드 기기 사용법과 표에 기입하는 방법을 설명하고
어디론가 가버렸다. 넓은 부지 안에 창고가 여러 개 있으니 아마
다른 곳에서 작업하고 있겠지. 모르는 걸 물어보고 싶어도 작업
중에는 화장실에 가는 것조차 금지되어 있어서 담당하는 창고에
서 나갈 수 없다.

작업반장이 자리를 떠난 뒤에도 다들 말없이 조용히 작업을
이어간다. 수량을 틀리는 일 같은 건 없는 모양인지 계속해서 상
자를 열어나간다. 나는 아직 두 상자밖에 못 끝냈는데 다른 사람
들은 네번째, 다섯번째 상자를 작업하고 있다.

어제는 오늘과 같은 장소에서 집합해 다른 버스를 타고 바다
쪽으로 가서 다리 너머 매립지에 있는 공장으로 갔다. 공장 안의

작업 공간에서 스마트폰이 들어갈 상자를 계속 접었다. 자잘한 작업이라 어깨가 뭉쳤다. 종이에 수분을 빼앗겨 손끝은 건조해지고 눈도 따갑다. 빨리 접는 요령을 터득하기까지는 종이공작같아 재미있었지만 그후에는 단순 노동이다. 종이접기 로봇이라도 된 건가 싶게 똑같은 작업을 계속한다. 전혀 재미도 없고 러너스 하이 따위 오지 않는다. 그에 비하면 오늘은 변화가 있는 작업이라 다행이라고 생각했는데 역시 괴롭다.

일일 아르바이트생에게는 일단 많은 양을 처리하는 것이 요구된다. 할당량이 정해진 건 아니지만 속도가 빠르면 작업반장처럼 장기 계약을 하는 경우도 있다. 작업 시작 전에는 담소를 나누더라도 친구도 아니고 직장동료도 아니다. 남보다 손이 빠르다는 걸 어필해서 장기 계약을 따고 싶은 것이다. 그러려면 속도가 느린 사람을 상대해줄 여유 따윈 없다.

창고와 공장은 어디든 춥다. 난방은 켜진 듯하지만 전혀 효과가 없다. 앉은 채로 작업하는 중에는 움직일 수가 없어 점점 발이 시려온다. 퀴퀴한 곰팡내가 나고 어두컴컴해서 도저히 일하고 싶은 마음이 들지 않는 환경이다.

"잘되어갑니까?"

작업반장이 돌아왔다.

"네!"

나를 제외한 다섯 명이 입을 모아 대답한다.

"잘 안 됩니까?"

작업반장이 나를 보고 말한다.

"죄송합니다. 자꾸 수량이 안 맞아서."

"그냥 세기만 하면 되는데 그것도 못합니까?"

"그게 아니라, 제가 잘못 센 것 같아요."

"현장학습 하는 기분으로 오셨죠?"

"네?"

"당신, 대학 나왔지?"

"……네."

"졸업 후에는 뭐했어?"

왜 이 사람한테 그런 말을 들어야 하는 걸까. 그는 이곳의 작업반장이지 내가 경력을 피력해야 하는 대상이 아니다. 나는 여기서 장기 계약을 따고 싶은 생각도 없고, 가능하면 두 번 다시 오고 싶지 않다. 오늘 작업에 관해서는 그의 지시에 따르겠지만, 그건 분명 오늘뿐이다.

"뭐했어?" 작업반장이 한번 더 묻는다. "이 정도 질문에도 제대로 대답 못하나? 날 무시하는 거야? 아님 대학까지 나왔으면서 바보야?"

"문구 회사에서 근무했습니다." 파견사원이었던 건 말하지 않는다.

"거기 그만두고 다음 직장 정해질 때까지 막간 때우기 같은 거지? 아님 그건가? 결혼이나 임신으로 퇴사하고 용돈이나 벌러 나온 거?"

"아닙니다."

"그럼 뭔데?"

"……작업 계속하겠습니다. 실수하지 않도록 조심하겠습니다."

"보통은 조심하지 않아도 실수 안 한다고."

작업반장은 그렇게 말하고 창고에서 나간다.

상자에 도로 넣었던 분량도 다시 테이블 위로 꺼내서 처음부터 센다.

이 작업반장처럼 대놓고 말하는 사람은 드물지만 어느 현장에 가더라도 차별 대우를 느낀다.

파견 업체에 일일 아르바이트로 등록하러 갔을 때 나 말고도 열 명 정도가 왔다. 등록하는 동안 책상 위에 이력서를 꺼내놓기 때문에 볼 생각이 없어도 다 보였다. 용돈을 벌려는 대학생과 주부도 있지만, 다른 데서는 취업 못 할 것처럼 보이는 사람도 있었다. 중졸이거나 고졸인 경우가 많다. 얼마든지 아르바이트 자리를 고를 수 있는 대학생이나 주부는 두세 번 일해서 목표액을 모으면 그만두는 모양이지만 어느 현장에 가더라도 그런 사람은 적다. 다른 데서는 취업 못할 것 같은 사람들 속에 들어가면 나는 이물질로 취급된다.

작업중에는 말을 하지 않으니 그들이 내 경력 같은 걸 알 리 없는데도 풍기는 분위기로 느껴지는 모양이다. 반대로 나 역시 그들이 중졸이거나 고졸이며 그 점을 콤플렉스로 여기고 있다는 사실을 왠지 알 것 같았다.

오늘 이곳에 있는 사람들도 내가 중졸이거나 고졸이었다면 더 친절하게 대해주지 않았을까.

그녀들에게는 학력이 없더라도 살 집은 있을 것이다.

나는 학력은 있지만 일도 없고 살 집도 없다. 대학을 나왔어도 정직원이 된 적이 없다. 당신들만 힘들다고 생각하지 마, 그렇게 말해주고 싶지만 하지 않는다.

차별 의식은 내 안에도 존재한다.

내 상황을 얘기해서 그녀들에게 동정받고 싶지 않다.

버스를 타고 역으로 돌아와 전철로 갈아타고 이십 분 정도 떨어진 곳에 있는 파견 업체 사무실로 간다. 작업반장의 도장이 찍힌 근무표를 제출하고 일당을 받는다. 시급은 1000엔이고 여덟 시간 일했으니 8000엔이다. 거기서 원천징수액을 뗀다. 따라서 실제로 받을 수 있는 돈은 7000엔이 조금 넘는 정도다. 하루종일 추위에 떨고 자괴감을 느끼고서 받은 돈 7000엔 남짓. 이 액수는 적은 걸까, 많은 걸까.

"미즈코시 씨, 우리 회사에서 일하는 건 어때?" 남자 직원이 말한다.

"네? 싫어요."

"정직원 될 수 있는데."

"그래도 싫어요."

일자리를 고를 처지도 아니고 정직원이 될 수만 있다면 뭐든 괜찮다고 생각하지만 그래도 여기서는 일하고 싶지 않다.

이곳은 아무튼 분위기가 안 좋다.

고층 빌딩들 사이에 홀로 남겨진 듯한, 잡다한 사무실이 들어찬 작은 건물의 3층에 있는 이곳에는 전혀 볕이 들지 않는다. 하지만 사무실 전체를 뒤덮은 암울함의 원인은 그뿐만이 아니다. 이곳에 돈을 받으러 오는 사람들의 피로감과 직원들의 무기력함이 분위기를 암울하게 만드는 것 같다. 직원은 남자들뿐이다. 그 누구도 이곳 일에 보람을 느끼는 것처럼 보이지 않는다. 여기서 일하게 되면 분명히 성희롱을 당할 테고 갑질과 괴롭힘도 당할 것이다.

"이제 어린 나이도 아닌데 정직원이 될 기회가 있을 때 잡는 게 낫지 않아?"

"알고는 있는데, 싫은 건 싫습니다. 실례할게요."

받은 돈을 지갑에 넣고 사무실을 나온다.

미움받아도 상관없는 관계는 편하다.

앞으로 무슨 일이 있어도 이 사무실에서 일하고 싶다는 생각은 안 들 테니, 뭐든 하고 싶은 말을 할 수 있다.

길거리를 돌아다니거나, 백화점이나 서점에 있는 무료 휴식 공간에서 멍하니 쉬기도 하고, 가전제품 매장에서 TV를 보기도 하다가 밤 9시가 되기 십 분 전쯤 역으로 가서 물품보관함에 넣어둔 여행가방을 꺼낸다. 여행가방은 대형 보관함이 아니면 들어가지 않기 때문에 500엔이 든다. 불필요한 지출이라고 생각하지만 그곳 말고는 짐을 둘 장소도 없고, 아르바이트하는 곳에는 가져갈 수 없다.

퇴근하는 사람들 사이를 거슬러올라가듯이 여행가방을 끌면서 역에서 멀어진다.

진 세계의 명품 매장들이 입점해 있는 백화점과 대형 서점과 가전제품 매장의 뒤쪽으로 가서 넓은 도로를 건넌다.

거리명이 적힌 간판 아래를 지나자 빛과 소리가 단숨에 덮쳐온다.

이곳은 아시아 최고라고 불리는 유흥가다.

핑크색, 노란색, 보라색 등 온갖 색깔의 간판이 번쩍거린다.

어느 나라에서 왔는지 알 수 없는 사람들이 많아서 갑자기 외국 같은 느낌이 든다. 영어와 중국어와 한국어가 이리저리 뒤섞여 날아다닌다.

일본인이라고 해도 내가 지금까지 살아오면서 본 적 없는 사람들이 있다. 술집이나 호스트바에서 일하는 듯한 화려한 차림의 남녀 외에도, 누가 봐도 조직 폭력배로 보이는 무서운 얼굴의 사람들도 이 거리를 걷고 있다. 그들의 웃음소리와 스피커에서 끊임없이 흘러나오는 경찰의 안내방송이 서로 뒤섞인다. 호객 행위는 금지라느니, 바가지 판매에 조심하라느니 하는 경찰의 안내를 듣고 있는 사람이 얼마나 될까. 귀담아듣고 주의할 만한 사람은 애초에 이곳에 오지 않는다.

나는 어깨보다 조금 긴 길이의 까만 머리를 하나로 묶고, 캐멀색 코트에 청바지를 입고 보아털 부츠를 신었다. 이곳 분위기와는 완전히 따로 노는 차림이다. 거리 중심에 멀티플렉스 영화관이 있지만 거기 가는 사람으로도 보이지 않을 것이다.

하지만 구석진 쪽까지 찬찬히 살펴보면 나랑 비슷한 여자애들이 여럿 있다.

내 가방보다 절반 정도 작은 여행가방과 짐으로 꽉 찬 배낭을 편의점 앞에 놓고 털썩 주저앉아 있다.

나보다 훨씬 어려 보이는 그애들은 십대가 아닐까 싶다. 짧은 스커트 아래로 하얗고 가느다란 다리를 내놓고 있다. 코트를 입고 있어 잘은 모르겠지만 상체도 왜소해 보인다. 고작해야 중학생 정도로 보이는 여자애도 있다. 그애들은 멍한 눈빛으로 스마트폰을 응시하면서 성매매 상대를 찾고 있다. SNS나 만남 사이트로 연락을 주고받은 남자와 만나는 경우도 있고, 직접 말을 걸어온 남자와 접촉하는 경우도 있을 것이다.

영화관 입구에서 사선으로 앞쪽에 서 있는 여자애는 자주 본다.

흰 피부에 작은 얼굴, 쌍꺼풀 진 큰 눈, 허리까지 오는 긴 머리는 까맣고 곧다. 무릎을 덮는 회색 코트를 입고 있어도 팔다리가 길다는 걸 알 수 있고 누구보다 눈에 띈다. 아이돌이나 배우가 될 수 있을 정도로 예쁘다. 돈을 버는 방법은 다른 쪽으로도 얼마든지 있을 텐데.

그런데 십대 여자애한테 왜 그토록 돈이 필요한 걸까. 최신 스마트폰이 갖고 싶다든가 옷을 사고 싶다든가 노는 데 돈이 있어야 한다는 건 알지만 그렇다고 한 달에 수십만 엔이나 필요하지는 않다. 이런 데 있지 말고 집으로 돌아가서 편의점이나 패스트푸드점에서 아르바이트라도 하는 편이 낫다.

영화관의 옆길로 들어가 선술집이 몇 개나 들어찬 잡다한 건물 지하의 만화 카페로 간다.

저녁 7시부터 다음날 아침 5시 사이에는 나이트 패키지 요금제로 만화 카페를 이용할 수 있다. 여덟 시간에 1500엔이므로 밤 9시부터 다음날 아침 5시까지 여기서 보낸다.

카운터에서 회원증을 꺼낸다.

"개인실의 나이트 패키지 요금제로 해드릴까요?"

"네."

처음 여기 왔을 때는 "일반 요금과 패키지 요금제가 있는데 어떻게 하시겠어요?" "개인실과 오픈석 중 어느 쪽으로 하시겠어요?" 하는 질문을 받았는데, 이제는 "해드릴까요?" 하고 알아서 묻는다. 매일 밤 오니까 점원도 기억하는 거겠지. 카운터에는 매번 같은 사람이 있지 않고 대학생 또래의 아르바이트생이 교대로 근무하고 있다. 심야 타임에는 남자애들뿐이다. 분명 나를 가리켜 "저 여자, 홈리스일 거야" 하고 쑥덕거릴 것이다.

"1500엔입니다."

지갑을 열어 아까 받은 돈에서 1500엔을 꺼낸다. 남은 돈은 6000엔이 조금 안 된다. 거기서 내일 이용할 물품보관함 요금 500엔과 식비를 쓴다. 일일 아르바이트는 교통비를 지원해주지 않기 때문에 집합 장소까지 전철 요금도 써야 한다. 남는 금액은 3~4000엔 정도다. 아르바이트 연락 때문에 스마트폰을 해지할 수 없으니 그 돈에서 통신비를 낸다. 그 밖에도 코인 빨래방 비용이나 최소한의 생활용품을 사는 데 돈을 쓴다. 한 달 동안 매일 아르바이트를 하러 가더라도 10만 엔을 못 모은다.

전에 살던 집의 보증금을 돌려받았으니 그 돈을 합치면 집세가 싼 방을 빌릴 수도 있다. 하지만 그후에도 계속 집세를 낼 수 있을지 자신이 없다.

이러다 평생 일일 아르바이트만 하는 게 아닐까, 그런 생각만 해도 토할 것 같다.

일단은 장기적으로 할 수 있는 일을 찾아야 한다.

"좌석은 이쪽입니다." 점원이 번호가 적힌 영수증을 출력하며 말한다.

"고마워요." 나는 영수증을 받는다.

만화책이 진열된 책장 사이를 걸어가 오픈석 사이를 지난 뒤 개인실 중에서 내 번호를 찾는다.

요금은 오픈석이 싸지만 의자와 테이블만 있어서 잠을 잘 수 없다. 여행가방을 놓을 자리도 없고 안전해 보이지도 않는다.

개인실이라고 해봐야 다다미 한 장* 정도의 크기다. 개별 칸막이의 높이는 2미터도 안 될 것이다. 그래도 안쪽에서 문을 잠글 수 있고, 평평하게 펼칠 수 있는 소파베드와 발 받침에 컴퓨터도

---

* 약 180cm×90cm.

있다. 안심하고 잘 수 있을 뿐 아니라, 동영상을 보거나 일자리를 알아볼 수도 있다.

귀중품이 든 숄더백을 어깨에 멘 채 개인실에서 나와 드링크 코너로 간다.

1500엔에는 무제한으로 마실 수 있는 음료의 값이 포함되어 있다.

종이컵에 음료가 담겨 나오는 자판기들이 늘어서 있는데, 돈을 넣지 않아도 버튼만 누르면 나온다. 먼저 시원한 녹차를 뽑은 다음 따로 콘수프를 뽑는다.

양손에 종이컵을 들고 개인실로 돌아와 문을 잠근다.

컴퓨터 앞에 종이컵을 나란히 놓고 숄더백을 코트 위에 건다.

길거리를 돌아다니다 편의점에서 산 빵을 가방에서 꺼내고 자리에 앉는다.

큼직한 쿠페빵에 팥과 마가린이 들어 있다. 100엔 조금 넘는 가격에 살 수 있고, 한 개만 먹어도 배가 부르다. 부족하다 싶을 때는 콘수프나 주스를 계속 마시며 배를 채운다.

빵을 먹으면서 인터넷을 하고 구인 정보를 검색한다.

어디서 일을 하든 이력서 외에 신분증명서가 필요하다. 일일 아르바이트조차 신분증명을 요구해서 파견 업체에 등록할 때 건강보험증을 제출했다. 이력서와 마찬가지로 전에 살던 집 주소가 적혀 있다. 전입신고를 할 곳이 없으니 주소를 바꿀 방법도 없다. 내 신분은 허위로 증명되는 셈이다. 업체에서는 복사만 할 뿐 아무것도 묻지 않았으나, 정직원으로 일하게 되면 그리 호락 호락하지는 않겠지. 집 주소를 조사하는 일은 없더라도 면접을 보거나 업무중에 얘기하다 보면 들킬지도 모른다.

기숙사가 있는 직장도 찾고 있는데 대부분이 공장이다. 인터 넷에 그런 회사를 검색해보면 대개가 변변찮은 소문들뿐이다. 기숙사도 일터도 환경이 나쁘다느니, 불법체류 외국인 노동자가 있다느니, 절도가 일상적으로 발생한다느니. 후계자 없는 농가 나 인구가 줄어가는 마을처럼 이주자를 모집하는 곳도 있다. 집 뿐만 아니라 밭도 딸려온다지만 그곳에서 내가 무언가를 할 수 있을 것 같지는 않다. 간병 관련 구인은 많지만, 자격증도 없는 데다 노인을 잘 돌볼 자신도 없다.

이런저런 생각을 하면서 인터넷을 하는 사이에 빵을 다 먹어 버렸다.

고등학생 때, 점심시간이나 배드민턴부 연습이 끝난 후에 자 주 이 빵을 먹곤 했다.

그때는 좋아서 먹었을 텐데 지금은 그저 허기를 채울 뿐이라 아무런 맛이 안 난다.

문구 회사에서 일하는 동안 딱 한번이라도 더 전쟁이 튀김을 먹고 싶었는데 그러지 못했다. 회사 주변에는 점심을 싸게 먹을 수 있는 가게가 그곳 말고도 많았다. 정직원들이 술 마시러 갈 때 나를 데려가주는 일도 가끔 있었다. 파스타와 피자 종류가 다양한 이탈리안 식당, 신선한 생선을 갖춘 선술집, 어째선지 카레가 명물인 중화요리집, 모두 맛있었다.

친구의 결혼식에서 먹었던 프렌치 코스는 꿈에서나 볼 환상의 요리처럼 느껴졌다. 이제는 몇 번이나 결혼식에 참석하다보니 흔한 일이 되어서 매번 그 맛들이 크게 기억나지 않는다. 축의금이 얼만데 고작 이 정도냐고 불평하면서 먹었던 적도 있다.

집 계약을 정리하고 나온 건 아무에게도 말하지 않았다.

연하장이나 청첩장이 오더라도 전에 살던 집의 우편함에 테이프가 붙어 있으니 반송될 것이다.

그걸 받아본 모양인지 친구한테 메시지가 몇 통 왔지만 답장하지 않았다.

12월 31일에 집을 나왔을 때는 친구네 집에 갈 생각이었다. 하지만 이렇게 된 사연을 털어놓고 의지할 수 있을 만큼 친한 친구가 도쿄에는 없다. 친구가 많은 편이라고 생각했는데, 모든 관계가 얄팍하다. 시즈오카에 돌아가면 뭐든지 얘기할 수 있는 오랜 친구들이 있지만 그애들에게 말했다가는 부모님들에게 전해져 결국 아빠에게 연락이 갈 것이다. 그 일만큼은 어떻게든 피하고 싶다.

누구에게도 의지하지 않고 연립주택에서 두 정거장 떨어진 곳에 있는 24시간 만화 카페에 들어가 거기서 해를 넘겼다.

일일 아르바이트를 하게 된 후로도 일주일 정도는 거기서 지냈다. 주택가에 있는 만화 카페라서 심야에는 거의 손님이 없었다. 그중 나처럼 매일 만화 카페에 오는 남자와 눈이 마주쳐 말을 걸어오기에 적당히 웃으며 대답해줬다. 그러다 한밤중에 자는데 그 남자가 개인실 문을 노크하며 말을 걸어왔고 나는 모르는 척 대답하지 않았다. 개인실은 카운터에서 멀리 떨어져 있어서 만약 무슨 일을 당해도 내 목소리가 들리지 않을 것 같았다. 게다가 카운터에는 졸린 얼굴의 남자 혼자뿐이라 목소리가 들려도 도와줄 것 같지 않았다. 주의를 받는 경우가 없으니 개인실을 러브호텔 대용으로 이용하는 대학생 또래의 애들도 있었다. 아무래도 위험해 보이는 그곳을 나와 파견 업체에 가까운 곳에서 심야에도 손님이 많은 만화 카페를 찾아오게 되었다.

이곳에는 나 말고도 거의 매일 오는 손님이 몇 명 있다. 서로 얼굴을 기억하더라도 말을 붙이지 않는 게 규칙처럼 되어 있다. 내 또래로 보이는 여자들도 많고, 카운터에는 남자 점원이 여럿이라 안심하고 있을 수 있다. 바깥은 아시아 최고의 유흥가이고 위험한 일 천지일 것 같지만 이곳에서는 마음을 놓을 수 있다.

친구네 집에 가서 이런저런 질문을 받는 것보다 여기 있는 게 훨씬 편하다.

가방 속에 넣어둔 스마트폰이 울리기에 꺼내서 확인한다.

아마미야의 메시지다.

"뭐해? 무슨 일 있어?"

다른 친구들은 한두 번 답장을 안 했더니 연락이 오지 않는다. 그런데 아마미야만 거의 매일 연락해온다. 메시지 내용은 매일 조금씩 다르다.

가령 어떤 우연이 거듭되어 지금 이 생활을 친구에게 들킨다면 어쩔 수 없으니 모든 걸 털어놓을 것이다. 거리를 배회하다 친구를 만날지도 모르고, 일일 아르바이트로 파견된 곳에서 함께 일하게 될 확률이 전혀 없다고도 장담할 수 없다. 그때는 각오할 수밖에 없다고 생각한다.

다만 무슨 일이 있어도 아마미야에게는 들키고 싶지 않다.

분명히 화를 내면서 이번에야말로 진심으로 나를 경멸할 것이다.

*

오늘 아르바이트는 공장이나 창고가 아니라 사무실에서 하는 작업이다. 단정한 복장으로 가라는 지시를 받아 여행가방에서 면접용 정장을 꺼냈다.

벤처기업답게 사무실이 살짝 독특하다. 커다란 테이블과 작은 책상과 소파 세트가 불규칙하게 놓여 있는 모습이 마치 카페 같다. 개개인의 자리가 정해져 있지 않아 마음에 드는 곳에서 일하면 되는 모양이다. 벽에는 뭔지 알 수 없는 컬러풀한 그림이 걸려 있다. 아마 모던 아트라는 거겠지. 캐주얼한 옷을 입은 사람이 많아 정장 차림인 내가 튀어 보인다.

이런 회사라면 탄력근로제를 운영할 것 같은데 아직 오전 10시 전인데도 출근한 사람이 많다. 각자가 좋아하는 일을 하는 분위기라 활기가 있다.

"안녕하세요. 미즈코시 씨죠?"

안내데스크 옆 소파에 앉아 기다리는데 담당자가 다가왔다.

키가 크고 예쁜 사람이다. 헤어스타일도 복장도 털털하지만 대충한 것 같지 않고 세련되어 보인다. 나이는 내 또래 같은데 어른스럽다.

"미즈코시입니다. 오늘 잘 부탁드립니다." 일어나서 인사한다.

"그렇게 긴장하지 않아도 돼요."

"왠지 사무실이 근사해서 긴장이 되네요."

"CEO의 취미예요."

"시이오요?"

"최고경영책임자, 사장님이요." 담당자가 창가 책상에서 컴퓨터 화면을 보며 일하고 있는 남자를 가리킨다.

저 남자가 사장이라는 말이겠지.

젊다.

회색 맨투맨 티셔츠에 청바지 차림이라 대학생 정도로 보인다. 그렇지 않더라도 내 또래일 것 같다. 그를 보고 사장이라고 알아맞힐 수 있는 사람은 없을 거다. 다른 사원들 속에 자연스럽게 어울려서 거만해 보이는 분위기를 조금도 풍기지 않는다.

"저쪽 테이블을 사용하죠."

담당자를 따라 안쪽에 있는 테이블로 간다.

6인용 테이블에 목제 의자들이 놓여 있다.

"잠시만 기다리세요."

"네." 제일 끝자리에 내 가방을 놓는다.

"이거 부탁할게요." 담당자가 봉투와 우표를 가져온다. "봉투에 우표와 수신인 라벨을 붙이고, 수신인이랑 서류에 적힌 이름을 확인한 뒤, 봉투에 서류를 넣고 풀로 붙여주세요. 순서는 편한 대로 하시면 됩니다. 양이 꽤 많으니 중간중간 쉬면서 하셔도 되고요."

"네."

"거기 있는 커피랑 음료는 마음대로 드셔도 됩니다."

"네?"

구석의 카운터에 커피메이커와 에스프레소머신이 나란히 있고 전기 주전자도 놓여 있다. 바구니 안에는 홍차와 허브차 티백이 들어 있다.

"냉장고 안에는 페트병 음료도 있어요."

"말만 하지 말고 뭐라도 하나 꺼내줘." 근처 책상에서 컴퓨터 화면을 보고 있는 남자가 말한다.

"아, 맞다. 뭐가 좋으세요?"

"아, 음."

"우선 녹차나 물 좀 드릴까요?"

"네, 그럼 녹차 주세요."

"네." 담당자가 냉장고에서 페트병에 든 녹차를 가져다준다.

"고맙습니다." 나는 페트병을 받아든다.

"화장실은 저쪽에 있어요." 출입구 앞을 손으로 가리키며 담당자가 말한다.

"업무중에 화장실 가도 되나요?"

"네?"

담당자가 놀란 듯한 표정으로 나를 본다.

"아, 죄송합니다. 아무것도 아니에요."

어느새 공장이나 창고의 규칙에 익숙해졌다. 하지만 업무중에 화장실에 가지 못하는 건 일반적인 상황이 아니다. 그들이 요구하는 대로 화장실에 가는 일 없이 작업을 했지만, 어째서 그런 규칙이 생긴 걸까. 부지가 넓어서 화장실에 갔다가 길을 헤매기 때문이라는 말을 들은 적이 있으나 어린애도 아니고 못 찾아올 리가 없다.

"저는 회의가 있는데요, 저기 소파 자리에 있을 테니 무슨 일 있으면 개의치 말고 말씀하세요."

"알겠습니다."

"그럼, 잘 부탁드려요."

담당자는 상냥한 미소를 짓고 손을 흔들면서 사무실 한가운데에 있는 소파 자리로 간다.

오늘 이곳에 파견된 사람은 나 혼자다.

즉, 주어진 일을 시간 내에 혼자서 전부 끝내야 한다.

공장이나 창고였다면 할 수 있을지 없을지 불안했겠지만 오늘 이 작업은 충분히 해낼 수 있다.

우선 봉투를 쌓아놓고 수신인 라벨을 붙인다. 오백 통 정도 되지만 그저 묵묵히 해나간다. 집중력을 흐트러트리지 않고 봉투의 한가운데보다 살짝 위쪽에 붙인다. 그런 다음, 붙인 라벨과 서류에 적힌 수신인을 확인하면서 봉투에 서류를 넣는다. 이 작업은 실수하면 큰일이므로 신중하게 해나간다. 이 일이 끝나면 봉투를 뒤집어 풀로 한번에 붙여나간다.

삼 년간 파견사원으로 일하며 터득한 기술이 이것일지도 모른다. 서무 일 중에는 우편물 발송 준비도 있었다. 한꺼번에 모아서 대량으로 보낼 때는 수신인 라벨 만들기부터 맡았다. 적게는 열 통, 많게는 오백 통에서 천 통까지, 거의 매일 있다시피 한 일이라 어떻게 하면 빠르게 할 수 있을지 연구하고 궁리했다. 아무런 쓸모도 없는 기술이라고 생각했는데 이렇게 도움이 되는 순간이 왔다.

이 회사는 이처럼 대량으로 우편물을 발송할 때만 일일 아르바이트를 고용하는 듯하다. 기본적으로는 인터넷으로 거래하면서 쌍방이 서면으로 남겨야 하는 것만 우편으로 보내는 모양이다. 금전과 관련된 오늘 이 서류들은 월말이라 보내는 것 같고. 그렇다면 분명 매달 한 번은 이곳에 일이 있다. 일 처리가 빠르다는 걸 인정받아 다음달도 다다음달도 이곳에 오고 싶다. 하루라도 올 수 있다면 창고나 공장 일도 더 힘내서 할 수 있다. 우편물 발송이라면 속도뿐 아니라 실수 없이 정성스럽게 할 자신도 있다. 일일 아르바이트에서 성과를 내면 지명을 받기도 하는 모양이니 다음번부터는 나를 지명해줬으면 좋겠다. 그렇게 몇 번 파견되다보면 여기서 정식으로 일할 수 있지 않을까.

"잘돼가요?" 담당자가 상황을 보러 왔다.

"이제 봉하고 우표 붙이는 일만 남았어요."

"우와! 빠르네요."

"전 직장에서도 했던 일이라 익숙하거든요."

"전에 왔던 사람은 하루종일 걸려서도 못 끝냈는데."

"이 일이 매월 있나요?"

"매월 말."

"그렇군요."

"어쩌지. 이른 오후면 다 끝나서 일이 없겠네요."

"네, 그렇겠네요."

정해진 시간보다 일이 일찍 끝난 경우에도 일당은 예정대로 지급하도록 약속되어 있다. 나로서는 곤란할 게 없지만 일하지 않는 시간에도 돈을 받는 것 같아 괜스레 미안하다.

"수신인 입력을 부탁해도 될까요?"

"그건 컴퓨터 작업인 거죠?"

수신인의 이름과 주소를 입력하는 일 정도야 콧노래를 부르면서도 할 수 있다. 수락해도 되지만 컴퓨터 작업과 사무 작업은 시급이 다르다. 공장이나 창고 작업이 1000엔, 사무 작업이 1200엔, 컴퓨터 작업은 1400엔으로 기본 시급이 정해져 있다. 사무나 컴퓨터 작업은 한 달에 몇 건 없어서 좀처럼 차례가 오지 않는다.

"컴퓨터, 쓸 줄 모르나요?"

"쓸 수 있습니다. 그런데 그게……"

잠자코 승낙하면 될 일이다.

이 사람들 눈에 들어서 다음달에도 불러준다면 그게 더 낫다.

"아, 맞다. 미안해요. 컴퓨터 작업은 시급이 다르죠?"

"……네."

"파견 업체에는 제가 연락할 테니 괜찮으면 부탁해도 될까요?"

"물론이죠."

"잠깐만요." 담당자가 바지 주머니에서 스마트폰을 꺼내 곧바로 전화를 건다.

상대에게 표정이 보이는 것도 아닌데 웃으면서 얘기한다. 파견 업체의 직원이 웃는 얼굴로 응대하고 있을 것 같진 않다. 짜증스러운 얼굴로 말하고 있을 게 눈에 훤하다.

이런 벤처기업에 고학력자들만 일하고 있는 건 아닐 테다. 중졸이든 고졸이든 상관없이 기술을 갖추고 일 잘하는 사람들이 모여 있다는 느낌이 든다. 공장이나 창고에 가면 학력을 가지고 차별하는 시선으로 서로를 바라보지만 여기는 그런 곳이 아니다. 그보다 더 중요한 건 인성과 일을 대하는 자세다. 봉투에 수신인 라벨을 붙이고 서류를 넣은 뒤 봉해서 우표를 붙이기만 하는 작업에 여덟 시간이나 걸린다는 건 말도 안 된다. 전에 파견된 사람은 아마도 대충대충 했을 것이다.

어느 공장이나 창고에 가도 그런 사람은 있다.

어제 갔던 창고만 해도 아동복 재고량을 대강 적는다 한들 들킬 일은 없을 것이다. 만약 들켰더라도 몇 월 며칠에 왔던 아무개가 수량을 엉터리로 적었다며 일부러 전화할 사람은 없다. 나말고 다른 사람들의 작업 속도가 빨랐던 건 어쩌면 숫자를 대충세었기 때문인지도 모르겠다.

"괜찮대요."

담당자가 전화를 끊고서 웃는 얼굴로 나를 본다.

"다행이네요. 감사합니다."

"이 작업이 끝나면 말씀해주세요. 점심시간은 편하실 때 한 시간 정해서 쓰면 됩니다."

"네, 알겠습니다." 나는 하던 작업으로 다시 돌아간다.

사무실에 일당을 받으러 갈 때 사무나 컴퓨터 작업이 좀더 없는지 직원에게 물어봐야겠다. 일일 아르바이트에 등록한 사람 중 대부분이 워드나 엑셀을 쓸 줄 모르고, 키보드를 보지 않고 타이핑하는 것도 못하는 것 같았다. 등록 날, 거수로 설문을 했는데 손을 든 사람은 나와 대학생쯤으로 보이는 남자뿐이었다. 사무나 컴퓨터 작업이 있으면 내가 우선적으로 파견될 수 있을 것이다.

　보통 만화 카페에는 샤워실이 있는데, 내가 지내는 곳에서는 나이트 패키지 이용자라면 무료로 쓸 수 있다.

　이게 정말 큰 도움이 된다.

　대중목욕탕은 500엔 가까이하고, 코인 샤워는 삼 분에 100엔이다. 삼 분 만에 머리를 감고 전신을 씻는 건 힘들어서 대략 3~400엔은 쓰게 된다. 그 금액을 매일 내거나 어제 목욕탕에 갔으니 오늘은 참아야지 같은 걸 생각하지 않아도 되니까 좋다. 욕조에 몸을 담그고 싶은 날도 있지만, 따뜻한 물로 샤워를 할 수 있는 것만으로도 충분하다.

　게다가 이곳은 여성 전용이라 늘 깨끗이 청소되어 있다. 샤워 부스 바로 앞에는 세면대가 있고 드라이어도 이용할 수 있다.

　감은 머리를 말리면서 거울에 비친 나를 바라본다.

　집을 나온 뒤로 몸무게를 재보진 않았지만 살이 쪘다.

　체중은 그렇게 안 늘었을지 몰라도 몸매에 탄력이 없어졌다. 피부는 까칠하다. 전에는 뾰루지 같은 것도 거의 없었는데 지금은 이마와 볼에 몇 개 생겼다. 고칼로리의 단 빵과 콘수프밖에 먹지 않으니 영양적으로 불균형한 상태인 건 뻔한 일이다. 채소를 좀 먹고 싶어도 편의점에서 파는 샐러드는 내가 살 수 있는 가격이 아니다. 고기는 패스트푸드 중에서 제일 싼 햄버거로 섭취하는 정도다.

파견사원 시절에는 먹는 음식을 특별히 신경썼던 건 아니지만, 될 수 있으면 직접 해 먹고 일주일에 몇 번은 회사에 도시락을 싸 갔다. 색 조합을 보기 좋게 맞추려다보니 자연스럽게 균형 잡힌 식단이 되었다.

건조한 계절인데 화장수와 로션을 아주 적은 양밖에 바르지 못하는 것도 피부가 거칠어진 원인이다. 세안 후 아무것도 안 바른다는 미용법도 있는 모양이지만 나한테는 안 맞는다. 아무것도 안 발랐더니 피부가 벌겋게 붓고 아파서 드러그스토어에서 싸게 파는 화장수와 로션을 샀다.

최소한 운동이라도 하면 좋겠지만 아르바이트 내내 의자에 앉아 있고 만화 카페에서는 개인실에서 계속 잔다. 사무실에서 일당을 받고 만화 카페로 돌아오는 사이에 여기저기 걸어다니긴 하지만 주위로부터 시선을 돌려 아래만 보고 있어선지 자세가 나빠졌다.

머리를 다 말리고 세면대 주위를 가볍게 청소한 뒤 샤워실에서 나온다.

드링크 코너로 가서 오렌지주스를 뽑는다.

오늘 일은 즐거웠고 평소보다 좀더 많은 일당을 받았다. 파견 업체에서 사무와 컴퓨터 작업에 관해서도 상담했으니 알찬 하루를 보낸 것만 같다.

술이라도 마시고 싶은 기분이지만 여기에는 주스와 차뿐이다.

집을 나온 후로 술도 입에 대지 않았다.

"저기요." 종이컵에 주스가 채워지기를 기다리는데 한 여자가 말을 걸어온다.

여기서 종종 보이는 사람이지만 얘기를 나눠본 적은 없다.

내 또래인 스물다섯 전후로 보인다. 분위기도 나와 비슷하다. 키는 좀더 크지만 청바지에 부츠를 신은 차림도 닮았다. 비슷한 처지일지도 모른다는 생각이 들어 궁금하긴 했다.

"저기, 여기 자주 오죠?" 그녀가 말한다.

"매일 와요."

"그렇구나. 무슨 사정으로 여기 있는 건지 얘기해보고 싶어서요. 수상한 권유 같은 걸 하려는 건 아니에요."

"괜찮아요. 그렇게 안 보이니까."

"나이가 비슷해 보여서요."

"저도 같은 생각을 했어요."

"정말요?" 그녀가 기쁜 듯 미소를 짓는다.

"네."

"저는 마유라고 해요."

상대가 성이 아닌 이름을 말했으니 나도 똑같이 하는 게 좋겠지.

"아이예요."

"몇 살이에요?"

"스물여섯."

"동갑이네! 그럼 말 놔도 되겠지?"

"응."

"좀더 얘기하고 싶은데, 밖으로 나갈래?"

조금 전까지 무척 조심스럽게 얘기했으면서 반말을 쓰는 동시에 말투도 스스럼없어졌다.

"근데 나, 나이트 패키지로 먼저 돈을 내서."

"카운터에 가서 말하면 괜찮아. 여기서는 못 떠드니까."

"그래."

만화 카페다보니 조용히 만화를 보는 사람도 있고 자는 사람도 많다.

"준비하고 올 테니까 카운터에서 만나자." 마유는 그렇게 말하고 개인실 쪽으로 가버린다.

마유는 카운터를 보는 남자애들과 친하게 지내는지, 개인실에 짐을 그대로 놓고 나가니까 좀 봐달라고 하면서 내 짐도 함께 부탁했다.

계단을 올라 밖으로 나간다.

전철 막차 시간이 다가오는데 아직 사람이 많고 거리는 밝다.

빌딩과 빌딩 사이로 거센 바람이 분다.

"어떻게 할까?" 마유가 묻는다.

"나 돈 없는데."

"그건 나도 마찬가지야." 내 얼굴을 보며 웃는다. "패밀리레스토랑* 가자. 드링크바 정도는 계산할 수 있잖아."

"응."

주스나 차라면 만화 카페에서 얼마든지 마실 수 있는데 돈 쓰기 아깝다는 말은 하지 않는 편이 좋겠다. 모처럼 상대가 먼저 다가와줬으니 드링크바 정도는 내야지.

누군가와 이렇게 담소를 나누는 것도 오랜만이다.

"그럼 가자."

"패밀리레스토랑, 어디 있는지 알아?"

"그럼. 벌써 반년 넘게 여기 있었으니까."

"그렇구나."

"다른 데도 가봤는데, 빈곤 여성이 지내기에는 여기가 제일 안전하고 편리하더라고."

---

* 일본의 패밀리레스토랑은 대중적으로 이용하는 저렴한 식당을 말한다.

"안전?"

"무서워 보이는 사람은 많지만 그런 자들이 보통 사람한테까지 손을 대진 않으니까. 사람 적은 곳이 더 무서웠어."

"맞아, 나도 그렇게 생각했어."

우리는 얘기하면서 거리명이 적힌 간판 아래를 지난다.

모퉁이만 돌았을 뿐인데 거리가 갑자기 어두워지고 다니는 사람들도 적었다.

"아이, 넌 언제부터 이런 생활을 하는 거야?"

"한 달쯤 전부터."

"그렇구나."

"그럭저럭 적응은 했지만 어떻게 해야 좋을지 고민될 때도 많은데, 먼저 말 걸어줘서 굉장히 기뻤어."

"한 달 전에 무슨 일이 있었어?"

"음, 그게."

"잠깐. 들어가서 얘기하자."

마유가 빌딩 2층에 있는 패밀리레스토랑을 가리키며 계단을 올라간다. 특히 더 저렴한 곳이다. 24시간 영업하는 모양인데 손님은 별로 없다.

널찍한 4인용 자리를 안내받아 서로 마주보고 앉는다.

"보니까 먹고 싶어지네." 나는 주문할 수 없다는 걸 알면서도 메뉴를 본다.

"시간도 늦었으니 참자."

"그렇지. 시간도 늦었고."

돈이 없어서 참는 게 아니라 시간이 늦어서다.

둘 다 점원에게 드링크바만 이용하는 걸로 주문하고 음료를 가지러 간다.

밖에서 걸어와 몸이 찼기 때문에 따뜻한 허브차를 마시기로 한다. 여러 종류의 찻잎 중에서 나는 캐모마일을, 마유는 현미호지차를 고른다.

자리로 돌아와 다시 내 얘기를 한다.

마유는 현미호지차를 마시면서 도중에 끼어들지 않고 얘기를 들어주었다.

"그랬구나." 내 얘기가 끝나기를 기다렸다가 마유가 말한다.

"지금 상황에서는 다음 일을 정할 수도 없으니 일단은 무조건 돈을 모으려고 해."

"부모님은?"

"음……"

"사이 안 좋아?"

"전혀 다른 차원의 문제랄까."

"안 계셔?"

"아니. 아빠는 계셔."

"그렇구나."

마유는 창밖을 보며 아무 말도 하지 않는다.

"넌? 왜 이런 생활을 하는 거야?" 내가 묻는다.

"학자금."

"무슨 일이 있었는데?"

"가정사가 좀 복잡해서 학자금 대출로 대학을 다녔어."

"그랬구나."

나는 아빠가 대학 등록금 전액을 내주었다.

"내가 공부를 잘해서 장학금을 받을 수 있었던 것도 아니니 결국 빚을 진 거지. 졸업하고 갚으면 되는데, 너랑 마찬가지로 취업을 못해서 나도 파견직으로 일했어. 그런데 파견사원 월급으로 생활비를 쓰고 학자금까지 갚는 게 어렵잖아."

"어렵지. 한 달 생활비만 해도 상당한 돈이 들어가니까."

"맞아! 이해해주는 사람을 만나서 기쁘네." 마유는 울 것 같은 표정을 짓는다.

"나도 기뻐."

"그래서 우선은 학자금 갚는 데 집중해야겠다 싶어서 일상생활을 포기한 거야."

"……참신한 발상이네."

"지금은 만화 카페나 친구네 집에서 자면서 될 수 있는 한 돈을 안 쓰고 학자금을 갚아. 다 갚으면 취업자리를 구해서 그후론 어떻게 생활할지 고민할 거고."

"갚을 수 있을 것 같아?"

"아마 되지 않을까 해. 여기서 반년이나 있다보니 돈을 안 쓰는 법이나 모으는 법 같은 걸 알게 됐으니까."

"그렇구나."

"너한테도 알려줄게." 마유가 웃으며 말한다.

"고마워."

마유가 말을 걸어줘서 정말 다행이다. 나 혼자서는 영원히 이 생활에서 벗어날 수 없을지도 모른다. 서로의 마음을 이해해줄 수 있는 친구가 생겨 가슴속에 희망이 부풀어오른다. 앞으로 마유와 함께 의논하고 불안한 마음을 나눈다면 어떻게든 되리라는 기분이 든다.

"내일은 어떻게 할 거야?" 마유가 묻는다.

"일일 아르바이트가 있어서 공장에 가." 또 하루종일 스마트폰 상자를 접어야 한다.

"일일 아르바이트를 해?"

"응, 일이 그런 것밖에 없지 않아?"

"일일 아르바이트 같은 건 남자들이나 하는 거잖아." 우습다는 듯 마유의 웃음소리가 커진다. "아니면 아줌마들이나 하거나. 우린 이십대 초반이라고 해도 믿을 텐데 좀더 현명하게 돈을 벌어야지."

"무슨 소리야?"

"즉석만남 카페, 몰라?" 마유가 얼굴을 가까이하며 내 눈을 응시한다.

3

핑크색 소파에 앉아 과자를 먹고 주스를 마시는 모습이 정면 거울에 비친다. 옆에 앉은 마유는 펼친 잡지 위에 스마트폰을 꺼내놓고 게임을 하고 있다. 그 모습도 거울에 비친다.

거울은 맞은편에서 우리 모습을 볼 수 있는 매직미러다.

맞은편에 있는 남자가 우리 가운데 누구를 지명할지 고르는 중이다. 오늘은 나와 마유 말고도 여자들이 다섯 명 더 있다. 그중 셋은 점원에게 호출되어 거울 맞은편으로 나갔다.

한 명이 돌아와 소파에 앉더니 스마트폰을 본다.

어땠는지 궁금하지만 물어봐서는 안 된다. 맞은편 남자들에게 말소리가 들리지 않더라도 무슨 얘기를 하는지는 분위기로 전해질 테니.

문이 열리고 점원이 들어온다.

"아이 씨. 부탁해요."

"네."

먹다 만 초콜릿을 테이블에 놓고 점원에게 타이머와 남자의 자기소개 카드를 받은 뒤, 거울 맞은편으로 나가 지시받은 자리로 간다.

만화 카페와 마찬가지로 좌석에는 벽으로 칸막이가 되어 있다.

커튼을 열고 안으로 들어가니 2인용 소파가 하나 놓여 있다.

삼십대 후반 정도로 보이는 정장 차림의 남자가 앉아 있었다. 평범한 회사원 같다. 상냥한 미소를 지으며 나를 보고 있다.

"안녕하세요." 내가 먼저 인사한다.

"안녕하세요."

"앉아도 될까요?"

"네, 앉으세요."

"실례하겠습니다." 테이블에 타이머를 두고 남자 옆에 앉는다.

타이머의 시작 버튼을 누르자 제한 시간 십 분이 줄어들기 시작한다.

남자는 미소를 띤 채 아무 말도 하지 않는다.

내가 먼저 얘기하는 게 좋을까. 자기소개 카드를 봐도 "즐겁게 얘기 나누고 싶습니다"라고만 쓰여 있다.

"일하는 도중에 오셨나요?"

창문이 없어서 밖은 안 보이지만 아직 밝은 시간이다.

이 시간대에는 좀 나이든 손님이 많고 이십대나 삼십대가 오는 경우는 별로 없다.

"일점오. 어때?" 내 질문에는 대답하지 않고 남자가 말한다.

"……저기."

"호텔비는 따로 낼 테니까."

"저기, 그게."

"왜? 2만 엔 원해?"

"차나 밥만 먹는 건 안 될까요? 노래방 같은 것도 괜찮고요."

"뭐?" 남자의 웃음기가 사라지고 표정이 험악해진다.

"호텔은 안 가요."

"그래? 그럼 됐어."

"죄송합니다." 타이머를 들고 자리에서 일어난다.

점원에게 타이머와 자기소개 카드를 돌려주고 거울 속 방으로 돌아간다.

마유도 불려갔는지 자리에 없다.

나는 다시 소파에 앉아 테이블 위의 초콜릿에 손을 뻗는다.

처음 마유와 얘기하고 난 다음날에는 예정대로 일일 아르바이트를 하러 공장에 갔다. 그리고 그날 밤에 다시 마유와 얘기하면서 즉석만남 카페에 대해 자세히 들었다.

즉석만남 카페는 데이트 찻집이라고도 한다.

영업 형태로 보면 어디까지나 찻집이나 카페다. 만남을 목적으로 하지만 거기서 알게 된 남녀가 바깥으로 나간 뒤 어디서 무엇을 하든 카페와는 관계없기 때문에 성적인 유흥업소는 아니다. 거울 속 방에서 대기하는 여자들은 무료로 주스를 마실 수 있고 과자를 먹을 수 있으며 잡지를 읽거나 게임을 할 수도 있다. 그렇다고 그 대신 무언가를 하도록 카페로부터 강요당하는 것도 없다.

방금 그 남자처럼 다짜고짜 호텔로 가자고 하는 사람은 드물고, 차를 마시거나 밥을 먹고 함께 노래방에 가는 걸로 만족하는 이들도 있다. '일점오'는 1만 5000엔이라는 뜻이다. 여기 오는 여자들 중에는 그 금액을 받고 남자와 호텔에 가기도 한다. 호텔에 가서 어디까지 할지는 서로 합의하기 나름이다. 이것을 '2차'라고 한다. 마유와 나는 호텔에는 가지 않고 차를 마시거나 밥을 먹거나 노래방에 같이 가주고 남자에게 3000엔에서 5000엔을 받는다. 이것을 '데이트'라고 한다.

어딘가 석연치는 않지만 소위 말하는 그레이존 같은 것이리라.

법률적으로 문제가 없어도 윤리적으로는 부적절하다는 생각이 든다.

남자는 카페에 들어올 때 커피나 주스 가격치고는 지나치게 비싼 금액의 입장료를 낸다.

그리고 카페의 점원은 남자들뿐이다. 그들의 업무는 웨이터 일이 아니라 손님과 여자를 중개하는 것이다. 만화 카페와 마찬가지로 자판기가 있어서 음료는 직접 가져다 마시게 되어 있다.

마유 말로는 안전하다고 했지만 일주일 정도는 계속 거절했다. 하지만 매일 만화 카페에서 마유와 얼굴을 마주치다보니 거절하기도 점점 민망해져서, 하루 아르바이트를 쉬고 딱 한 번만이라고 약속하고 즉석만남 카페에 왔다.

초심자의 행운인지 제일 처음부터 좋은 사람을 만났다. 아빠와 연령대가 비슷한 남자와 함께 차를 마시고 얘기를 들어주기만 했는데 1만 엔을 받았다. 얘기는 회사에 관한 푸념이었고, 내 의견은 내지 않는 편이 좋을 듯해 잠자코 듣기만 했을 뿐이다. 그다음 사람은 노래방에서 두 시간을 같이 있어줬더니 5000엔을 주었다. 내 또래의 젊은 남자였는데, 노래방을 좋아하지만 혼자 가기가 부끄럽다고 했다. 노래를 싱딩히 잘해서 듣고만 있어도 지루하지 않았다.

대기 시간까지 포함해 다섯 시간에 1만 5000엔이나 벌었다. 그 돈에서 몇 퍼센트를 카페에 내는 건가 싶었는데 한푼도 내지 않아도 된다. 1엔이라도 내면 카페가 아닌 셈이다. 이 돈은 남자가 내게 준 용돈이지 급여가 아니다. 그렇기에 원천징수액도 떼이지 않고 전부 내 것이 된다.

번 돈으로 마유와 둘이서 패밀리레스토랑에 가 일본식 햄버그 스테이크 세트와 샐러드를 먹고 맥주도 마셨다. 노동의 대가라는 생각이 들지 않아 확 써버리는 편이 낫겠다고 생각했다. 성적인 유흥업은 아니지만 누군가에게 당당히 말할 수 있는 돈벌이 방법이 아니다. 좋지 못한 일을 했다는 기분은 들었지만 오랜만에 먹은 따뜻한 식사와 채소는 맛있었다. 단숨에 술기운이 돌아 맥주는 한 잔만 마셨다. "카페에서 만난 남자한테 얻어먹으면 좋았을 텐데" 하며 마유가 크게 웃었다.

다음날에는 일일 아르바이트를 하러 공장에 간 내가 너무 한심하게 느껴졌다.

나는 홈리스이고, 하루라도 빨리 이 생활에서 벗어날 돈이 필요하지 노동의 대가 같은 걸 생각할 때가 아니다. 더 빨리 더 많은 돈을 벌 수 있는 방법을 선택해야 한다. 돈벌이 방식의 좋고 나쁨은 아무래도 상관없다. 남자 친구나 동창에게 밥이나 술을 얻어먹은 적이 몇 번이나 있지 않은가. 돈을 받을 뿐 그것과 크게 다를 바 없다.

그런 생각으로 일일 아르바이트를 그만두고 즉석만남 카페에 오게 되었다.

즉석만남 카페는 만화 카페와 같은 거리에 있어서 교통비도 들지 않는다. 시간을 효율적으로 쓸 수도 있고 쓸데없는 지출을 하지 않아 좋았다.

그러나 첫날처럼 일이 잘 풀리는 경우는 좀처럼 없다.

조금 전 그 남자처럼 "일점오에 어때?"라는 말만 계속 듣는 날도 있다.

"아이!" 자리로 돌아온 마유가 나에게 달려온다.

"무슨 일이야?"

"같이 나가자. 둘이 오면 더 많이 준대."

"뭐? 혹시 3P*가 목적인 거 아냐?"

절대 몸은 팔지 않겠다고 스스로 다짐하더라도 계속 이곳에 있다보면 그런 사고방식에 익숙해진다. 얼마 전까지만 해도 '3P' 같은 건 성인물 속에만 존재하는 용어라고 생각했다.

"아니야!" 마유가 웃으며 말한다. "노래방에 가재. 본인은 노래 안 부를 거니까 우리 둘이 부르면 된대."

"정말? 그럼 나도 갈래! 갈래!"

점원에게 말하고 마유의 손에 이끌려 거울 너머로 나간다.

---

* 유흥업소에서 남자 고객 한 명에게 여자 두 명이 서비스를 제공하는 것.

"재수좋았네." 마유가 눈앞에서 1만 엔짜리 지폐를 들어올린다.

"좋은 사람이었어." 나도 마유와 똑같이 한다.

상대는 할아버지로밖에 볼 수 없는 남자였는데, 노래방에서 세 시간이나 노래를 부르게 해주고 나랑 마유에게 1만 엔씩 주었다. 할아버지는 노래방 한구석에서 말없이 앉아만 있었다. 젊은 여자애들과 같은 공간에 있으면서 그 공기를 마시고 싶었던 걸까. 처음에는 그래도 맞춰주는 편이 좋겠어서 관심을 보였지만 아무런 말이 없기에 중간부터는 신경쓰지 않고 마음껏 노래를 불렀다. 그는 구석에 놓인 장식품일 뿐, 그저 마유와 둘이서 놀고 있는 기분이 들었다.

"어떻게 할래? 카페로 돌아갈래?" 내가 마유에게 묻는다.

"오늘은 이만 갈까." 마유가 가방에서 지갑을 꺼내 1만 엔짜리 지폐를 넣는다.

"그럼 나도 이만 갈까." 나 역시 지갑을 꺼낸다.

좀처럼 돈이 안 벌리는 날이 있더라도 좋은 사람을 만나면 일일 아르바이트보다 훨씬 많이 받을 수 있다.

집을 얻고 세 달 정도 생활할 금액이 모이면 그만둬야지. 일일 아르바이트로 모은 돈도 있으니 앞으로 50만 엔만 있으면 충분하다. 이런 페이스로 간다면 봄쯤에는 모일 테다. 그런 다음에 차분히 일자리를 구해야겠다.

"무료 배식 갈까?" 스마트폰을 보며 마유가 말한다.

"이르지 않아?"

번쩍이는 네온사인 틈새로 보이는 하늘은 어두워졌지만 이제 6시가 막 지났다.

"성당에서 5시 반부터 미사가 있는데, 주먹밥을 나눠준대."

"안 늦었을까?"

"나눠주는 건 미사가 끝난 뒤니까 괜찮을 것 같아."

"난 공원에서 주는 채소수프가 좋은데."

"수프는 7시부터 아닌가?" 마유가 스마트폰으로 검색해준다. "주먹밥 받은 다음에 공원으로 가면 딱 맞아."

"그러자."

"그럼 서둘러야 해."

마유가 뛰기 시작해 나도 덩달아 달리며 뒤따라간다.

성당이나 관공서, 노숙자들이 자리잡고 지내는 공원에서는 정기적으로 무료 배식을 하고 있다. 겨울철에는 더 자주 하는 모양이다. 주먹밥이나 수프 외에 샌드위치나 카레 혹은 하이라이스를 나눠줄 때도 있다.

나와 마유는 공원에 눌러사는 아저씨들처럼 옷차림이 허름하지는 않다. 마유에게 무료 배식 얘기를 들었을 때는 "홈리스예요"라고 말해도 안 믿어줄 거라고 생각했다. 하지만 단골 분위기가 나는 마유를 따라가선지 의외로 쉽게 음식을 받을 수 있었다. 매일같이 어디선가 무언가를 나눠주고 있고, 그 정보는 인터넷으로 검색할 수 있다. 무료 배식에 가지 않아도 즉석만남 카페에서 만난 남자에게 밥이나 술을 얻어먹으며 저녁을 해결할 때도 있다.

만화 카페에서 차가운 빵을 먹은 건 삼 주 전쯤의 일이다. 그런 생활이 가능했다니 지금으로서는 믿기지 않는다.

"왜 그래?" 성당 앞에서 마유가 뒤를 돌아본다.

"널 만나 다행이다 싶어서."

"갑자기 무슨 말이야?" 마유가 웃으며 말한다.

"왜냐면, 너 없는 생활은 이제 생각할 수 없으니까."

나 혼자서는 즉석만남 카페나 무료 배식에 대해 알았더라도 행동으로 옮기지는 못했다.

"오버하기는."

"아니야. 오늘 성당에서 주먹밥 받는 것도 네 덕분이야."

"아직 안 받았거든?"

"그러네."

성당에 들어갔더니 미사 도중이라서 제일 뒤쪽 의자에 앉았다.

홈리스가 되지 않았다면 성당 같은 데 올 기회도 없었다. 신부님의 말씀은 하나도 모르겠지만 미사에 참여하는 것만으로도 마음이 정화되는 기분이다. 남자한테 돈을 받아 생활하는 건 어쩔 수 없는 상황이니까 신은 용서해주시겠지.

미사가 끝나고 복도로 나와 무료 배식대 앞에 줄을 서서 주먹밥 두 개를 받는다.

"마유 씨, 아이 씨, 몸은 괜찮아요?" 주먹밥을 나눠주는 중년 여자가 말을 걸어온다.

근처에 사는 자원봉사자로, 수녀님은 아닌 듯하지만 가톨릭 신자일 테다. 온화하고 다정한 말투다.

"괜찮아요." 마유가 여자의 말투를 따라 온화하게 대답한다.

"아무쪼록 너무 무리하지 말아요. 무슨 일 있으면 우리를 의지하세요."

"고맙습니다." 나도 마유처럼 그 말투를 따라 한다.

빈곤 여성이라 불리며 홈리스가 되는 젊은 여자들이 늘고 있는 모양이다. 하지만 이렇게 성당의 무료 배식에 오는 여자들은 거의 없다. 누구에게도 의지하지 못하고 혼자서 얼마 전의 나와 비슷한 생활을 하고 있겠지. 성당에서는 사람을 특별히 더 상냥하게 대해주는 것 같다.

그렇다고 성당 사람들을 의지한다 한들 일자리를 소개받을 수 있는 건 아니다.

인생은 자기 혼자 힘으로 어떻게든 헤쳐나가야 한다.

성당에서 나와 주먹밥을 들고 공원으로 향한다.

차가운 바람이 까칠해진 피부에 스며든다.

앞으로 한 달만 지나면 따뜻해지겠지만 아직은 쌀쌀한 날이 계속되고 있다.

즉석만남 카페에서 돈을 벌고 만화 카페에서 잘 수 있는 것만으로도 나와 마유는 다행이라고 생각한다. 공원에 눌러사는 이들 가운데 이십대 후반이나 삼십대 초반도 있다. 일일 아르바이트 중에서도 건물 해체 같은 고된 일을 하며 돈을 버는 듯하다. 그런 일은 몸을 혹사하기만 할 뿐 받는 돈이 적어 수지가 안 맞는다. 머지않아 건강을 망쳐 일하러 갈 수도 없고, 결국 노숙자 신세에서 벗어날 수 없을 것이다.

코트 주머니 속에서 스마트폰이 울린다.

꺼내서 확인해보니 아마미야에게 걸려온 전화다.

그대로 다시 주머니 속에 넣는다.

"안 받아도 돼?" 마유가 묻는다.

"늘 오는 전화라서."

"아마미야라고 했나?"

"맞아."

"받지그래."

"괜찮아. 그보다 우리 빨리 가자."

주머니 속에서 스마트폰이 계속 울린다.

아주 집요하게 메시지를 보내오는 통에 혹시 집에 연락하면 곤란하겠다 싶어 "잘 지내고 있습니다. 내버려두세요" 하고 딱 한 번 답장을 했다. 그걸로 잠잠해지리라고는 생각하지 않았지만 이렇게 매일같이 전화를 걸어올 줄도 몰랐다. 퇴근길에 습관처럼 하는 건지 이 시간대에 올 때가 많다. 받지 않으면 음성사서함에 "너 뭐하는 거야! 도대체 어디 있는 거야!" 하고 호통치는 소리가 녹음되어 있거나, "어디 있는 거니? 걱정하고 있어" 하고 다정함을 가장한 메시지가 오기도 한다.

처음에는 지금 이 상황을 말하고 싶지 않다는 감정과 동시에 그애한테 면목이 없다고 생각했다. 그런데 지금은 무섭다는 생각밖에 안 든다. 열 번쯤 연달아 전화가 올 때도 있다, 스토커처럼.

설령 이제 와 사과한들 장시간 잔소리를 들은 다음 절교를 통보받을 뿐이겠지. 내가 어쩌다 이런 상황에 처했는지 아무리 설명해도 공무원인 아마미야는 모를 것이다. 그런 애한테 꾸중을 듣는다면 나 역시 화가 난다.

이대로 계속 무시하다보면 아마미야도 언젠가 포기하겠지.

그때까지만 참고 견디자.

*

아침에 일어나 만화 카페 안을 살펴보았지만 마유는 없었다.

메시지를 보내봐도 답장이 없다.

어제는 공원에서 채소수프를 받아 주먹밥이랑 먹고 나서 마유와 헤어졌다. "친구를 만날 거야"라고 했다. 마유는 매일 만화 카페에서 자는 건 아니고 도쿄 시내에 사는 친구네 집에서 자는 날도 있다. 만화 카페의 카운터를 보는 남자애들에게 물어도 "어제는 마유 씨가 안 왔어요"라고만 한다.

즉석만남 카페에 가면 만날 수 있겠지 싶었는데 오지 않는다.

이제 곧 정오가 된다.

한번 더 메시지를 보내본다.

평소 카페에 함께 오더라도 마유만 남자와 외출하고 나는 혼자일 때가 있으니까 괜찮을 거라고 생각은 하지만 아침부터 혼자 있는 건 어쩐지 불안하다. 항상 마유와 있어서 다른 여자들과는 거의 얘기를 나눈 적이 없고, 이 시간에는 또래 여자애들이 적어서 왠지 어색하다.

즉석만남 카페는 오전 10시에 문을 연다.

오전부터 오는 사람은 없을 줄 알았는데 의외로 있다. 사십대에서 오십대 남자가 많다. 이 사람들은 대체 어떤 일을 하는 건지 궁금하지만 묻지 않도록 한다. 이런 데 와서 여자한테 쓸 돈이 있으니 나름대로 벌이가 괜찮을 테지. 나쁜 장사로 돈을 버는 듯한 인상들은 아니고 평범해 보이는 사람들뿐이다.

이때 오는 남자들에게 맞춘 건 아니지만 평일 오전부터 점심 무렵에는 대기하는 여자들의 연령도 높다. 삼십대가 몇 명 있는데, 주로 싱글맘이나 이 일을 아르바이트쯤으로 여기는 주부다. 오후가 되면 이십대 초중반이 늘어난다. 이십대 중반인 나는 삼십대 여자들에게 둘러싸여 어려 보이는 덕분에 평일 오전에 지명이 잘 된다. 초저녁이 넘으면 2차가 목적인 손님이 많아지기도 해서 되도록 오전에 오려고 한다.

"오늘 마유는 없어?" 옆에 앉아 있는 여자가 말을 걸어온다.

여기서 자주 만나는 사람이다. 평일에는 거의 매일 온다. 키가 작고 통통한 편에 만져보고 싶게 부드러워 보이는 몸매다. 피부가 희고 얼굴도 귀여워서 인기가 있다. 나이는 나보다 조금 많은 것 같다.

"네."

"이제 적응했어?"

"아뇨, 아직."

"그렇구나."

성당의 자원봉사자보다 한층 더 나긋나긋한 말투다. 슬로 모션인가 싶을 정도로 말을 천천히 한다.

대학생 때, 아마미야가 사귀었던 여자친구 중에 분위기가 비슷한 사람이 있었다.

동글동글하고 맹한 구석이 귀엽다고 아마미야는 말했다. 그런데 그 맹한 구석이 다른 사람을 짜증나게 할 때도 있다. 그 여자는 전 남자친구의 폭력에 시달리고 있었다. 얻어맞고 걷어차이다 도망쳐서 아마미야에게 왔다. 이런저런 문제는 있어 보여도 둘 사이가 좋으니 즐겁게 사귀고 있다고 생각했는데, 어느 날 그여자는 전 남자친구의 곁으로 돌아가버렸다.

"여기 다닌 지 오래됐어요?" 내가 묻는다.

"음……" 여자는 고개를 갸웃거리더니 그대로 멈춘다.

"아, 대답하기 싫으면 안 해도 돼요."

"이 년 정도 됐나."

"꽤 오래됐네요."

"아닌가, 삼 년 정도 됐나?"

"네?"

"까먹었어. 다른 카페도 가고 그러니까." 여자는 그렇게 말하며 웃는다.

웃는 얼굴이 귀엽긴 하지만 왠지 울컥 화가 치민다.

나는 아마미야의 여자친구에게도 화가 치밀곤 했다.

그 여자는 자기연민에 취해 아마미야의 감정 따위는 생각하지도 않았다.

"아이 씨는 이제 한 달 정도 됐지?"

"삼 주 조금 지났어요."

이름을 불러서 약간 놀랐지만 카페 안에 여자들의 자기소개 카드가 붙어 있기도 하고, 남자에게 지명받을 때 점원이 호명도 하기 때문에 서로의 이름은 알고 있다.

가명을 쓰는 사람이 많지만 나는 새 이름을 생각하는 게 귀찮기도 하고 쑥스러운 기분이 들어서 본명인 '아이'를 그대로 쓴다. 마유도 '마유' 그대로니까, 본명을 쓰는 사람이 몇 명은 있을 것이다.

지금 얘기를 나누는 여자는 '사치'라고 한다.

"한 달이나 삼 주나, 크게 다르지 않잖아."

"네, 뭐 그렇죠."

"빨리 봄이 됐으면 좋겠어."

"그쪽도 홈리스인가요?"

"아니." 사치 씨가 고개를 젓는다. "난 아이가 있어서. 큰애는 봄부터 초등학교 3학년이 돼."

"아이가 크네요."

"크지 않아. 나 닮아서 작거든."

"아, 그런 의미가 아니라, 그 나이대의 자녀를 둔 것처럼 보이지 않는다는 뜻이에요."

"응? 그게 무슨 말이야?" 그녀가 고개를 갸웃거리고 나를 바라본다.

"그러니까, 그게요."

어딘가 살짝 대화가 어긋나는 느낌이 드는 건 내 잘못일까. 말하는 속도의 차이뿐만 아니라 질문과 대답이 호응하지 않는 것만 같다.

"아이 씨, 부탁해요." 점원이 들어온다.

"네."

"다녀와." 그녀가 손을 흔들면서 말한다.

"다녀올게요." 나도 손을 흔들며 거울 맞은편으로 나간다.

점원에게 타이머와 자기소개 카드를 받아 지시받은 자리로 가보니 어제 노래방에 갔던 할아버지가 앉아 있다.

"아, 안녕하세요."

"안녕." 할아버지가 말한다.

"실례하겠습니다." 타이머의 시작 버튼을 누르고 테이블에 둔 다음 할아버지 옆에 앉는다.

"오늘 마유는 없나보네."

"네."

"손님이랑 어디 갔나?"

"아니요. 휴무예요."

우리는 카페에 고용된 게 아니니 '휴무'와는 좀 다를 듯하지만 달리 표현할 방법이 생각나지 않았다.

"감기 걸렸나?"

"볼일이 좀 있는 모양이에요."

"그래."

"저보다 마유가 좋으셨어요?"

"그런 거 아니야. 아이도 좋아." 그가 양손으로 감싸듯 내 손을 잡는다.

스킨십은 금지되어 있지만 상대는 노인이고, 거부할 정도의 수준도 아닌 것 같다.

"어떻게 하시겠어요? 오늘도 노래방에 갈까요? 마유는 없지만 다른 여자애를 부를게요."

사치 씨도 괜찮고, 어제 일을 얘기하면 다른 여자 중에서도 누군가는 오겠지.

"오늘 노래방은 됐어."

"그럼 차라도 마시러 갈까요?"

"그것도 됐어."

"여기서는 십 분만 얘기할 수 있어요. 아니면 저 말고 다른 여자애랑 외출하고 싶으세요?"

"아니야. 아이가 좋아."

"다행이다. 감사합니다."

할아버지가 손을 잡은 채 나를 본다.

"호텔에 갈까?"

"네?"

"어제 1만 엔 줬잖아."

"그건 어제 노래방에 간 걸로 주신 용돈이잖아요."

"노래방만 가는 거라면 1만 엔씩이나 줄 리 없지."

"아니, 그래도."

"둘한테 1만 엔씩 주면 다음엔 호텔에 가도 된다고 마유가 말했단 말이야."

"저는 못 들었어요. 마유에게 부탁하세요." 나는 살며시 손을 뺀다.

"그런데 오늘 마유가 없잖아."

"⋯⋯그래도."

빼낸 손을 다시 잡혔다. 팔이 앙상한데도 힘은 있어서 뿌리쳐도 손을 빼낼 수가 없다.

"손이나 입으로 해주면 되니까."

"호텔에는 안 가요. 1만 엔은 돌려드릴 테니 이거 놔주세요."

"뭔 소리야! 약속한 거랑 말이 다르잖아!" 호통소리가 커진다.

"아니, 그건 마유가 한 말이니까."

"부탁해. 2만 엔 낼게. 삽입까지 하게 해주면 3만 엔도 좋아."

"죄송해요. 안 되겠어요."

아까의 호통소리가 들렸는지 커튼이 열리고 점원이 들어온다.

"무슨 일이십니까?"

"호텔에 간다고 약속했는데 그걸 안 지키잖아." 할아버지가 내 손을 꽉 쥔 채 일어서서 점원에게 말한다.

"약속했어?" 점원이 나를 쳐다본다.

"제가 아니라 마유가요."

"아, 역시나 또." 질렸다는 표정으로 한숨을 쉰다.

"아이가 안 되면 지금 당장 마유를 불러!"

"여자애들이 오는 날을 저희가 강요할 순 없습니다. 죄송합니다만 다음에 마유가 오면 합의하세요. 아이는 호텔에 안 가니까요."

"다른 여자로 하겠어." 할아버지가 손을 풀더니 앉는다.

"실례합니다."

커튼 밖으로 나와 점원을 뒤따라간다.

점원이 뒤돌아 나를 보며 작은 소리로 말한다.

"아이 씨도 말이야, 2차 안 하면 점점 손님이 안 붙을 거야."

"네?"

"뭐, 하고 싶은 대로 하면 되지만."

"네."

거울 속 방으로 돌아가 소파에 앉는다.

"안 나가는 거야?" 사치 씨가 말을 걸어온다.

"안 됐어요."

오늘은 이만 돌아가고 싶지만 여길 나가도 갈 곳이 없다.

테이블 위에서 스마트폰이 울린다.

전화라서 또 아마미야인가 싶었는데 파견 업체였다.

"네. 여보세요."

"수고하십니다. 미즈코시 씨, 새 일자리 구했나요?"

"아뇨, 아직이요."

아르바이트하러 가지 않아도 여전히 등록은 되어 있다. 그런데도 일을 안 하고 있으니 취업자리가 정해진 거라고 생각했겠지.

"다행이네요. 갑작스럽지만 내일 아침부터 일할 수 있어요?"

"무슨 일인가요?"

"지난달에 사무 작업하러 갔었잖아요?"

"네."

"거기서 이번 달에도 미즈코시 씨에게 일을 맡기고 싶다고 하더라고요."

"고맙습니다. 갈게요."

"자세한 사항은 문자메시지로 보내겠습니다."

"잘 부탁합니다."

상대방이 먼저 끊기를 기다렸다가 전화를 끊는다.

공장이나 창고였으면 거절했겠지만 지난달 사무 작업을 하러 갔던 회사라면 얘기가 다르다.

벌이는 적더라도 그 회사에서 일할 수 있다면 괜찮다.

만화 카페에서 샤워하고 마실 것을 가지러 가려는데 카운터에 마유가 있다. 큰 소리로 웃으면서 카운터의 남자애들과 노닥거린다.

"아이!" 마유가 내게 손을 흔들며 온다.

"오늘 어떻게 된 거야?"

"왜?"

"연락이 안 됐잖아."

몇 번이나 메시지를 보냈는데 답장이 한 번도 없었다.

"미안. 친구랑 얘기하느라."

"그래도 답장 정도는 할 수 있잖아."

"어? 왜 그래, 화난 거야?" 그렇게 묻는 마유가 오히려 화난 말투다.

"그런 건 아니지만."

"그렇지. 딱히 답장을 해야 한다는 의무 같은 건 없으니까."

"오늘, 힘들었어."

"뭐가?"

카운터 보는 남자애들이 듣는 건 싫으니까 오렌지주스를 뽑은 다음 마유가 쓰고 있는 개인실로 간다.

내 개인실과는 다른 타입이다. 소파가 없어서 바닥에 앉을 수 있게 되어 있다. 마유는 여기서 묵을 때면 반드시 이 개인실을 이용한다. 매일 오는 것도 아닌데 개인 물품을 두고 자기 방처럼 쓰면서 벽에는 빨래까지 걸려 있다. 부재중일 때도 요금을 내는 모양이다. 그런 지출이 있다면 즉석만남 카페에서 돈을 벌고 무료 배식에 가더라도 학자금을 갚을 만한 돈은 모이지 않을 것 같다.

"그래서 무슨 일이 있었어?" 마유가 바닥에 앉는다.

"어제 온 할아버지가 왔어." 나도 앉는다.

다다미 한 장밖에 안 되는 공간에 컴퓨터 책상도 있어서 딱 달라붙어 나란히 앉을 수밖에 없다. 1인용 개인실에 두 사람이 들어가는 건 기본적으로 금지되어 있지만 마유가 카운터 남자애들과 친하게 지내서 주의를 받은 적은 없다.

"또 노래방 갔어?"

"아니야. 네가 호텔에 간다고 약속했다며?" 옆자리에 들리지 않도록 작은 소리로 말한다.

"뭐?" 마유가 미간을 찌푸린다.

"그러려고 1만 엔 줬던 거 아니야?"

"그런 약속 안 했어."

"아니, 할아버지가 그렇게 말하던데." 나는 무슨 일이 있었는지 상세히 얘기한다.

"할아버지가 거짓말한 거 아냐?" 마유는 가까이 들여다보듯 내 눈을 응시한다.

"무슨 말이야?"

"거짓말이라고 해야 하나, 처음부터 그런 속셈이었는지도 모르지. 일단 나랑 노래방에 가기로 합의하는 거야. 그때 어떤 얘기가 오갔는지 넌 알 수 없지. 그런 다음 내가 없는 날에 널 지명하는 거고. 그렇게 합의했다고 거짓말하면 넌 거절할 수 없을 테니까. 그런 계산이 아니었을까."

"뭐어?"

"거기 오는 사람들은 그런 수법을 궁리하고 있을 거야. 2차는 안 할 거라고 다짐한 여자애도 결국엔 호텔에 가는 일이 생기니까. 점원도 말로는 데이트만 해도 괜찮다면서 2차를 권유하기 시작하고."

"맞아, 오늘 들었어. 2차 안 하면 손님이 안 붙을 거라고."

"그렇게 말해서 여자를 궁지에 몰아넣는 수법인 거야. 카페 입장에서는 2차를 노리고 손님이 왕창 오는 편이 더 좋으니까."

"그렇구나."

"손님도 우리도 그리고 점원도, 다들 서로 거짓말하는 부분이 있으니까 너도 거기에 속지 않도록 조심해."

"……미안."

마유는 늘 친절을 베풀어주는데 나는 의심을 하고 말았다.

"괜찮아, 신경쓰지 마." 마유가 웃으며 용서해준다. "그런 일도 있다는 걸 확실히 말해주지 않은 내 잘못이니까."

"아니야. 그런 데서 일하면서 바보같이 다른 사람을 믿은 내 잘못이지."

"뭐, 그렇긴 해도 나쁜 사람만 있는 건 아니니까."

성적인 유흥업소는 아니라고 하지만 여자와 호텔에 갈 목적으로 오는 남자가 많다. 정직하게만 흥정하다가는 언젠가 또 속아 넘어갈 것이다. 노인이라고 방심해서 손을 잡게 둔 것도 실수였다. 그걸 신호로 "되겠구나!" 하고 판단했는지도 모른다.

즉석만남 카페에서 계속 돈을 벌려면 스스로 규칙을 정하고 강력한 의지를 갖는 게 필요하다.

내일은 일일 아르바이트에 가니까 이참에 약간 거리를 두고 앞으로 어떻게 해나갈지 생각하는 편이 좋겠다.

"내일은 어떻게 할 거야?" 마유가 묻는다.

"일일 아르바이트 가."

"왜? 이제 안 가는 거 아니었어?"

"전에도 간 적 있는 회사인데, 또 와줬으면 좋겠다고 해서."

"아, 그렇구나." 마유는 심드렁하게 말하고서 책상에 둔 종이컵을 들어 주스를 한 모금 마신다.

내가 마유를 또 화나게 한 걸까.

마유는 기분파라서 즐겁게 얘기를 나누는가 싶다가도 갑자기 기분이 나빠질 때가 있다.

"벤처회사고, 꽤 세련된 사무실이야. 계속 가다보면 거기에 취업할 수 있지 않을까 싶어서."

"그건 힘들지." 마유가 종이컵을 내려놓는다.

"어? 그런가?"

"뭐하는 회산데?"

"인터넷으로 유기농 채소 같은 걸 판매하는 모양이야. 농가에서 직접 사들여서."

"거기서 넌 뭘 할 수 있는데? 기획 같은 거 못하잖아."

"그렇긴 하지만. 일단은 일반 사무직으로 들어가서 배워나가면 되지 않을까 하는데."

"그런 회사는 바로 실전에 투입할 수 있는 사람을 원하는 거 아냐? 일하면서 배운다는 식으로 안이하게 생각하는 사람은 필요 없을 테고, 일반 사무직도 고정적으로는 필요 없으니까 일일 아르바이트를 구하는 거잖아."

"뭐, 그렇지."

하긴 그 회사에 취업하고 싶다는 꿈이 있다 한들 내가 지금 바로 할 수 있는 건 잡다한 사무 작업뿐이다. 컴퓨터를 다룰 순 있지만 그 회사에서 필요로 하는 고급 기술은 갖추지 않았다. 그걸 상쇄할 정도로 기획력이 있는 것도 아니다. 총무부나 경리부가 있더라도 회사에서 원하는 건 그 일의 전문가일 테지. 이십대 초반의 어린 직원이라면 인턴이나 아르바이트로 일하면서 배워나가도 괜찮을지 모르겠지만 나는 이미 그런 게 허용될 나이가 아니다.

스물여섯 살이나 돼서 우편물 빨리 보내기 같은 기술밖에 갖추지 못한 사람을 채용하려는 곳은 그 회사가 아니더라도 없을 것이다.

돈이 모이면 취업 활동을 시작하기 전에 자격증이라도 따놓는 게 좋을지도 모르겠다. 자격증이 있다고 다 취업이 되는 건 아니라지만 아무것도 없는 것보다는 낫겠지. 집을 구하고 자격증도 따려면 돈을 얼마나 모아야 할까.

"내일은 나도 카페에 갈 거니까 일일 아르바이트는 가지 마."

"간다고 말해놔서 이제 취소는 못해."

"왜? 감기 걸렸다고 하면 되잖아."

"방금 걸려온 전화에 대고 갈 수 있다고 했는데, 감기라고 하는 건 안 통하지."

"내일 아침에 전화하면 되잖아. 밤중에 열이 났다고 하면."

"음…… 그런데 일을 거절하면 앞으로 소개를 받지 못하니까."

"그래도 상관없잖아. 아무 문제 없지 않아? 공장이나 창고에는 이제 가고 싶지 않다며?"

"응."

"가봐야 시간 낭비만 하는 벤처회사에도 갈 필요 없잖아?"

"그러게."

"앞으로 또 일을 소개받는다는 보장 있어?"

"없어."

어차피 그 회사에 취업할 수 없다면 즉석만남 카페에 가서 조금이라도 더 많이 버는 게 낫다. 내게 필요한 건 세련된 사무실에서 일하는 게 아니라 돈이다. 다만 그 회사에 파견되는 인력은 단 한 명이다. 사무나 컴퓨터 작업을 할 수 있는 사람이 적기 때문에 내일 아침 일찍 전화해서 거절하면 대체 인력을 찾지 못할지도 모른다. 일부러 나를 지명해주었으니 가야 한다.

"아무래도 내일은 아르바이트하러 가야겠어."

"왜? 가봐야 시간 낭비잖아." 마유는 무시하듯 코웃음을 친다.

"그래도 일이니까."

"그런 도덕 교과서 같은 말이나 하고 있을 여유 없잖아."

"그렇긴 한데……"

"같이 카페 가자. 또 할아버지가 오면 노래방에 갈 수 있도록 합의할 테니까."

"그 할아버지는 됐어."

"다른 사람이라도 너한테 좋은 쪽으로 내가 조정할게." 마유가 미소를 지으며 내 손을 잡는다.

"요즘 거의 매일 카페에 갔으니까 좀 쉬고 싶기도 해."

"카페에서 쉬면 되잖아."

"음……"

내가 아무리 얘기해봤자 마유는 물러서지 않는다.

내일은 아침 일찍 나가야 하니 거짓말을 해서라도 내 자리로 돌아가는 게 좋겠다.

최근에는 마유의 활동 시간에 맞추느라 나이트 패키지 시간을 넘겨서도 만화 카페에 있었다. 내일은 오랜만에 정확히 5시에 이곳을 나가야지. 출근용 옷차림에 화장도 하고 싶으니까 4시에는 일어나야 한다. 지금 바로 잠들어도 다섯 시간도 채 잘 수 없다.

"그럼 내일은 오랜만에 친구나 만나고 올까."

즉석만남 카페에 함께 가겠다고 거짓말하고 내가 없어지면 마유는 화를 낼 것이다.

모레부터는 다시 즉석만남 카페에 갈 생각이고, 이 거리에서 살아가는 데 필요한 정보를 얻을 수 없으면 곤란하니 마유와는 가능한 한 사이좋게 지내고 싶다.

"친구? 아마미야랑 만나는 거야?"

"아니야. 다른 친구. 앞으로 어떻게 하면 좋을지 좀 의논하고 싶어서. 저녁까지는 돌아올게."

"꼭 와야 돼."

"그럼 난 이만 잘게."

"잘 자." 마유가 웃으며 손을 흔든다.

"잘 자." 나도 손을 흔들고 마유의 개인실에서 나온다.

옆쪽 개인실에서 남자가 나온다.

우리가 하는 대화를 들었는지 나를 위에서부터 쭉 훑어본다.

괜한 말을 듣기 전에 얼른 옆을 지나쳐 내 개인실로 돌아간다.

전화벨 소리에 잠이 깼다.

책상 위에 놓아둔 스마트폰을 들어서 보니 파견 업체에서 걸려온 전화였다.

시각은 오전 10시를 지나고 있다.

"여보세요."

"미즈코시 씨, 지금 어디예요?"

"아, 저기, 그게." 온몸에 핏기가 싹 가시면서 손끝이 차가워진다.

"미즈코시 씨가 아직 안 왔다고 파견처에서 연락이 왔는데요."

"죄송합니다. 늦잠을 자는 바람에. 지금 바로 갈게요. 11시에
는 도착할 수 있습니다."

"안 가도 돼요. 딱 하루 하는 일인데 지각 같은 걸 하면 단번에
신뢰를 잃잖아요."

"그렇겠죠."

"그쪽에서는 미즈코시 씨의 업무 능력을 좋게 평가해줬는데."

"저기, 최소한 사과라도 하러 가겠습니다."

"안 가도 됩니다. 그리고 우리 업체 규칙은 알고 있죠?"

"네."

"취업 등록은 삭제됩니다."

"……정말 죄송하게 됐습니다."

내 말이 끝나기도 전에 상대방이 전화를 끊는다.

어제 분명히 알람을 켜놓고 잠들었다.

이른 아침부터 소리가 울리게 할 수 없어서 진동으로만 설정
했다. 책상 위에서 진동이 울리면 그 어렴풋한 소리에도 매번 벌
떡 일어날 수 있다. 만약 못 일어날 경우를 대비해 알람이 십 분
간격으로 세 번 울리도록 해두었고.

알람을 확인하니 전부 해제되어 있다.

설정을 잘못했을 리도, 내가 껐을 리도 없다. 자기 전에 몇 번이나 확인한데다, 아무리 잠에 취했더라도 세 번이나 알람을 끄다보면 눈이 떠지기 마련이니까.

하지만 개인실에는 한 사람밖에 있을 수 없으니 아마도 내가 꺼버린 거겠지.

그렇게 생각하면서 주위를 둘러보는데 개인실의 잠금장치가 열려 있다.

만화책 책장 앞에 놓인 사다리에 올라가면 칸막이 위로 손을 뻗어 잠금장치를 간단히 열 수 있다. 다만 그런 짓을 했다가는 눈에 띄니까 별일 없을 거라고 생각했는데, 심야나 새벽녘이라면 아무에게도 안 들키고 할 수 있을지도 모르겠다. CCTV가 있지만 점원들이 항상 그걸 보고 있지는 않을 것이다.

귀중품을 넣은 숄더백을 확인해보니 지갑이 그대로 들어 있고 현금도 카드도 무사했다.

여행가방도 그대로 있고, 도난당한 물건은 없는 듯하다.

마유다! 그런 직감이 들었다.

돈을 노리고 들어왔는데 지갑을 못 찾은 거라면 굳이 알람을 끌 필요가 없다. 물론 마유 역시 그런 짓을 할 필요는 없겠지만 나는 다른 이유를 생각할 수가 없다. 문을 제대로 잠그고 다시 한번 짐을 확인한 다음 소파에 앉는다.

늦잠을 자버린 건 나고, 이제 어쩔 도리가 없다.

일터에 갈까 말까 망설이느라 정신을 놓고 있던 내 탓이다. 알람이 꺼졌다고 아침 10시까지 잔다는 건 긴장감이 사라졌다는 증거다. 전에는 일일 아르바이트에 가는 날이면 무슨 일이 있어도 지각하면 안 된다는 의식 때문에 설정해둔 시간보다 먼저 눈이 떠졌다.

즉석만남 카페에 가서 오늘 일당으로 받을 예정이었던 금액 이상을 벌자. 어차피 이제 아르바이트를 할 생각도 없었으니 취업 등록을 삭제당해도 상관없다.

그래도 기분이 점점 가라앉는 이유는 한심해져가는 나 자신에게 환멸을 느끼기 때문이다.

언제부터 이렇게 되어버린 걸까. 마유와 거리를 두고 일일 아르바이트로 돈을 버는 생활로 돌아가는 게 좋을 것 같기도 한데 그걸로는 아무리 시간이 지나도 홈리스 생활에서 벗어날 수 없다. 지금 내가 우선시해야 하는 건 돈이다. 하지만 한편으론 이것도 편히 지내기 위한 변명이라는 생각이 든다. 창고나 공장에서 일하기보다 즉석만남 카페에 가는 게 편하게 돈을 벌 수 있는 방법이니까. 남자에게 돈을 받을 때마다 정신적으로 조금씩 무너지는 기분은 들지만 언젠가 익숙해진다. 첫날 1만 엔을 받았을 때 떠오른 죄책감 같은 건 이미 느끼지 않게 되었다. 익숙해지면 자신을 환멸하는 일도 없어진다.

일일 아르바이트를 하며 차가운 빵이나 먹는 생활로 돌아갈 수 있을 것 같지도 않다. 그때는 홈리스가 된 지 얼마 안 된 터라 긴장의 끈이 한계치까지 팽팽하게 당겨져 있었다. 한번 느슨해진 끈은 원래대로 돌아갈 수 없다.

어쨌거나 돈이 필요하다.

돈만 있으면 지금 이 생활에서 벗어날 수 있다.

일단 옷을 갈아입고 세수를 하고 만화 카페에서 나가자. 여기 있는 시간이 길어질수록 돈을 빼앗긴다.

요즘 들어 나이트 패키지 요금을 초과하는 시간까지 머무는 바람에 전철 요금과 식비가 줄었음에도 돈은 그다지 모이지 않았다. 마유를 따라 패밀리레스토랑이나 선술집에서 돈을 써버린 적도 있다. 어쩌다 한번이니 괜찮겠다 싶었지만 이젠 좀더 정신을 바짝 차려야겠다.

옷을 다 갈아입고 귀중품을 넣은 숄더백과 세안도구를 들고 개인실에서 나온다. 샤워를 할 정도는 아니라 화장실에서 세수하고 이를 닦으며 거울을 본다.

얼굴이 좀 변한 것 같다.

아이라인을 그린 것도 아닌데 눈매가 매섭다.

선배의 결혼식 뒤풀이에서 아마미야와 대화할 때, 맞은편 가게의 유리창에 나와 그애의 모습이 비쳤었다. 그때는 표정이 좀 더 온화하고 얼굴도 이렇지 않았던 것 같은데.

화장실에서 나와 개인실 사이사이를 빠져나간다.

통로 끝에 마유의 개인실이 있다.

항상 닫혀 있는 문이 열려 있고 그 안에서 청소도구를 든 점원이 나온다.

늦잠 잤다는 걸 알았을 때보다 더 강렬한 기세로 온몸의 핏기가 가신다.

나는 뛰어서 점원을 쫓아간다.

"마유는요?"

"네?"

"왜 청소를 하는 거예요?"

"마유 씨가 나갔거든요."

"언제요?"

"새벽 3시쯤에요. 누가 데리러 온다고 했어요. 아이 씨 방에 편지가 있을 텐데요."

"……편지?"

"없었어요?" 점원은 카운터로 돌아간다.

나는 뒤를 돌아 마유의 개인실을 본다.

어젯밤까지만 해도 물건이 놓여 있고 빨래가 널려 있었는데 전부 사라졌다.

처음부터 아무도 없었던 것 같다.

마유에게 메시지를 보내도 답장이 없고 전화를 해도 받지 않는다.

만화 카페를 나와서 즉석만남 카페에 왔지만 오늘은 "일점오에 어때?" 하는 사람들뿐이라 데이트로 외출할 수 있을 것 같지 않다. 과자를 먹고 주스를 마시면서 마유에게 계속 전화를 건다. 부가서비스에 가입하지 않았는지 음성사서함으로 넘어가지 않고 신호음만 반복해서 울릴 뿐이다.

청소하던 점원의 말을 듣고 개인실로 돌아가 곳곳을 살펴봤지만 마유의 편지 같은 건 어디에도 없었다. 새벽 3시 전, 마유는 카운터의 남자애에게 "아이에게 편지를 남기고 싶다"고 거짓말하고 문을 열어달라고 해서 내 개인실에 침입한 것이다.

어제 둘이서 얘기할 때 내가 거짓말한 걸 눈치챘을 테지. 그걸 알아보려고 내 스마트폰을 보았다. 스마트폰의 잠금기능은 지문으로 해제할 수 있으니 잠든 내 손가락에 갖다대기만 하면 된다. 메시지나 통화 기록뿐 아니라 다른 어플리케이션도 살펴본 후, 역시 내가 일일 아르바이트에 갈 생각이란 걸 알아채고 알람을 끈 것이다.

그렇게 된 일이 아닐까 상상할 순 있지만, 대체 무엇을 위해 그랬는지는 아무리 생각해도 모르겠다. 어차피 여기서 나갈 거라면 오늘 이후로 내가 뭘 하든 마유와는 관계없는 일이니까.

전화를 끊고 혹시 메시지가 왔는지 확인한다.

몇 번을 봐도 도착한 메시지는 전혀 없다.

어디로 가는지 아무에게도 말하지 않은 모양이다. 만화 카페에서도 즉석만남 카페에서도, 카운터의 남자애들이나 점원에게 물어봤지만 아무도 알지 못했다. "갑자기 사라지는 일은 종종 있으니까요"라는 말만 들었다.

도쿄를 벗어나 먼 곳으로 갔는지도 모른다. 이동하느라 시간이 걸려 스마트폰을 볼 기력도 없을 만큼 지쳐 있을 것이다. 홈리스 생활을 청산할 수 있게 됐다면 다행이니까 친구로서 "잘됐네"라고 말해줘야 할 일이다. 다만 떠나기 전에 나한테는 말했어도 좋았을 텐데. 거의 한 달이라는 시간 동안 동지처럼 언제나 같이 있었으니 자기 혼자만 빠져나가는 것 같아 말하기 어려웠던 걸까. 안정되면 분명히 연락해올 것이다.

하지만 그런 일은 없을 거란 생각밖에 안 든다.

알람을 해제시킨, 그 이유를 알 수 없는 행동 때문에 좋은 쪽으로 생각하려는 나의 모든 마음을 부정하게 된다.

마유는 이미 한참 전에 친구네 집에 도착해서 과자를 먹거나 술을 마시면서 TV라도 보고 있겠지. 스마트폰이 울려도 귀찮으니 무시할 테고. 나한테 연락해올 일은 이제 없다.

나쁜 쪽으로 여겨선 안 되겠지만 아마 내 생각이 맞을 것이다.

나이도 먹을 만큼 먹어서는 자신에게 불리한 메시지나 전화를 무시해도 된다고 생각하다니 믿을 수가 없다.

그런데 그건 내가 아마미야에게 하고 있는 행동이기도 하다.

결국 데이트 외출은 한 번도 못한 채 저녁이 되어 만화 카페로 돌아왔다.

아무런 의욕이 일지 않아 개인실 소파에 앉아 몸을 둥글게 만다.

좀더 늦은 시간까지 카페에 있어볼까 했지만 이십대 초반의 여자애들이 많이 와서 포기했다. 나 혼자 있을 때 나이를 물어오면 "스물세 살이에요" 하고 대답해도 들통나지 않지만 진짜 스물세 살인 애들과 더 어린 애들에게 둘러싸이면 이십대 중반임을 감출 수 없다. 어디가 어떻게 다른지 구체적인 차이가 있는게 아닌데도 나와 그애들은 전혀 달라 보인다. 더 어린 애들이 있는데 나를 지명한다면 그건 바로 2차가 목적이다.

알람이 꺼지지 않아 제시간에 일어났다면 세련된 사무실에서 작업을 하고 9000엔 정도를 벌 수 있었다.

이대로 데이트로는 돈을 벌 수 없는 날이 계속된다면 어떻게 해야 좋을까. 다른 파견 업체에 등록하고 일일 아르바이트에 갈 수밖에 없다. 돈을 벌지 않으면 만화 카페에도 있을 수 없다. 이제 곧 봄이지만 밤에는 아직 추워서 노숙할 수 있는 기온이 아니다. 아르바이트를 할 수밖에 없다는 걸 알면서도 또다시 창고나 공장에 간다고 생각하면 마음이 무거워진다.

꾸중듣기 싫다는 둥 그런 어린애 같은 생각을 버리고 아마미야에게 전화하면 된다.

아마미야가 아니더라도 다른 친구에게 "당분간만 재워줘" 하고 부탁하면 된다.

지금이라면 시즈오카에 돌아갈 수 있는 돈도 있다.

친구보다는 아빠에게 고개를 숙이고 돈을 빌려야 한다.

하지만 그럴 일을 생각하니 일일 아르바이트에 가는 것보다 더 마음이 무겁고 답답해진다.

두 달 가까이 아마미야의 메시지와 전화를 계속 무시하고 있으니 벌써 한참 전에 아빠에게 연락이 갔을 거다. 고등학교 동창인 그애는 우리집 전화번호를 알고 있을 테니까. 몰랐더라도 고향 친구에게 수소문해서 알아낼 수 있다. 하지만 타인에 불과한 아마미야가 그렇게까지 한들 정작 아무것도 안 하는 사람은 아빠다.

아빠는 시즈오카에서 몇 군데의 가게를 경영하고 있다. 내가 어렸을 때는 비디오 대여점과 노래방 몇 곳을 가지고 있었다. 그러다 모든 가게가 망하고 내가 고등학생이 됐을 때는 이탈리안 레스토랑 세 곳을 운영했다. 지금은 무슨 가게를 하고 있는지 모른다. 그때그때 유행에 맞춰 가게를 차리고 망하기를 반복했기 때문에 이탈리안 레스토랑도 아마 한참 전에 망했을 것이다. 장사가 잘될 때는 괜찮지만 가게가 하나 망하고 다시 새 가게를 낼 때마다 빚이 늘어간 모양이다. 하지만 그런 사정을 모르는 나는 초등학교를 졸업할 때까지 우리집이 유복한 편이라고 생각했다.

시내에서도 좋은 동네에 있는 단독주택에서 아빠와 엄마 그리고 나, 이렇게 셋이서 살았다.

그러나 일이 바쁘다는 이유로 아빠는 집에 잘 들어오지 않았다. 한 달에 한두 번 들어오면 다행이었다. 늘 집에 없던 사람이 어쩌다 있더라도 어쩌면 좋을지 몰라 아빠가 집에 올 때면 나는 이상할 정도로 밝게 행동했다. 아빠는 아빠를 연기하고, 나는 딸을 연기했다. 엄마는 난감한 얼굴을 했다.

중학교 1학년 여름, 엄마가 입원했다.

그 무렵에 이미 아빠는 전혀 집에 들어오지 않고 있었다.

엄마가 아프다는 걸 알리려고 전화를 걸었지만 받지 않았다. 겨우 받았다 싶으면 "지금 바빠. 돈이라면 어떻게든 하마"라는 말뿐이었다. 초등학교를 졸업한 시점에서 아빠에게 나는 더이상

자식으로 대해야 하는 존재가 아니었다. 아빠가 아빠 역할을 연기하지 않았기 때문에 나도 딸 역할을 연기하길 관뒀다. 그때는 이 주 정도 있다가 퇴원했으나 엄마는 그후로도 통원 치료를 받으며 입퇴원을 반복했다. 암이었다. 처음에는 위암 진단을 받고 위의 삼분의 일을 절제한 뒤 완치된 듯 보였지만 이미 다른 곳에 전이된 상태였다. 점점 진행되는 암을 뒤쫓아가듯 치료를 이어나가는 엄마를 보살피며 아빠에게 치료비를 청구했다. 그 일만 하다가 내 중학생 시절이 지나갔다. 아무리 말해도 아빠는 병문안을 오지 않았고 집에도 들어오지 않았다. 엄마가 입원중일 땐 집에 나 혼자 있었고, 가끔 외할머니가 와주었을 뿐이다. "외롭다"고 말한다 한들 아빠에게는 전달될 리 없었다.

이 년간의 투병 끝에 여름이 끝나갈 무렵 엄마는 돌아가셨다.

장례식 전날 밤, 오랜만에 아빠를 만났다.

'저 인간이 죽으면 좋았을걸.' 상주 신분으로 인사하는 아빠의 모습을 보면서 생각했다.

아빠를 미워하거나 증오했다기보단 그저 모르는 아저씨로밖에 보이지 않았다. 그런데도 부모라는 이유로 엄마에 관한 일이 있으면 연락을 해야만 했다. 상주는 외할머니나 나였어야 했고, 아빠는 방해만 될 뿐이었다.

그다음에 아빠를 만난 건 엄마의 사십구재 때였다. 그리고 중학교를 졸업할 때까지 한 번도 만나지 않았고, 최소한의 생활비 정도는 입금해주었다. 나는 2층짜리 단독주택에서 혼자 살았는데, 친구들이 놀러올 때는 있었지만 착실한 애들뿐이라 우리집을 아지트처럼 쓰는 일은 없었다. 불량해질 배짱도 없었고 그런 성향의 친구들도 없었다. 엄마를 위해 혼자서도 똑바로 살아가리라 결심했다.

어릴 때는 형제나 자매가 있었으면 했고, 아빠가 돌아오길 바란 적도 있었다. 그래도 엄마와의 생활은 즐거웠기에 감당하기 어려운 불만을 느끼는 일은 없었다. 아빠가 없다는 이유로 나를 외롭게 해서는 안 된다고 생각했는지 엄마는 늘 나와 함께 있어주었고 여기저기 나들이도 다녔다. 웬만하면 돈을 아끼려고 했는지 동물원이나 식물원에 가는 일이 많았다. 넓은 공원에 가서 둘이서 만들어 온 도시락을 먹을 때도 있었다. 내가 고등학생이나 대학생이면 좀더 색다른 곳에도 가보고, 연애 상담을 할 수도 있지 않았을까 생각한다. 온천에 가서 함께 술도 마시고 싶었다.

나를 위해 살아준 엄마를 배신해선 안 된다는 생각에 공부도 열심히 해서 좋은 고등학교에 합격했다.

앞으로 삼 년간, 이 집에서 혼자 살다가 고등학교를 졸업하면 도쿄로 가야지. 그렇게 결심했다.

그러나 그 결의는 입학식 일주일 전에 물거품이 되고 말았다.

가족이 늘어났다.

그날부터 모르는 여자가 새엄마가 되고, 봄에 초등학생이 되는 유키라는 남자애가 동생이 되었다.

각자의 아이를 데리고 하는 재혼과는 조금 달랐다.

유키는 아빠의 아들이었다.

요컨대 새엄마는 아빠의 전 내연녀이고, 유키는 이복동생인 셈이다.

집에 전혀 들어오지 않아서 다른 집이 있겠거니 짐작은 했지만 남동생이 있을 거라고는 생각도 못했다.

나 혼자 살던 집에 느닷없이 나타난 새엄마는 내가 친구네 집에 놀러간 사이에 부엌과 거실, 세면대에 있던 엄마의 물건을 멋대로 버렸다. 그리고 자신이 가져온 물건을 늘어놓았다. 남은 엄마의 물건이 없는지 찾아대는 나를 신경도 안 쓰고 아빠는 거실 소파에 앉아 〈날아라 호빵맨〉 노래를 큰 소리로 따라 부르는 유키의 뒷모습을 바라보며 웃고 있었다. "지금 바빠. 돈이라면 어떻게든 하마"라고만 하던 아빠는 새엄마와 유키가 온 후로 착실히 집에 들어왔다.

이렇게 될 거였으면 기숙사가 있는 고등학교에 들어갔을 텐데. 그런 생각이 들었을 때는 이미 늦었다.

전처의 죽음으로 마침내 결혼하게 된 부부와 그 아들로 된 낯선 가족과 동거하는 기분이었다. 아빠는 새엄마와 유키랑 셋이서 자주 밥을 먹으러 나가거나 놀이공원에 가기도 했다. 그 자리에 나를 부르는 일은 없었다. 셋 다 보이지 않는다 했더니 일주일 동안 하와이 여행을 간 적도 있었다. 빚이 있으면서 어떻게 하와이에 갈 돈을 낼 수 있었는지 알 수는 없다. 홈리스가 된 내가 '돈이 없다'고 하는 것과는 차원이 다른, 대출이다 뭐다 하는 그런 문제였겠지.

새엄마가 내 엄마일 수 없고, 그쪽도 나와 모녀 관계가 되기를 바라지 않았다. 지나치게 반발해봤자 아빠가 상대해주지 않을 거라는 걸 알았기에 그 여자가 새엄마라는 존재로서 우리집에 있는 사실을 인정했다. 하지만 '엄마'라고 부를 마음은 없었고 이름으로도 부르고 싶지 않았다. 어떻게든 말을 걸어야 할 때는 '저기요' 혹은 '저'라고 시작해 호칭을 부르지 않도록 했다. 그쪽에서는 나를 '아이짱'이라고 불렀다. 집안일을 전부 해주었기 때문에 그 여자를 가정부 정도로 생각했다. 아빠는 그 정도면 됐다고 생각한 건지, 아니면 아무런 신경을 안 썼던 건지, "엄마랑 좀더 사이좋게 지내" 같은 말도 하지 않았다. 유키는 나와의 관계를 잘 이해하지 못한 듯 '누나'라고 부르며 달려들기도 했다. 초등학교 저학년인 어린애를 괴롭힐 마음은 없었기에 가끔은 놀아주었다.

고등학교 3학년 여름, 엄마 기일에 아빠에게 졸업 후의 계획을 얘기했다.

대학을 가고 싶다, 도쿄로 가고 싶다고 전한 후에는 금전적 협상이 뒤따랐고 학비와 집세만큼은 받을 수 있었다. "생활비까지 보내주는 건 힘들겠다. 필요도 없는데 도쿄로 가는 거니까 스스로 어떻게든 해." 이탈리안 레스토랑 사업이 이미 기울기 시작한 상황에서 아빠는 그렇게 말했다.

나는 무사히 도쿄의 대학에 합격했고, 고등학교 졸업식 다음 날에 집을 나왔다.

엄마와 내가 둘이서 즐겁게 살았던 집은 아빠와 새엄마와 유키가 왁자지껄하게 생활하는 곳이 되었다. 방해꾼이 사라지는 셈이니 새엄마는 나를 웃으며 배웅해주었다. 그 순간부터 새엄마는 나와 관계없는 여자가 되었다.

대학생 때는 친구들을 만나기 위해 몇 번 시즈오카에 가 집에도 들렀다. 거리가 생기면 아빠가 나를 신경써주지 않을까 하는 기대가 있었지만 내 자리는 예전보다 훨씬 더 줄어들었다. 초등학교 고학년이 된 유키는 '낯선 여자가 있다'는 눈빛으로 나를 보았다. 그 눈매가 나를 보는 아빠와 닮아 있었다. 그리고 그 닮은 눈매로 나도 아빠를 봤던 거겠지. 얼마 안 있어 나는 시즈오카에 가도 집에는 들르지 않았다.

"3월까지는 학생이니까 지체 없이 다음달 치 집세를 보내주시면 좋겠어요." 대학교 4학년 말에 아빠에게 전화해 집세를 요구한 이후로는 연락하지 않았다. 전화하는 걸 옆에서 듣고 있던 남자친구가 부모님에게 아주 공손하게 말한다며 놀라워했다.

내가 대학교 3학년이던 겨울에 외할머니도 돌아가셨다.

아빠 쪽 조부모에 대해서는 아무것도 들은 게 없지만, 의지할 만한 사람들도 아닌데다 나이로 봐도 돌아가시지 않았을까 싶다.

초등학생이었던 유키는 순조롭게 진학했다면 지금 고등학교 2학년이 되었을 테다. 어느 고등학교에 다니는지, 어떤 모습을 하고 있는지 모른다. 설령 어디선가 우연히 스쳐지나더라도 서로 알아보지 못하겠지. 나는 아빠조차 못 알아볼 것 같은 기분이 든다.

아빠가 싫거나 나를 야단칠 것 같다는 이유로 그동안 연락하지 않은 게 아니다.

연락해봤자 그런 아빠가 흔쾌히 돈을 빌려주리라 생각할 수 없다. 나를 딸로 여기지도 않을 거다. 내가 태어났을 때 아빠는 아들을 원했다고 한다. 그뿐 아니라 딸은 필요 없다고 생각했던 것 같다. 내가 점점 커가는 모습을 보고도 아빠는 자신이 붙여준 '아이愛'라는 이름처럼 딸을 사랑해주지 않았다. "아들이었으면 캠프나 낚시에 데려갈 수 있었을 텐데." 초등학교 고학년이 될 때까지 그런 말을 몇 번이고 들었다. 어떻게 해야 할지 몰라서 나는 그저 웃곤 했다. 아빠에게 자식은 유키뿐이다. 유키가 대학에 가면 앞으로도 더 돈이 들겠지.

나 역시 아빠를 사랑하지 않고 부모로도 생각하지 않는다.

돈이 필요할 때만 전화할 뿐, 그 외에 아빠를 찾는 일은 없었다. 아빠에게 기대봤자 무시당할 거라는 걸 알고 있다.

아마미야가 연락해서 "따님이 행방불명 상태입니다"라고 해도 아빠는 나를 찾지 않을 거다. 만나면 돈을 뜯길 거라고만 생각하겠지. 그래도 부모와 자식 사이인데 걱정하지 않을 리 없다고, 그런 위선적인 생각을 해봐야 무의미하다. 한 번도 내게 연락해오지 않는다는 사실이 그것을 증명하고 있다.

집에 찾아가서 무릎 꿇고 납작 엎드리기라도 하면 얼마는 빌려줄지도 모른다.

그렇지만 절대로 머리를 숙이고 싶지도, 만나고 싶지도 않다.

아빠에게 기대기 싫어서 정규직 사원이 되어 자립하기를 꿈꾸며 살아왔다.

돈이 다 떨어져도 시즈오카에 돌아간다는 선택지만큼은 고르지 않을 것이다.

도쿄에서 나 혼자 어떻게든 해나갈 것이다.

그런데 어떻게 해야 할까.

일일 아르바이트는 정신적으로도 육체적으로도 힘들고, 데이트로 벌 수 있는 돈은 줄고 있다. 답은 2차밖에 없는 건가. 성매매를 할 바에 장기를 파는 게 나을 것 같다. 그런데 어디서 장기를 사준단 말인가. 고등학생 때 통학로에 '장기 삽니다'라고 적힌 종이가 붙어 있었는데 도쿄에 온 뒤로는 본 적도 없다. 인터넷으로 알아봐도 신뢰할 수 없는 사이트만 나올 것 같다.

그렇게 위험한 일보다는 생활보호법 같은 제도에 의지하는 편이 낫겠지만 나처럼 건강하고 일할 수 있는 사람에게는 해당 사항이 없다. 부정 수급이라는 말만 듣겠지.

생각을 거듭할수록 기분이 침울해지고 어두운 쪽으로 흘러간다.

개인실에서 나와 드링크 코너로 가서 오렌지주스를 뽑는다.

마유가 쓰던 개인실에는 다른 누군가가 있는 듯하다. 남성용 스니커즈가 놓여 있다.

예상대로 마유에게서는 메시지도 없고 전화도 오지 않는다.

이런 예감은 적중이구나.

오늘은 아마미야도 연락이 없다.

4

사라지고 일주일이 지났지만 마유에게선 여전히 연락이 없다.

공원에 가서 무료 배식 줄에 혼자 선다.

오늘은 채소수프를 먹을 수 있다.

나 말고 줄을 선 사람은 공원에 눌러사는 아저씨들뿐이다. 전에 왔을 때 마유가 소개해줘서 얼굴을 아는 자원봉사자가 있으니 내가 홈리스라는 걸 알아줄 것이다. 그렇지 않더라도 채소수프를 받을 권리는 있다. 다만 아저씨들이 날 노려보는 것만 같다.

젊은 여자는 나밖에 없으니 생소해서 쳐다보는 거겠지만 그래도 무섭다.

발끝을 응시하며 누구와도 눈을 마주치지 않도록 한다.

전에 왔을 때도 마찬가지로 사람들이 나를 쳐다보고 있다고 느끼긴 했지만 마유가 함께여서 신경쓰지 않았다. 혹시 무슨 말을 듣더라도 둘이 있으면 괜찮다고 생각했다.

내 차례가 와서 채소수프를 받는다.

3월이 되고 조금은 따뜻해진 듯하지만 해는 아직 짧다.

이제 곧 어두워질 테니 공원 벤치에서 먹지 말고 백화점 옥상 같은 곳으로 가는 게 좋겠다.

수프를 흘리지 않도록 일회용 스티로폼 그릇을 양손으로 들고 공원을 나온다.

"저기, 실례합니다."

누군가가 뒤에서 말을 걸어와 돌아보니 여성 자원봉사자가 있다.

"저, 말인가요?"

"네."

"저, 정말로 홈리스예요. 공원에서 혼자 먹기는 무서워서 다른 곳으로 가려고 한 것뿐이에요. 아, 그렇다고 홈리스 아저씨들을 나쁜 사람이라고 생각하는 건 아니고요. 다만 남자들 많은 곳에 여자 혼자 있는 건 무섭잖아요."

"괜찮아요." 그녀가 내 눈을 보며 미소 짓는다.

사람을 정면으로 마주치니 긴장돼 나는 눈길을 피해버린다.

홈리스 아저씨들이 쳐다보는 것 이상으로 강력한 공포를 느낀다.

"저는 니토라고 해요. 대학원에서 사회학을 공부하고 있어요."

"네."

"혹시 괜찮으시면 잠깐만 이야기를 들려주실 수 있을까요? 취재에 응해주세요."

"네?"

"수프가 식으니까 일단 공원으로 돌아가죠. 제가 있으니 혼자가 아니잖아요."

"……네."

니토 씨와 나란히 걸어서 공원으로 돌아간다.

나보다 어려 보이니 대학원 석사과정이겠지.

비어 있는 벤치에 나란히 앉는다.

아저씨들은 수프를 받아 각자 자리로 돌아간 모양이다. 공원 깊숙한 안쪽에 종이상자와 파란 비닐시트로 만든 집들이 늘어서 있다. 자원봉사자와 얘기를 나누는 사람도 몇 명 있다. 젊어 보이는 남성 봉사자와 앞일에 대해 상담하는 건지도 모른다.

"취재라는 게 뭔가요?" 내가 니토 씨에게 묻는다.

"수프 드시면서 해도 괜찮아요."

"네." 미지근해진 콩소메수프를 마시고 플라스틱 포크로 당근을 찍어 먹는다.

"다시 한번 설명할게요."

"네."

"저는 지금 대학원에서 사회학 연구실에 소속되어 있습니다. 박사과정 2년 차예요."

"박사과정이요? 어려 보여서 아직 석사과정인 줄 알았어요."

"화장을 안 해서 좀 애 같아 보이죠. 스물여섯 살이에요."

나나 마유와 동갑이지만 전혀 그렇게 보이지 않는다.

화장을 안 해서 그런 건 아니다.

짧게 자른 까만 머리카락은 윤기가 흐르고 피부도 희고 매끈하다. 가까이서 봐도 파운데이션을 바른 흔적이 없는 걸 보면 정말 아무런 화장도 안 한 거겠지. 가지런히 짧게 자른 손톱에 연핑크색 매니큐어를 발랐을 뿐인데 네일아트를 받은 손보다도 아름다워 보인다. 손가락이 가늘고 손 자체가 예뻐서 그런 것 같다. 회색 후드 점퍼에 청바지 차림이지만 상당히 귀엽다. 동안은 아니어도 어린 생기가 느껴진다.

하지만 그녀가 어려 보이는 게 아닐지도 모른다.

나는 깨끗한 옷을 입고 있다고 생각했지만 전혀 그렇지 않다. 코인 빨래방 비용을 아끼려고 만화 카페의 샤워실에서 손빨래를 한 탓에 옷깃이나 소매가 해졌다. 옷가지도 여행가방에 들어갈 만큼만 있어서 세 가지 스타일이 전부다. 코트는 겨우내 한 번도 안 빨았다. 머리는 집을 나오기 전부터 줄곧 자르지 않고 기르기만 하면서 앞머리만 직접 자르는데 너무 짧다. 피부는 대책 없을 정도로 까칠하다. 얼굴뿐 아니라 팔과 다리에서도 윤기가 사라졌다.

수프 그릇과 포크를 든 손은 건조하고 주름이 늘어 노인의 피부를 생각나게 할 정도로 상했다.

마유도 비슷했기 때문에 보통 다들 그럴 거라고 생각했다.

하지만 아니다.

스물세 살이라는 거짓말은 이미 오래전부터 안 통했다.

가난이 우리를 늙게 만든 것이다.

두 달 하고 얼마 전까지만 해도 내 피부와 머리카락, 그리고 손은 훨씬 깔끔했다.

파견 기간이 끝나고 헬로워크에 다닐 무렵부터 누군가를 마주칠 때마다 이 사람은 나랑 동갑쯤 되겠다, 연상이겠지, 연하일 거야, 하고 추측하는 버릇이 생겼다. 나보다 나이가 많은데 일을 안 하는 사람도 있으니까 난 괜찮아, 나보다 어린데도 야무지게 일한다니 초조해지네, 동갑인 저 사람은 나랑 분위기가 비슷해서 공감이 간다…… 그렇게 타인과 비교하며 내 상황을 확인했다.

그런데 전부 잘못된 착각이었는지도 모른다.

일일 아르바이트로 간 창고에서 만났던 여자들은 연상으로 보였지만 실은 나와 그다지 차이 나지 않을지도 모른다. 사무 작업으로 간 회사에 있던 사람들은 꽤 젊어 보였지만 어쩌면 나보다 연상일지도 모른다. 헬로워크에 있던 사람들은 몇 살이었을까. 즉석만남 카페에 있는 여자들은 실제로 몇 살일까.

"이름, 가르쳐주실 수 있나요?" 니토 씨가 묻는다.

"미즈코시예요."

"미즈코시 씨는 언제부터 홈리스가 되었습니까?"

"저기, 이거 무슨 취재예요?"

"아참, 그렇죠. 설명하던 도중이었죠."

아마도 나는 지금 겁먹은 듯한 얼굴을 하고 있으리라. 니토 씨에게 좋은 인상을 주는 표정은 분명히 아닐 것이다. 그러나 그녀는 웃는 얼굴로 계속 얘기한다.

대학교 자원봉사 동아리에도 이런 사람들이 있었다. 늘 웃는 얼굴로 누구에게나 다정하고, 아이들을 사랑해서 가난한 나라에 초등학교 짓기를 목표로 하는 이들이다. 내 눈엔 늘 거짓말하는 걸로만 보여서 별로였다.

"제 연구 주제는 빈곤이에요." 니토 씨가 말한다. "겉보기에 일본은 부유한 국가죠. 경기도 점차 좋아지고 있고요. 하지만 실업자와 홈리스는 지금도 이렇게 존재합니다. 저는 학부생 시절부터 자원봉사의 일환으로 남성 홈리스를 취재해왔어요. 처음엔 그들에 대해서만 조사했는데 미즈코시 씨와 같은 여성 홈리스도 만나게 되었죠. 여성 홈리스가 처한 상황은 남성과 조금 다릅니다. 일본이라는 국가의 부유함이 그녀들을 홈리스로 만들고 있는 것 같았어요."

"저, 몸은 안 팔아요."

"아뇨, 그런 뜻이 아니라."

"그럼 무슨 말이죠?"

돈을 내는 남자가 있으니까 그 돈으로 생활하는 여자가 있다고 말하고 싶은 거 아닌가.

"미즈코시 씨, 지금은 어디서 생활하고 있나요?"

"만화 카페요."

"그런 거예요."

"아니, 무슨 말인지 전혀 모르겠어요."

"심야에도 여성이 안전하게 지낼 수 있는 장소가 있다는 거죠. 치안이 나쁜 나라, 가난한 나라라면 밤에는 여성 혼자서 걸어다니기도 위험하니까요."

"그렇죠. 듣고 보니 그렇네요."

위험하다고 느낄 때가 전혀 없는 건 아니지만 범죄에 휘말리지 않고 지낼 수는 있다.

"미즈코시 씨가 어떻다는 건 아니고, 성매매로 생활하는 여성이 있는 것도 사실입니다."

"이 취재를 수락하면 좋은 점이 있나요?"

"사회 공헌이 됩니다."

"……사회 공헌이요?"

"미즈코시 씨의 사연이 누군가에게 도움이 되고 세상을 움직이는 거죠."

"네, 그렇군요." 채소수프를 마저 다 마신다.

역시나 사회에 나와본 적도 없으면서 사회학 공부를 하는 사람은 말이 거창하다.

자신의 연구가 많은 사람을 구할 수 있다고 니토 씨는 그렇게 믿고 있다.

가난한 가정에서 자란 여자아이가 주인공인 〈집 없는 아이〉라는 드라마가 있다. 제대로 본 적은 없지만 '명장면 특집' 같은 프로그램에서 일부분을 보았는데, 주인공의 단골 대사가 "동정할 거면 돈으로 줘!"였다. 지금 내가 딱 그 기분이다.

사회 공헌 따위나 하고 있을 여유가 없다.

어쨌거나 내일과 모레를 살아갈 돈이 필요하다. 이 생활에서 벗어날 수 있는 돈을 원한다. 생활이 가능할 만큼만 손에 넣으면 충분하다.

사례비가 단 얼마라도 나온다면 취재에 응하겠지만 그런 걸 물을 수 있는 분위기가 아니다.

"그런데 제가 말은 이렇게 해도 박사학위를 따봤자 바로 취업하는 것도 아니에요. 이대로면 대학원을 졸업한 후에 저도 홈리스가 될지 몰라요."

공감해주기를 바라는 건지 그녀가 웃는 얼굴로 나를 본다.

"니토 씨, 대학원 학비와 생활비는 누가 내주고 있습니까?"

"아빠요." 이상한 질문이라고 느꼈는지 놀란 얼굴로 대답한다. "부모님이랑 같이 살아서 생활비를 내거나 하진 않아요. 밥도 엄마가 다 해주시고요."

이 여자가 홈리스가 될 일은 없을 것이다.

이십대 중반의 딸에게 좋아하는 일을 하도록 경제적으로 지원해주는 부모가 있다는 걸 니토 씨는 당연하게 여기고 있다.

"죄송합니다. 취재에는 협조할 수 없습니다. 홈리스도 나름대로 할일이 있어 바쁘거든요. 내일도 살아가려면 어떻게든 돈을 벌어야 해서요."

"식사 정도는 제가 살게요."

"괜찮습니다."

순간적으로 마음이 끌렸지만 수락해서는 안 된다.

그녀가 부모 돈으로 살아왔든 말든 아무래도 상관없다.

하지만 그녀와 있으면 서로의 차이를 끝없이 직시해야 한다.

"저는 매주 여기 오고 있으니 괜찮으면 또 얘기 나눠요."

"실례하겠습니다." 수프가 들어 있던 그릇을 들고 벤치에서 일어난다.

"제가 버릴게요."

"감사합니다." 빈 그릇을 건넨다.

"또 오세요."

"안녕히 계세요." 나는 말하며 고개를 숙인다.

"무슨 일 있으면 상담해드릴게요."

거기에는 대답하지 않고 그녀의 얼굴을 보지 않도록 하면서 공원에서 나온다.

이제 이곳에는 못 오겠다.

다른 무료 배식에 가는 일도 그만두자.

어딜 가더라도 니토 씨 같은 사람이 있다.

*

만화 카페에서 자고 오늘도 즉석만남 카페에 왔다.

여기 있으면 지명받지 않아도 과자를 먹고 주스를 마실 수 있다.

거울 맞은편에 있는 남자를 신경쓰지 않고 계속 먹다가 스낵 과자가 물려서 초콜릿 포장을 뜯는다. 점심밥은 이걸로 때워야지.

"아이 씨, 부탁해요." 점원이 들어온다.

"네." 먹던 초콜릿을 입에 밀어넣고 거울 맞은편으로 나간다.

점원에게 타이머와 자기소개 카드를 받고 지시받은 자리로 간다.

"안녕하세요." 커튼을 열고 안으로 들어간다.

"안녕하세요."

이십대 중반쯤 되는 남자가 앉아 있다. 전에도 만난 적이 있는 듯한데 생각이 안 난다.

"실례하겠습니다." 남자 옆에 앉는다.

"저기 혹시, 저 기억하세요?"

"아, 전에도 오셨죠?"

"네!" 남자가 기쁜 듯 고개를 끄덕인다. "한 달 전쯤 노래방에 갔었는데."

"아, 기억해요. 기억해요."

처음 이곳에 온 날, 함께 노래방에 갔던 노래를 잘하는 남자다. 잊기 힘들 정도로 인상적이었는데, 그사이 하도 많은 남자들을 접하다보니 기억 저편으로 밀려나 있었다.

한 달밖에 안 지났는데 몇 년 전의 일처럼 느껴진다.

"또 노래방에 갈까요?"

"저기, 그게." 남자는 고개를 아래로 숙이고 무릎 위에 가지런히 놓은 양손을 응시한다. "오늘은 노래방이 아니라."

남자는 이십대 중반으로 보이지만 실제로는 몇 살인지 알 수 없다. 그래도 십대나 삼십대는 아닐 것 같다. 이십대 초반의 대학생일지도 모르고, 이십대 후반의 사회인일지도 모른다. 어느 쪽이든 여자 경험은 적어 보인다.

지난번에는 우선 상황을 살피는 정도였던 거다. 노래방을 좋아한다는 것도 거짓말이었는지 모르겠다.

"그게 아니면 뭐예요?" 뭘 말하고 싶어하는 건지 알지만 그래도 묻는다.

"얼마를 내면 될까요?"

"뭘 말이에요?"

"좀 넉넉하게 낼게요. 손이나 입으로만 해도 괜찮아요. 호텔비도 내가 내고요."

"미안해요. 다른 사람을 지명해주시겠어요? 노래방이나 식사라면 함께 할게요."

호텔에 가도 괜찮을까, 잠시 그런 생각을 해버렸다.

겉모습이 나쁘지 않고, 고개를 숙이고 있는 모습은 귀여워 보인다. 이곳에서가 아니라 직장 동료로서 만났다면 친구가 될 수 있었을 것이다. 즉석만남 카페에 가봤다는 그의 말을 나는 웃으며 듣겠지. 하지만 이곳에서 만나버렸으니 친구는 될 수 없다. 서로 얼굴은 알아도 영원히 타인일 뿐이다.

"이런 죄송해요. 하지만 아이 씨가 좋아요." 남자가 고개를 들고 내 눈을 응시한다.

"미안해요."

"아이 씨가 좋아서 돈을 모아 왔거든요."

"그럼 노래방에 가요."

"……그건 좀." 남자의 고개가 다시 아래로 향한다.

풀 죽은 얼굴을 연기하는 것처럼 보인다.

그런 짓을 할 사람 같진 않지만, 호텔에 가기 위한 술수일 가능성은 있다. 이런 일에 익숙지 않은 척할 뿐이지 다른 카페에서도 똑같은 짓을 할지 모른다.

"어떻게 하실래요? 시간 다 채워서 얘기할까요? 아니면 다른 여자를 다시 지명하실래요?"

"다시 지명하겠습니다." 조그만 소리로 말한다.

"가보겠습니다."

소파에서 일어나 밖으로 나가서 점원에게 타이머와 자기소개 카드를 건넨다.

"한 바퀴 돈 것 같은데." 점원이 말한다.

"뭐가요?"

"대기 손님, 한 바퀴 돌았다고. 데이트만 하는 걸로 두 번 세 번 돈을 내는 남자는 없으니까. 연애할 때도 육체관계 없는 데이트는 처음 몇 번뿐이잖아."

그는 항상 나를 얕잡아 보듯이 말하는데, 실은 연하가 아닐까 싶다. 젊은 남자들에게 인기 있는 브랜드의 반지와 팔찌를 차고 있다. 이곳 벌이가 그리 많지는 않을 테니 아마 여자한테 원조를 받는 거겠지.

"데이트만 할 거라면 마유처럼 수완 좋게 하다가 적당한 시점에 다른 카페로 가야지."

"마유가 다른 카페에 갔어요?"

"글쎄." 그가 고개를 갸웃거린다. "걔는 어차피 평범한 일은 못하니까 다른 카페나 남자한테 간 거 아닐까?"

"마유는 학자금 상황 때문에 홈리스가 된 것뿐이지 전에는 파견 사무직이었어요."

"걔는 사무직 같은 거 못한다니까. 학자금 얘기는 사실인 것 같지만, 갚을 마음도 없을걸."

"그게 무슨 말이에요?"

"머리는 좋은 듯한데 바보라니까."

"네?"

"걔는 그때그때 상대에 맞춰서 적당히 거짓말하는 건 잘해도 계산 같은 건 못한다니까. 수습할 수 없게 되면 도망치지. 돈 계산 같은 것도 전혀 못하니까 학자금을 앞으로 얼마나 갚으면 되는지도 모를걸. 그런 주제에 남자가 생기면 곧장 돈을 다 갖다바치는 모양이고."

"이런." 어째선지 웃음이 나올 것 같았다.

거울 속 방으로 돌아가 소파에 앉는다.

처음 만났을 때 마유는 모든 내 얘기에 동감하고, 나이도 처지도 같다면서 이해해주었다.

거짓말이었는지도 모른다.

노래방에 함께 간 할아버지가 거짓말한 게 아니다.

거짓말한 사람은 마유다.

할아버지의 행동은 마유의 계산대로였겠지. 하지만 내 행동은 그녀의 계산 착오였다. 그래서 성가셔진 거다.

진짜 이름도 '마유'였을까. 마유는 한 번도 성을 밝히지 않았다. 나는 그녀의 풀네임은커녕 '마유'를 어떤 한자로 쓰는지도 모른다.

마유는 무료 배식소의 자원봉사자와도, 만화 카페의 카운터 남자애들과도, 즉석만남 카페의 점원과도 친하게 지냈다. 늘 웃는 얼굴로 친구처럼 얘기하듯 굴면서 애교 부리는 걸 상당히 잘했다. 성매매는 안 한다고 했지만 그것도 거짓말 같다. 즉석만남 카페에서 2차는 안 하더라도 만화 카페의 카운터 남자애들과 자는 게 아닌지, 그런 느낌을 받은 적이 있었다. 그애들은 마유가 하는 말이라면 뭐든지 들어주었으니까. 도쿄 내의 만화 카페에서 인터넷을 이용하려면 의무적으로 신분증을 보여줘야 하는데,

카운터의 남자애들도 '마유'라고 불렀으니 본명이겠지만 어쩌면 신분증 없이도 이용할 수 있도록 그애들을 구워삶았던 건지도 모른다.

어쨌든 이 모든 건 상상일 뿐이다. 내게 친절하게 대해주었으니 마유를 의심해선 안 된다.

학자금 상환 때문에 빈곤에 빠지는 일은 이제 사회문제가 된 듯하다. 뉴스 사이트마다 화제여서 나도 만화 카페의 컴퓨터로 기사를 읽었다. 대학을 졸업하고 취업했지만 월급이 적어 몇 백만 엔이나 되는 빚을 갚을 수 없게 된 사람들이 있다. 그래서 결혼도 못하고 앞날을 전망할 수도 없다. 내게 얘기한 대로 마유도 처음엔 학자금 상환 때문에 홈리스가 됐을지도 모른다. 거기서부터 생활이 서서히 파탄에 이르렀겠지.

이제 마유는 사라졌고, 무엇이 진실인지는 확인할 방법이 없다.

"오. 아이 씨 왔구나." 사치 씨가 거울 속 방으로 들어온다.

"안녕하세요."

"옆에 앉아도 돼?"

"앉으세요. 외출했던 거예요?"

"점심도 먹고 왔어." 그녀는 짧은 치마를 입었지만 개의치 않고 편하게 앉는다.

처음에는 듣기에 짜증났던 그녀의 말투에도 점점 익숙해졌다.

마유가 떠나고 난 뒤로는 대화 상대가 없어서 사치 씨와 자주 얘기했다.

"뭐 먹었어요?"

"음, 그게 뭐였더라." 이렇게 말하고는 웃는다.

이곳에 있으면서도 물들지 않는 그녀의 웃는 얼굴은 천사 같다.

이 미소를 보며 밥을 먹을 수 있는 것만으로도 남자들은 돈을 낼 가치가 있다고 느끼겠지.

데이트로만 돈벌이를 할 거라면 나도 좀더 귀여워져야 한다. 여기 있는 여자 중에는 2차를 비즈니스로 여기고 한 달에 몇 십만 엔이나 버는 사람도 있다. 헤어스타일이나 옷도 남자들이 좋아하도록 신경쓴다. 마유처럼 능숙하게 지내는 게 이곳의 올바른 생활 방식이다.

다만 그러려고 돈을 써버리면 본말전도라는 생각이 들지만, 이걸 비즈니스로 여긴다면 어느 정도 투자를 해야 수입이 생길 것이다. 아빠가 빚을 내서라도 연달아 가게를 열었던 건 그런 이유 때문이리라.

"아 맞아, 우동이야! 유부 우동."

"멀티플렉스 뒤쪽에 있는 곳이요?" 세련되고 가격도 비싼 우동집이 있다.

"멀티플렉스?"

"영화관이요."

"맞아, 거기 엄청 좋아해."

"좋았겠네요. 나도 먹고 싶다."

"남자하고 합의하면 돼. 끝까지 해도 괜찮다고 말이야."

"앗! 사치 씨, 2차 해요?"

"아이 씨도 하지 않아?"

"아뇨, 저는 데이트만 해요."

"그렇구나. 난 그것만으론 지명을 못 받으니까. 키 작지, 못생겼지, 뚱뚱하지."

"그렇지 않아요."

"음…… 그리고 생활비를 벌어야 하고."

"아, 그렇죠. 아이들이 있으니까요."

그저 멍한 사람처럼 보여도 그녀에게는 나름대로 사정이 있다. 자식을 키우려면 데이트만으론 안 되겠지. 하지만 자식이 있으니 더더욱 2차는 안 할 거라고 생각했다. 성행위와 맞바꿔 우동을 얻어먹다니, 엄마가 할 일이라고 여겨지지 않는다.

"오늘도 만화 카페에서 잘 거야?"

"네, 달리 갈 곳이 없으니까요."

"남자친구는?"

"없어요."

돈이 없어도 남자친구가 있다면 홈리스 생활에서 벗어날 수 있다는 걸 까맣게 잊고 있었다. 이곳 점원이든 만화 카페 카운터의 남자애들이든 누구라도 사귄다면 그 집에 신세를 질 수 있다. 생활비도 빌려달라고 하면 된다. 하지만 나는 그런 일을 요령 좋게 해낼 능력이 없고, 어떻게 해야 남자친구를 만들 수 있는 건지도 갈수록 모르겠다.

그럭저럭 인기는 있었는데 이제 연애와는 인연이 없는 것만 같다.

"우리집에서 잘래?" 사치 씨가 말한다.

"진짜요? 그래도 돼요?"

"내일은 일요일이니까 자고 가."

"꼭 갈게요."

"같이 저녁 먹자."

미소 지으며 말하는 그녀의 모습이 마치 빛으로 에워싸인 듯 보인다.

진짜 천사일지도 모른다.

남자친구를 사귀는 건 어렵더라도, 재워달라고 부탁할 수 있는 친구를 여기서 만들자.

토요일이라 아이들이 집에서 기다린다고 해서 평소보다 일찍 카페에서 나오기로 했다.

카페 소파에 앉아 있을 때도 작아 보였지만 나란히 서서 걸으니 사치 씨는 어린애처럼 조그마했다. 나도 평균 신장 정도라 큰 편이 아닌데도 사치 씨의 머리가 내 어깨쯤에 왔다. 걸음걸이도 느긋해서 나는 보폭을 맞추려고 신경쓴다.

마유와는 키가 비슷해 걷는 속도도 맞았다. 말하는 속도도, 좋아하는 것도 싫어하는 것도 비슷했다. 전부 거짓말이었다 해도 괜찮으니 그녀가 사라지지 않기를 바랐다. 지금이라도 돌아와 웃으면서 "즉석만남 카페 점원한테 속지 않도록 조심해야 해"라고 말해주면 좋으련만, 무리한 바람일 것이다.

아직 밝은 시간인데도 밤일을 하는 걸로 보이는 사람들뿐이다.

편의점이나 영화관 입구 앞에 있는 십대 여자애들은 멍한 눈빛으로 스마트폰을 보고 있다.

즉석만남 카페는 법률이나 조례를 교묘하게 피한 그레이존이지만 십대 여자애들에게 손님을 소개하지는 않는다. 그 정도 위험성은 고려하는 것이리라.

그래서 아이러니하게도 아직 십대이기 때문에 직접 자신을 팔아야 한다.

"어, 나기네." 사치 씨가 영화관 입구 앞에 있는 여자애한테 손을 흔든다.

그 자리에 자주 있는 애다.

처음 봤을 때보다 살이 빠진 듯하지만 흰 피부도, 까맣고 아름다운 머리카락도 여전히 그대로다.

마치 요염하게 사람을 빨아들일 듯한 미소를 지으며 나기가 사치 씨에게 손을 흔든다.

곧게 뻗은 긴 흑발이 바람에 춤을 춘다.

"나기, 나기." 사치 씨는 어린애처럼 뛰어가 나기에게 간다.

나도 뒤따라간다.

"안녕하세요." 나기가 말한다.

"내 친구, 아이 씨야." 사치 씨가 나를 소개한다.

"안녕하세요."

"나기예요." 나를 보고 미소 짓는다.

키는 나보다 크면서 얼굴은 훨씬 작다. 가까이서도 모공이 안 보일 정도로 피붓결이 곱고 매끈하다.

분위기는 어른스럽지만 아무리 봐도 십대 중반이다.

나기는 본명이 아닐 것이다.

이름이 독특해서 애니메이션이나 만화의 캐릭터에서 따온 게 아닐까 싶다.

"오늘 우리집에서 아이 씨가 자고 갈 거야. 나기도 놀러와."

"저는 약속이 있어서요." 나기가 고개를 젓는다.

"그래?" 사치 씨는 아쉽다는 듯 나기의 얼굴을 올려다본다. "밥만이라도 같이 먹을래? 우리 애들이랑 먹자."

"죄송해요."

"아쉽네."

친절한 마음에서 나기를 초대하는 줄 알았는데 아닌 모양이다. 사치 씨가 억지를 부리는 어린애로만 보였다. 아무런 생각 없이 그저 나기와 놀고 싶어서 권했을 뿐인 것 같다.

뭐라도 말하는 게 좋을까 싶어 망설이다가 둘의 대화를 가만히 지켜보기로 했다.

너무나 아름다워서 나기에게 다가가는 건 왠지 위험하다는 느낌마저 든다.

가까이에 서기만 해도 나기에게선 몇 명이나 되는 남자들의 냄새가 났다. 그러면서 겉으로는 남자와 얘기해본 적도 없는 듯한 얼굴을 하고 세상을 보고 있다.

혼자 서 있는 여자애가 몇 명인가 더 있는데, 이곳에 있는 시간이 길어지면 서로 친구가 되기도 하는 모양이다. 나도 처음 이곳에 왔을 때는 혼자였지만 마유나 사치 씨와 얘기를 나누게 되었고, 만화 카페의 카운터나 즉석만남 카페의 점원이라는 지인도 생겼다.

그러나 나기는 늘 혼자다.

그애에게 말을 거는 사람은 사치 씨처럼 별생각이 없는 이들뿐일 것이다.

"애들이 기다리지 않을까요?" 얘기중인 사치 씨에게 내가 말한다.

"아, 맞다. 그럼 또 봐, 나기."

사치 씨가 손을 흔들자 나기가 살짝 아쉬워한다.

"다음에 봐." 나도 손을 흔든다.

"다음에 봐요." 나기는 작은 목소리로 그렇게 말했다.

우리는 나란히 걸어서 나기로부터 멀어진다.

한동안 걷다가 뒤를 돌아보니 오가는 사람들 너머로 남자와 얘기하는 나기의 모습이 보였다.

얼굴은 잘 보이지 않지만 키가 크고 회색 정장을 입었다.

나기는 밤이 오기 전에 저 남자에게 안길 것이다.

지저분한 건지 깨끗한 건지 알 수 없는 집이다.

현관에서 들어와 바로 왼쪽은 부엌과 식사 공간으로 되어 있다. 오른쪽 문을 열면 욕조와 변기가 한 공간에 구비된 유닛배스*가 있을 것이고, 안방은 다다미 여섯 장 정도의 크기다. 기본적

---

* 욕조와 변기 공간이 분리된 일본의 보편적 욕실과 달리 일체형인 것.

인 1DK* 구조라고 할 수 있다. 1층에 있는 집이라 안방의 유리문을 열면 좁은 마당으로 나갈 수 있다.

사치 씨가 미니멀리스트인 건가 싶을 정도로 가구가 얼마 없다. 부엌에는 냉장고와 전자레인지, 전기밥솥 같은 최소한의 가전이 갖춰져 있고 식사 공간에는 테이블과 의자가 놓여 있다. 그런 와중에 안방에는 작은 TV를 올려둔 수납장 한 개뿐이다. 그림책이나 장난감을 정리하기 위한 것 같은데 거기에 넣어야 할 물건들은 온 방안에 어질러져 있다. 이불과 베개 같은 침구도 전부 둘둘 말듯이 반으로 접혀서 서로 겹쳐진 채 구석에 몰려 있고, 그 위에는 빨랫감인지 그냥 벗어둔 건지 알 수 없는 옷가지가 쌓여 있다.

부엌도 상태가 꽤 심각하다. 무너지지 않는 게 신기할 정도로 개수대에 설거짓감이 산을 이루고 있다. 가스레인지 위에 놓인 냄비에서는 오랜 손때가 느껴지는데, 그저 설거지를 안 해서 그런 것이리라. 식탁에는 스티커가 잔뜩 붙어 있고 그 위에 크레파스와 색연필이 나뒹군다. 의자에는 오래 써서 낡아 보이는 검은색 초등학생용 책가방이 걸려 있다.

보면 볼수록 지저분한 집이라는 인상을 받는다.

---

* 침실 한 개와 부엌 겸 식사 공간으로 구성된 집.

"다녀오셨어요." 안방에서 놀고 있던 남자애와 여자애가 현관으로 달려온다.

남자애 쪽이 큰 걸 보니 오빠와 여동생 사이리라. 큰애는 이제 초등학교 3학년이 될 텐데 상당히 작고 말랐다. 아이가 작은 편이라고 사치 씨도 말했지만 이 정도면 너무 작은 게 아닌가 싶다. 4월에 초등학교에 입학한다고 해도 믿을 정도다. 이복동생 유키도 평균 신장보다 작아서 키 순서로는 앞쪽이라고 했는데 이보다는 훨씬 컸던 것 같다.

"엄마 왔어. 이쪽은 아이 이모야." 사치 씨가 나를 소개한다.

"안녕하세요." 두 아이가 나란히 서서 살짝 고개를 숙여 인사한다.

"안녕."

"루키아와 키라라야." 그녀가 나를 향해 말한다.

"……네?"

"이쪽이 오빠 루키아, 이쪽은 동생 키라라."

"……루키아와 키라라구나."

동화 속 주인공처럼 독특한 이름이라 어떻게 반응해야 할지 난감했다. 둘 다 사치 씨를 많이 닮았고, 그 이름에 어울리게 눈이 부시는 미소를 지으며 나를 보고 있다.

"아이 이모는 오늘 우리집에서 자고 갈 거야. 사이좋게 지낼 수 있겠지?"

"네에!"

그녀의 말에 루키아와 키라라가 씩씩하게 대답한다.

"자 들어와."

"실례하겠습니다. 여행가방은 어디에 두면 될까요?"

"안쪽."

"이대로 들고 들어가도 괜찮아요?"

"응?" 그녀가 고개를 갸웃하며 나를 본다.

"밖에서 끌던 거라 더러워서요."

"아, 괜찮아. 신경 안 써도 돼."

"네." 부츠를 벗고 집안으로 들어간다.

루키아와 키라라는 몸집뿐 아니라 발도 작은 모양이다. 아동용 하늘색 스니커즈와 핑크색 슬립온이 뒤집힌 채 좁은 현관에 따로따로 흩어져 있어 내 부츠와 함께 가지런히 놓는다. 스니커즈도 슬립온도 찢어진 부분이 있고 발꿈치 쪽은 뭉개졌다. 이제 신발 사이즈가 작아져 꽉 끼는데도 억지로 신고 다니는 건지도 모른다. 애들은 원래 마음에 드는 물건이 있으면 손에서 놓질 않는다. 나도 초등학교 저학년 때 엄마가 사준 핑크색 우산을 우산대가 휘었는데도 계속 사용했다. 그러나 이건 그런 차원의 문제가 아닐 것이다.

안방의 한쪽 구석에 여행가방을 놓는다.

현관에서는 보이지 않았던 위치에 벽장이 있다. 종이를 바른 벽장문이 몇 군데나 찢어져 그 틈으로 어렴풋이 안이 보인다. 이미 그 모습만 봐도 열지 않는 게 낫겠다고 생각될 정도로 물건이 들어차 있음을 알 수 있다.

그리고 이 집에는 아빠가 없는 듯하다.

성인 남자가 살고 있다고 여길 만한 물건이 한 개도 눈에 띄지 않는다.

"놀아주세요." 키라라가 토끼 인형을 안고 내 옆에 선다.

"잠깐만." 나는 코트를 벗어 여행가방 위에 놓는다.

"나도!" 루키아는 오른손이 없는 로봇을 들고 있다.

"먼저 화장실 좀 다녀올게."

화장실 쪽으로 가는 내 뒤로 두 아이가 따라온다.

해가 저물기 시작해 집안에 있어도 한기가 느껴진다.

그런데도 두 아이 모두 얇은 옷차림이다.

루키아는 소맷부리가 닳아 해진 긴팔 셔츠에 반바지를, 키라라는 루키아의 셔츠와 같은 무늬 원피스를 입고 있다. 조그만 발에 신은 양말에는 구멍이 나 있다.

그 모습을 못 본 척하고 화장실에 들어간다.

변기 옆 욕조에는 때가 껴 있다.

참살이라도 당한 것처럼 팔다리를 잡아 뜯긴 인형이 욕조 바닥에 나뒹구는데 목욕용 장난감은 아닌 듯하다.

사치 씨가 저녁식사로 전골 요리를 해준다고 하고, 나는 루키아랑 키라라와 놀면서 기다린다.

두 아이는 인형과 로봇을 움직이며 한껏 신이 났는데, 나는 그 애들이 무슨 말을 하는 건지 전혀 알 수가 없어 적당히 웃어준다.

사치 씨가 즉석만남 카페에 가 있는 동안 두 아이를 돌봄교실 같은 곳에 맡기는 게 아닌 모양이다. 오늘만 해도 아이들이 집에서 기다린다면 아빠나 할머니가 같이 있는 줄 알았는데 둘이서만 기다리고 있었다. 키라라는 유치원이나 어린이집에도 안 다니는 걸까. 루키아의 책가방은 있지만 유치원이나 어린이집 가방과 원복은 어디에도 없는 듯하다. 아직 어리니까 오빠와 동생의 사이가 좋은 게 당연한 일인지 모르겠으나 그 정도가 지나치다는 느낌도 들고.

어린애들이 하는 말이라서 내가 그 의미를 이해할 수 없는 게 아니라, 둘만 알아들을 수 있는 말로 대화하고 있기 때문인 것 같다. 이 집에는 루키아와 키라라에게만 보이는 세계가 펼쳐져 있고 그곳에는 두 아이와 장난감만 존재한다.

나는 아이를 싫어하지도 그다지 좋아하지도 않는다. 눈높이를 맞춰서 놀아주려고 하면 왠지 아이를 속이는 것만 같은 기분이다.

유키에게는 어린애 취급을 하지 않으려고 했고, 가끔 놀아주기는 했지만 아이의 장단에 맞춰주지는 않았다. 하도 집요하게 졸라대서 〈날아라 호빵맨〉 노래를 같이 불러준 정도다. 그애를 남동생으로 귀여워하면 가족이라고 인정하는 일이 될 것 같았다. 쌀쌀맞은 누나였지만 유키는 어린애 취급을 받지 않는 게 재미있었는지 곧잘 웃었다.

요리 준비라도 돕는 게 좋겠다 싶어 부엌을 봤더니 사치 씨가 싱크대 앞에 서 있기만 할 뿐 아무것도 하지 않고 있다. 식칼을 쥐고 있지만 손을 움직이지 않는다.

루키아가 로봇을 내려놓고 부엌으로 간다. 냉장고에서 배추를 꺼내 건네주고 돌아가자 그제야 그녀가 도마를 꺼내 배추를 썬다. 다 썬 다음엔 뒤돌아 이쪽을 보며 말한다.

"루키아, 다음은 뭐하면 되지?"

"다른 채소도 잘라." 루키아가 다시 부엌으로 돌아간다.

"다른 채소?"

"파나 버섯 같은 거."

"버섯은 채소가 아니야."

"전골에 넣을 것들을 잘라."

"네에."

사치 씨가 대답은 하면서 움직이지 않으니 루키아가 냉장고에서 파와 만가닥버섯을 꺼낸다. 그녀는 그것을 받아서 대강 썰어나간다. 한입 크기 따위 생각하지 않고 썬다는 걸 움직이는 뒷모습만 봐도 알 수 있다. 루키아가 개수대에 쌓인 설거짓감에서 움푹한 채반을 끄집어내 가볍게 씻고 다 자른 채소를 넣는다. 그런 뒤 테이블 위에 나뒹구는 크레파스와 색연필을 가장자리로 밀어내 공간을 만들고 채반을 놓는다. 사치 씨가 채소를 다 썰고 식칼을 든 채로 또 움직이지 않자, 칼을 씻어서 식기건조대에 올려두라고 루키아가 말한다. 그러고는 엄마가 제대로 하는지 확인하면서 싱크대 아래쪽 문을 열고 질냄비를 꺼낸다.

애들 때문에 집이 지저분한 게 아닌 것 같다.

사치 씨는 요리도 제대로 못하고 청소나 빨래도 못할 것이다. 큰애인 루키아가 애쓰고 있지만 아직 초등학교 저학년인데다 엄마가 저런 상태라면 한계가 있다.

"엄마, 여기에 물 넣어." 루키아가 질냄비를 건넨다.

"그다음은?"

"가스레인지에 냄비를 올리고 불을 켜."

"네."

"불을 켠 다음엔 깜빡하면 안 돼."

"안 깜빡해." 사치 씨가 웃으며 말한다.

아마 깜빡한 적이 있을 것이다.

단순히 집안일을 못하는 것과는 좀 다르다. 사치 씨는 어느 한 가지 일을 하는 동안에 전에 했던 일도 다음에 할 일도 잊어버린다. 눈앞에서 일어나고 있는 일만 기억한다. 완전히 잊어버리는 건 아니지만 그걸 떠올리기까지 남들보다 몇 배나 시간이 걸린다. 즉석만남 카페에서 대화할 때도 그렇게 느낀 적이 있는데, 그때는 약간 둔하고 굼뜬 사람인 줄만 알았지 문제라고 생각하진 않았다. 하지만 아이 둘을 키우기에는 매우 위험하다.

"루키아." 나도 부엌으로 간다.

"왜?"

"오늘은 나랑 같이 요리하자."

"왜?"

"엄마는 항상 바쁘니까 쉬게 해주자."

"응!" 루키아가 웃으며 고개를 끄덕인다.

이 아이가 이처럼 순수하게 있을 수 있는 건 앞으로 몇 년뿐이겠지. 이 상태로 자란다면 나쁜 길로 빠질 가능성이 크다. 학교에도 나가지 않고, 안 좋은 어른들과 어울리게 될지도 모른다. 자신의 상황을 이해하고 엄마를 위해 계속 애쓰더라도 그 역시 루키아에겐 잔혹한 일이다.

"아니야! 그럼 내가 미안하지." 사치 씨가 말한다. "손님이니까 앉아 있어."

"괜찮아요. 한동안 요리를 안 했더니 하고 싶어요."

"괜찮겠어?"

"자신 있으니까 맡겨주세요. 사치 씨는 편히 있으면 돼요."

"키라라하고 놀고 있을게." 그녀는 안방으로 간다.

"나도 놀고 싶어." 루키아가 말한다.

"나 혼자서는 못할 것 같은데."

"그럼 도와줄게."

"잘 부탁해."

사실 요리는 혼자서도 충분히 할 수 있고 오히려 아이가 있으면 거치적거리지만 루키아가 돕도록 하는 편이 좋겠다. 요리뿐만 아니라 빨래와 청소도 할 수 있는 한 가르쳐주고 가자. 그렇지 않으면 루키아도 키라라도 평균보다 훨씬 작고 마른 채 제대로 성장할 수 없다. 사치 씨에게 알려줘봤자 기억하지 못할 테고 키라라에게는 아직 어려운 일이다. 나는 초등학생 때 엄마에게 요리를 배웠다. 중학생이 되고 엄마가 입원한 후에는 외할머니에게 빨래와 청소하는 법을 배웠다. 루키아에게도 아직은 어려울지 모르지만 누군가가 가르쳐야만 하는 일이다.

사치 씨가 재혼이라도 하지 않는 한, 아무리 잔혹하더라도 루키아는 가족을 위해 노력하도록 끊임없이 강요당할 것이다. 혼자서 고민하지 않도록 손을 내밀어줄 어른이 필요하다.

일단 불을 끈다.

어떤 전골 요리를 하려던 건지 모르겠지만 무작정 질냄비로 물을 끓이기 전에 할일이 있다.

냉장고를 연다.

텅 비었으리라 생각하며 열었는데 그 반대였다. 어떻게 넣었는지도 모를 정도로 냉장고 안이 빽빽하게 차 있다. 유통기한 지난 것이 많긴 하지만 사 온 지 얼마 안 된 고기와 채소도 있다. 냉장제품칸이나 채소칸 같은 분류를 무시하고 재료들을 쑤셔넣어놔 무너지지 않도록 조심하며 안에 뭐가 있는지 확인했다. 닭고기도 돼지고기도 비싼 국내산 제품이다. 한 달 식비 따위 계산하지 않고 아마 눈에 띈 물건들을 바구니에 던져넣었겠지. 그러나 그것들을 조리하지 못하고 썩힌다. 그녀가 좀더 야무지게 행동한다면 루키아와 키라라의 신발과 옷을 살 수 있다.

어떻게 할지 생각하며 일딘 냉장고를 닫는다. 전자레인지 밑의 선반을 열어보니 건어물이 있다. 다시마와 가다랑어포도 제대로 있지만 루키아에게 육수 내는 법을 가르쳐주기엔 이르다. 다만 육수 대신 토마토로 만드는 전골 요리라면 간단해서 루키아도 기억할지 모른다. 고기와 채소를 많이 먹을 수 있으니 영양

밸런스도 좋다.

"루키아, 토마토 좋아해?"

"난 뭐든 잘 먹어."

"그게 아니라, 좋아하는지 싫어하는지를 알려줘."

"음……" 루키아가 고개를 갸웃거리며 골똘히 생각한다.

아직 초등학교 2학년밖에 안 됐지만 좋아하는 것을 말할 권리조차 제대로 누리지 못했을 것이다.

"토마토와 닭고기를 넣은 전골 요리를 할까 하는데, 어때? 고기랑 채소를 다 먹은 다음엔 밥이랑 치즈를 넣는 거야."

"맛있겠다! 먹고 싶어!"

"그럼, 그렇게 하자."

"응!"

"요리하기 전에 여기 먼저 정리하자!"

"네에!"

테이블 위의 크레파스와 색연필은 빈 통에 넣고, 개수대에 산더미를 이룬 그릇과 냄비를 씻는다.

홈리스가 되고 처음으로 욕조에 몸을 담갔다.

루키아와 키라라랑 함께 청소해서 욕조가 깨끗해졌다. 먼저 아이들과 사치 씨를 들어가게 했는데 목욕을 어떻게 한 건지 변기까지 흠뻑 젖어서 내 목욕물을 받는 동안 한번 더 청소했다.

무릎을 당겨 앉아야 하는 좁은 욕조지만 샤워만 하는 것보다 몇 배는 기분이 좋다.

몸속 깊은 곳까지 따뜻해진다.

뜨끈한 밥을 먹고 목욕을 하고 이불에서 잠든다.

두 달 전까지만 해도 당연했던 생활을 이젠 꿈이나 환상으로만 떠올리게 되었다.

목욕물을 뺀 욕조 안에서 머리를 감고 얼굴과 몸을 씻는다.

사치 씨에게 빌린 맨투맨 티셔츠와 반바지를 입고 욕조 주변을 간단히 정리한 다음에 부엌으로 나간다.

아이들은 안방에서 잠들었고, 사치 씨는 좁은 마당에서 담배를 피우고 있다.

"욕실 잘 썼어요. 감사합니다." 나도 마당으로 나간다.

바람이 불어서 유리문을 닫는다.

매서울 만큼 찬바람이 아니어서 목욕을 마치고 나오니 기분좋게 느껴진다.

"어, 나왔네." 그녀가 실외기 위에 둔 재떨이에 담배를 끈다.

"담배, 피우시네요."

"끊지를 못해서. 피울래?"

"저는 안 피워요."

"참, 아이 씨는 그렇지. 담배도 안 피운다, 2차도 안 한다. 이 것도 못해요, 저것도 못해요, 저는 남들과 달라요. 그런 분위기."

"네?"

"아무것도 아냐." 그녀가 웃으며 고개를 가로젓는다.

"네."

"안으로 들어가자."

유리문을 열고 방으로 돌아가는 그녀를 따라 나도 들어간다.

잠든 아이들의 발밑을 지나 주방으로 간다.

평소 루키아가 덮는 이불을 내가 빌렸기 때문에 두 아이가 한 이불을 덮고 잔다. 누군가 자러 왔을 때는 그렇게 하는 모양이 다. 방안에 수납장뿐이어도 이불을 세 장이나 깔 수 있을 만큼 넓지 않기 때문에 서로 겹쳐져 있다.

"뭐 마실래?"

"물 주세요." 대답하면서 부엌과 안방 사이의 미닫이문을 닫 는다.

"자, 여기." 그녀가 유리컵에 수돗물을 담아 테이블에 둔다.

"고맙습니다."

"나는 맥주 마실게." 냉장고를 열고 캔맥주를 꺼낸다.

우리는 마주보고 의자에 앉는다.

"키라라는 몇 살이에요?"

같이 밥을 먹고 놀기도 했는데 나이를 몰랐다.

"음…… 돌아오는 생일이면 다섯 살."

"봄부터 유치원에 가나요?"

"에이! 유치원 같은 데 뭐하러 가."

"의무교육은 아니지만……"

"초등학교랑 중학교만 가도 충분하대."

"사치 씨가 카페에 있는 동안 평소에는 할머니나 누군가가 오나요?"

"……할머니?" 미간을 찌푸리며 그런 단어는 처음 들어봤다는 듯한 얼굴을 한다.

"사치 씨의 어머니가 애들을 돌봐주러 오시지 않나요?"

"올 리가 없지. 우리 엄마는 나보다 더 멍청하고 시골 사람이라 아무것도 못하니까."

"아버지는요?"

"없어. 만난 적도 없고."

"한 번도요?"

"새아빠는 몇 명 있었지만 엄마의 남자친구일 뿐이지 내 아빠는 아니야. 엄마도 새아빠도 다들 멍청하고 돈도 없고 몸도 약해서 이미 죽었을지 몰라."

"연락은 안 해요?"

"응."

"그렇군요."

"죽었다고 해도 나랑은 아무 상관 없어."

맥주를 마셔도 그녀의 말투는 평소와 다름없이 느릿느릿하다.

"루키아와 키라라의 아빠는요?"

"루키아 아빠하고는 결혼했었어." 캔맥주 하나를 다 마시고 냉장고에서 두번째 캔을 꺼낸다. "중학교랑 고등학교 때 선배였는데, 그 사람이 고향에 돌아왔을 때 오랜만에 만나서 사귀게 된 거야. 그러다 금방 루키아가 생겨서 결혼하고, 열아홉 살에 도쿄로 왔어."

열아홉에 임신해서 낳은 루키아가 지금 여덟 살이니까 사치 씨는 나와 나이가 얼추 비슷하다. 생김새는 꽤 귀엽지만 전체적으로 얼굴이 축 처져서 좀더 많은 줄 알았다. 살이 쪄서만은 아니라 이십대다운 탄력이 없다.

"그 사람은 지금 어디 있어요?"

"몰라." 고개를 가로젓는다. "루키아가 한 살 때 여자가 생겨서 나가버렸으니까."

"키라라의 아빠는요?"

"키라라 아빠하고는 결혼 안 했어. 동거만 했지. 루키아를 귀여워했는데, 키라라가 태어난 뒤로는 나랑 루키아한테 폭력을 쓰더라고. 일도 안 하고. 그래도 같이 살기는 했는데, 빚쟁이들 피해 도망갔다가 그대로 안 돌아왔어."

"키라라의 호적 등록은요?"

"없어, 그런 거 해줄 사람."

"그 사람이 지금 어디 있는지도 모른다는 거죠?"

"두 번 다시 보고 싶지 않아. 지금까지 사귄 사람 중에선 루키 아 아빠를 제일 좋아했어."

루키아의 아빠를 떠올리는 건지 그녀는 행복한 미소를 짓는다.

다른 여자가 생겨서 아내와 자식을 두고 나가버린 남자를 그런 식으로 떠올릴 수 있다니 이상하다. 하지만 내가 이상하게 여기는 일이 사치 씨에게는 흔한 일이겠지.

부모가 있고, 매일 밥을 먹을 수 있고, 중·고등학교에 다니고, 대학에 진학하는 것이 당연한 일처럼. 나는 그런 환경에서 살아왔고, 그렇게 살지 못하는 아이가 오늘날 일본에 있으리라고는 생각해본 적도 없다.

내 가정 환경을 불행하게 여겼던 일이 부끄러웠다.

루키아와 키라라의 아빠가 위자료나 양육비를 지급할 리는 없겠지. 키라라의 아빠는 결혼은커녕 아이를 호적에 올리지도 않았으니 자신에게 그런 의무가 있다고 생각하지 않을 것이다. 양육비만 내는 걸로 끝날 문제가 아닌데도 애초부터 그조차 착실하게 지급하는 사람이 극히 적다고 들었다.

"즉석만남 카페 같은 데서 일하지 말고 생활보호를 신청하면 되지 않아요?"

"생활보호는 건강한 사람이 받으면 안 되는 거야. TV에서 그렇게 말했어."

"사치 씨는 건강해도 루키아나 키라라는요?"

"둘 다 건강해. 감기도 안 걸려."

"음…… 아니, 그게 아니라."

몸은 건강할지 몰라도 그녀와 두 아이는 어려운 생활을 하고 있다. 그녀에게는 경도의 지적장애나 발달장애가 있는 듯한데, 멍하니 있거나 자주 깜빡하거나 하는 수준의 문제가 아니다. 내가 평범하다고 여기는 그런 가정에서 태어났다면 혹시 그녀도 어렸을 때 병원에 가서 검사를 받을 수 있지 않았을까. 아이들을 생각한다면 지금이라도 검사를 받고 생활보호를 신청해야 마땅하다.

"기라라 이뻐가 집을 나갔을 때, 생활보호를 신청해야겠다고 생각했어. 그런데 절차 같은 것도 잘 모르겠고, 무서운 사람한테 혼나기만 했어."

"……무서운 사람이요?"

"어쩌구 하는 소에 있는 사람. 설명을 들어도 전혀 모르겠어서 질문했더니 화를 내던걸. 무서워서 그냥 관뒀어."

"아동상담소 같은 곳에 가본 적은 있어요?"

"있지, 당연히 있지. 거기 말고도 이런저런 소에 많이 갔는데, 어딜 가도 혼나기만 하고 영문을 알 수가 있어야지. 어쩌구 소에 있는 사람이 일부러 찾아와서 잔소리한 적도 있어. 즉석만남 카페가 제일 좋아. 남자가 하는 말을 듣고만 있어도 친절하게 대해주고 돈도 주니까. 가끔 위험한 사람도 있지만 그래도 혼나는 것보다 나아. 남자친구가 생길지도 모르고."

"그렇군요……"

"어쩌구 소에서 잘해준 사람도 있었어."

"앗, 그렇죠?"

"근데 내가 멍청하니까 다들 점점 싫어지나봐. 서류에 적힌 한 자도 못 읽으니까. 읽는 법을 들어도 이해가 안 돼. 처음엔 상냥하다가도 '이게 무슨 말이에요?' 하고 내가 몇 번이고 묻다보니 점점 지친 표정을 짓는 거야. 그러다 짜증이 나는지 긴 잔소리가 시작돼. 보니까, 상냥했던 사람들이 잔소리가 많더라고. 그 사람들은 머리도 좋으면서 나 같은 바보의 기분은 짐작도 못한다니까."

관공서에는 아마미야처럼 누구에게나 친절하고 진지하게 이야기를 들어주는 사람도 분명히 있을 텐데 그런 사람을 만나지 못한 것이리라.

나 같은 사람이 생활보호에 의지해 살아서는 안 되겠지만 일단 인터넷으로 알아본 적은 있다. 돈을 지급받기까지 준비할 서류가 수두룩해서 내가 봐도 이해하기가 어려웠다. 설명문에는 평소에 쓰지 않는 단어도 나온다. 그걸 보고 사치 씨가 이해할 거라고 기대하긴 힘들다.

　"한자는 전혀 못 읽어요?"

　"루키아가 배우는 정도라면 읽을 수 있어."

　"고등학교는 졸업했죠?"

　"뭐, 고향에서 제일 수준 낮은 학교였으니까. 자기 이름만 쓸 줄 알면 들어갈 수 있었지. 학교에는 거의 안 가고 남자친구나 친구들이랑 놀았어. 남자친구네 집에서 그애 친구들 셋한테 당한 적도 있고, 같은 반 여자애가 몸을 팔라고 하질 않나. 이래저래 귀찮아서 1학년 끝날 때쯤 그만뒀어. 그래서 졸업은 못했고."

　"……그건 사건이네요?"

　"뭐가?"

　"셋한테 당했다는 건, 사건이잖아요?"

　"자주 있는 일인데 뭐." 하나도 웃기지 않은데 그녀가 웃음소리를 낸다.

　그런 일을 당하는 건 소설이나 영화 속에 존재한다고 생각했는데 결코 특수한 사례가 아니었다. 즉석만남 카페에는 아무래도 정신적인 문제를 겪고 있는 듯한 어두운 여자들이 몇 명 있다. 그녀들 중에는 더 혹독한 환경에서 살아온 사람이 있을지도 모른다.

"아이 씨도 어쩌구 소에 있는 사람 같네." 그녀가 웃으며 말한다.

"네?"

"지금은 나한테 친절해도 언젠가는 사라질 거잖아?"

"음……"

"매일 우리집에 와서 루키아와 키라라를 돌봐주고, 밥해주고, 청소해줄 건 아니잖아?"

"그건 그렇죠."

당분간 여기서 재워준다면 그렇게 하고 싶다. 하지만 당분간이지 계속은 아니다. 혼자 살 수 있는 돈이 모이고 취업자리가 정해지면 나갈 것이다.

"그런 식으로 루키아에게 요리나 청소를 가르쳐주지 않았으면 했어. 자신에게 친절한 사람이 있다고 생각하게 했다가 절망시키고 싶지 않으니까."

"……미안해요."

"맛있는 밥을 먹으면 또 먹고 싶어지잖아."

"그렇죠."

무료 배식 수프를 받으러 간 공원에서 말을 걸어온 니토 씨를 보며 나는 드라마의 대사를 떠올렸다. "동정할 거면 돈으로 줘!" 니토 씨와 똑같은 행동을 내가 루키아와 키라라에게 하고 말았다.

"마유가 왜 사라졌는지 조금 알 것 같아." 냉장고를 열고 세번째 캔맥주를 꺼낸다.

"왜요?"

"아이 씨는 우리랑 다르니까."

"어디가요?"

"돌아갈 수 있는 사람이니까."

"……그게 무슨 뜻이에요?"

"나나 마유한테 직업이라는 건, 아이돌이나 공주님이 되고 싶은 것과 마찬가지로 꿈 같은 얘기일 뿐이야."

"그렇지 않아요."

"그렇다니까!"

그녀가 언성을 높이며 금방 딴 캔을 현관으로 던진다.

맥주가 흘러나와 신발이 젖는다.

"사치 씨, 진정하세요."

"그런 태도가 어쩌구 소에 있는 사람 같다고! 그리고 애들 앞에서 사치라고 부르지 마."

"네?"

"다른 이름으로 부르면 애들도 이상하다고 생각할 거 아냐! 카페에 나가는 일을 루키아나 키라라에게 들키면 안 된다는 것쯤은 나도 안다고!"

"……미안해요."

그녀의 진짜 이름은 '사치'가 아니다.

충분히 생각할 수 있었는데 그만 깜빡했다.

"아이 씨는 우리에 대해 아무것도 모르지?"

"……그렇네요."

"마유는 아이 씨가 없어지는 게 싫어서 자기가 먼저 사라진 거야."

마유는 내가 다시 일일 아르바이트를 시작하는 걸 막으려고 내 스마트폰의 알람을 해제했다. 그러면서 언젠가 배신당할 날이 올까 두려워 자기가 먼저 도망쳤다…… 그랬을지도 모른다고 생각할 순 있지만 진실은 알 수 없다.

만일 마유가 돌아와 진실을 얘기해도 나는 이해하지 못하겠지.

5

　사치 씨가 잠든 후 나는 현관에 쏟아진 맥주를 닦고 잤다. 청소하면 또 화를 낼지도 모르지만 맥주에 젖은 부츠를 신고 싶진 않았다. 루키아와 키라라가 아니라 나를 위해 닦아놓고 싶었다. 모처럼 오랜만에 이불 위에 누웠는데도 잠이 영 오지 않았다. 아침에는 화장실에 가려고 일어난 루키아에게 발을 밟혀 잠이 깼다.

　사치 씨와 얼굴을 마주하기가 껄끄러웠지만 그녀는 평소처럼 온화하고 느긋한 분위기로 돌아와 있었다. 루키아와 키라라를 화장실로 들여보내 이를 닦게 하고 아침밥을 먹이는 등 최선을 다해 엄마 노릇을 하고 있었다. 오늘은 일요일이라 셋이서 외출하는 모양이다. 아이들은 "엄마랑 같이 있을 수 있다!" 하며 좋아했다. 세 가족 사이에 끈끈한 애정이 있고 서로 의지하며 지내고 있으니 그걸로 괜찮겠지만, 그럼에도 그들을 위해 내가 뭔가 할 수 있을지 생각해본다.

그렇지만 내가 남의 가족을 걱정할 처지가 아니겠지.

사치 씨와 아이들에게 배웅을 받은 뒤 전철을 타고 즉석만남 카페에 왔다.

일요일이라 오전부터 이십대 초반의 여자들이 있고 삼십대는 적다.

전혀 지명을 받지 못하는 건 아니지만, 홈리스 생활에 완전히 지친 이십대 중반의 나와 데이트하러 외출할 사람은 없다. 내가 남자라도 이십대 초반의 어리고 예쁜 애나 2차를 나가는 애한테 돈을 쓰겠다.

어린 여자들은 벌써 옷차림이 얇아졌다. 수입이 있으려면 역시 옷을 사는 게 좋겠다는 생각이 들지만 그럴 돈이 없다. 그래도 털부츠를 신을 계절은 아니니 신발만이라도 어떻게든 마련하고 싶다. 연말에 집을 나올 때 봄까지는 뭐든 되리라고 계산했다. 그래서 여행가방에 겨울옷을 우선적으로 담았다. 봄여름 옷이 전혀 없는 건 아니지만 계절을 날 수 있을 만큼은 아니다. 가져온 신발은 부츠 외에 면접용 검은색 펌프스와 더러워진 스니커즈뿐이다.

주스를 마시면서 화사한 봄 셔츠를 입은 여자애들을 멍하니 바라본다.

이십대와 삼십대는 입는 옷의 색감도 다르다.

이상하리만치 화려한 옷차림을 하고 일요일에 여기 와 있는 사람은 삼십대 독신일 것 같다. 2차를 나가는 모양이고 지명도 들어오지만 좀처럼 외출하지 못하고 있다. 절박한 분위기를 풍기며 굳은 표정을 짓고 있는 탓이겠지.

평일 낮에 이곳에 오는 삼십대는 마찬가지로 화려한 옷차림을 하고 있어도 분위기가 살짝 더 부드럽다. 그중에는 사치 씨와 같은 싱글맘이 있지 않을까 싶다. 오늘은 아이들과 보내고 있겠지. 아이가 있는데 2차를 나가다니 말도 안 된다고 생각했지만, 그녀들은 자식을 위해 필사적이다. 4년제 대학을 졸업하고 이십대인 나도 취업이 안 됐으니 그녀들의 상황은 훨씬 힘겹다. 단기직이나 시간제 일자리를 구했더라도 아이 때문에 일요일은 쉬고 싶다고 말할 수 있는 직장이 아닐 것이다.

그중 대다수가 나 따위는 비교도 안 될 정도로 돈에 쪼들리며 살아왔으리라. 그래도 나한테는 요구하면 마지못해 돈을 내주는 아빠가 있었다. 몇 명 있었다던 사치 씨의 새아빠들이 성실하게 돈을 벌었을 리 없고, 사치 씨보다 멍청하다는 엄마 역시 일을 했더라도 물장사 같은 걸로 적게 수입을 낸 것이리라. 부모처럼 되고 싶지 않은데 같은 길을 걷고 만다. 사치 씨는 그런 자신을 혐오하면서도 루키아와 키라라를 위해 몸 파는 일을 계속할 수밖에 없다.

필사적으로 살 거라면 좀더 다른 방향을 지향해 필사적이어야겠지만, 그렇다고 그녀들이 다른 방향으로 가고자 했던 적이 없었겠는가.

어젯밤 사치 씨에게 '절망시키고 싶지 않다'는 말을 들었을 때 나는 위화감을 느꼈다. 자신의 불행에 취한 듯한 말이라 그녀답지 않았다. 하지만 사치 씨나 즉석만남 카페에 오는 여자들 대다수가 희망 이상으로 '절망'을 직시하며 살아왔다. 그렇기에 희망을 품은 끝에는 매번 '절망'이 기다리고 있다고 단정짓고 만다.

사치 씨의 마음을 잘 안다고 할 수 없지만 전혀 이해하지 못하는 것도 아니다.

부모가 둘 다 있고 학비와 생활비를 지원받는 친구를 보며 나만 돈에 쪼들린다고 느낀 적이 있었다. 아빠에게 돈을 보내달라고 전화할 때는 '기대하지 말자'고 마음을 다잡았다. 그래도 내 인생에 희망이 전혀 없었던 건 아니다. 엄마가 살아 계실 때는 행복했고, 대학에 입학해 자립하는 삶을 상상할 수 있었다. 홈리스가 되고 나서도 마유와 함께 있을 때는 어떻게든 해나갈 수 있겠다고 생각했다.

절망을 응시하며 살아간다면 지금보다 나은 곳으로 갈 수 없다. 그러니 사치 씨가 루키아와 키라라를 위해 희망을 가졌으면 좋겠다. 물론 자립도 못하고 마유는 사라져 희망 따위 느낄 수 없는 처지의 내가 이런 말을 해봐야 설득력이 있을지 모르겠지만.

"돌아갈 수 있는 사람이니까." 사치 씨는 나를 가리켜 그렇게 말했다.

정말 그럴 수 있을까.

힘내자! 하는 마음 같은 건 이제 손톱만큼도 없고 이곳 생활에 완전히 익숙해져버렸다.

봄이 가까워져선지 즉석만남 카페에도 처음 보는 여자들이 늘기 시작했다. 나는 이곳의 규칙을 잘 모르는 듯한 사람에게 "그 주스 마셔도 돼요" "이 과자도 먹어도 돼요" 하고 설명해주고 테이블 주변을 청소하는 담당자처럼 되어가고 있다. 여기서 점원으로 일하는 편이 낫지 않을까 생각도 했으나 남자만 뽑는 것 같았다. 남녀고용기회균등법 위반이지만 이 법을 완벽하게 준수하는 직장이 얼마나 있을까.

법률이 정말로 우리를 보호해준다면 나는 문구 회사에서 정직원이 될 수 있었고, 사치 씨는 생활보호를 받을 수 있었다. 지식이 없는 우리의 잘못이 아닐 것이다. 그렇다면 머리 좋은 사람들만 이득을 보는 세상이 될 테니까. 고등학교와 대학교까지 나와서 홈리스가 된 건 내가 스스로 책임져야 하는 문제일지도 모르지만 사치 씨와 아이들은 다르다. 그들처럼 스스로 뭔가를 할 수 없는 사람들을 보호하기 위해 법률과 제도가 존재해야 한다.

파견사원 시절에 근로기준법과 근로자파견법 등에 대해 찾아보곤 했다. 홈리스가 된 후로는 생활보호나 빈곤지원 제도에 대해 꾸준히 이것저것 찾아보고 있다. 아무리 알아본다 한들 법률에 문외한인 내가 그것을 무기로 싸울 수 있다고는 생각하지 않는다. 뛰어나게 머리가 좋은 건 아니지만 일본인 평균 정도의 독해력은 지녔다고 생각하는데, 일부러 난해하게 만들었나 싶을 정도로 법조문은 어딘가 모르게 이해하기 힘들었다. 그렇다면 사치 씨나 그와 비슷하게 살아온 사람들은 당연히 알기 힘들 것이다.

초등학교나 중학교 때 열심히 공부를 안 하고 고등학교도 성실하게 다니지 않은 게 잘못이라고 말한다면 어쩔 수 없다. 하지만 그런 기회조차 빼앗긴 아이가 오늘날 일본에 있다. 부모가 뭐든지 챙겨주는 아이와 옆에서 사치 씨를 지탱해야만 하는 루키아나 키라라는 공부에 할애할 수 있는 시간부터가 다르다. 가정환경이 좋지 않아도 물론 훌륭하게 성장하는 사람이 있지만 모두가 똑같이 노력할 수 있는 건 아니다.

무료 배식을 하는 공원에 가서 니토 씨를 붙잡고 내 생각들을 얘기하고 싶지만 그녀와 만나고픈 마음은 없다. 생각이 건전한 사람과 대화하는 건 무섭다. 어쩌구 소의 사람들이 무서워 신청하러 가지 못하는 사치 씨의 기분도 전혀 모르는 건 아니다. 꾸중이나 잔소리를 듣는 데서 끝나는 게 아니라, 자신이 사회의 밑바닥에 있다는 사실을 뼈저리게 느끼게 될 것이다. 니토 씨 같은 사람이나 어쩌구 소의 사람과 얽히지 않고 즉석만남 카페에서 알게 된 사람만 상대하다보면 이곳 생활이 우리의 '보통'이 된다.

문이 열리고 점원이 들어온다.

안쪽에 앉아 있던 여자를 호명하고 다시 돌아와 내 쪽으로 온다.

"아이 씨, 얼굴이 무서워."

"네?"

"험악한 표정으로 과자만 먹고 있으면 아무리 기다려도 지명은 안 들어와."

"이런 죄송해요."

"2차를 안 나갈 거면 좀더 애교 있는 모습을 보이라고."

"잠깐 뭘 좀 생각하고 있었어요."

"강요야 안 하지만 여기가 공짜 과자나 먹고 주스나 마시는 곳이 아니라는 건 알지?"

"네."

"스물여섯이었나? 일곱이었나?"

"스물여섯이에요. 일곱까지는 반년 정도 남았어요."

"어느 쪽이든 곧 이십대 후반인 거잖아?"

"그렇죠."

나와 점원의 대화를 대기실에 있는 여자들 모두가 듣고 있다. 안 듣는 척하는 얼굴로. 누군가의 지시가 있는 건지 이런 공개처형 같은 일이 이따금 벌어진다. 마유와 함께 있을 때는 남 일이라고만 생각하고 처형당하는 사람을 멍하니 쳐다만 보았다.

"데이트만으로 벌이가 될 만큼 본인이 예쁘다고 생각해?"

"뭐 그런 건 아니지만."

"2차를 나간다면 아이 씨를 지명하고 싶다는 손님은 몇 명 있는데."

"……그런가요."

"카페 입장에서 강요는 안 하니까 원하는 대로 해도 되지만."

그는 그렇게 말하고 거울 너머로 돌아간다.

욕을 먹고 창피를 당해도 아무렇지 않다. 아무리 잘난 척해봤자 나는 그를 내 밑으로 보고 있으니까.

그는 대체 왜 여기서 일하는 걸까. 반듯한 얼굴에 야무지니까 다른 곳에서 일할 수 있을 것 같은데. 물장사라면 즉석만남 카페보다는 호스트바에라도 나가는 편이 돈을 더 벌 수 있다. 원조해주는 여자친구가 있는 모양인데 그래서 괜찮은 건가. 하지만 그가 서른 살, 마흔 살이 되어도 똑같은 생활을 할 수 있으리라고는 생각하지 않는다.

만화 카페의 남자 아르바이트생들은 학생이 많은 걸 보면 대학 졸업과 동시에 이 거리를 떠나갈 것이다. 실제로 이달 말에 몇 명이 그만두는 모양이다. 4월이 되면 신입이 들어온다.

마찬가지로 즉석만남 카페에서 일하는 이 남자도 언젠가는 거리를 떠나가겠지만 한편으론 왠지 그런 일이 없을 것 같은 느낌도 든다.

언제든 돌아갈 수 있다고 생각했던 장소가 날이 갈수록 멀어져간다.

대학이나 회사 같은 외부와 관계가 단절된 상태로 이 거리에 온 사람은 출구로 향하는 길을 금세 잃는다. 설령 나갈 수 있더라도 언젠가 다시 돌아오게 된다.

저녁때까지 카페에 있었지만 데이트 손님이 있을 것 같지 않아 나가기로 한다.

여행가방을 끌고 만화 카페로 향한다.

지금쯤 사치 씨는 아이들과 놀거나 식사 준비를 하고 있겠지. 아무리 힘든 일을 겪더라도 서로 의지할 사람이 있다는 건 좋은 일이다. 내게는 지탱해줄 사람도, 삶의 이유가 되어줄 사람도 없다. 아마미야에게 전화도 메시지도 끊기면서 진짜로 외톨이가 되고 말았다.

영화관 앞에는 오늘도 나기가 있다.

나기도 나를 알아보고 손을 흔든다.

"항상 여기 있는 거지?" 내가 말을 건다.

"응." 나기는 고개를 살짝 끄덕인다.

"지금 몇 살이야?"

"신고할 거야?"

"안 해, 안 해. 그럴 권리도 없고." 나기와 나란히 선다. "나라고 뭐, 경찰서에 갈 만한 상태가 아니라서."

즉석만남 카페에서 알게 된 남자한테 돈을 받을 뿐 법을 위반하는 일은 하지 않지만, 그래도 가슴을 펴고 당당해서는 안 될 것 같다.

"스무 살."

"거짓말이지?"

"열여덟."

"솔직히 말해."

"열다섯."

"정말?"

"앗. 아니다. 얼마 전에 열여섯이 됐어."

정상적으로 학교에 다니고 있다면 4월부터 고등학교 2학년이 될 나이다. 동생 유키와 겨우 한 살 차이다.

"언니는 몇 살이야?" 나기가 얼굴을 가까이 들이밀 듯이 나를 쳐다본다.

어른스러운 건지, 어린애 같은 건지 모르겠다. 이렇게 반전 있는 여자를 좋아하는 남자가 일본에는 많겠지. 나기는 단지 얼굴만 예쁜 게 아니라 마치 애니메이션의 캐릭터 같다.

"스물여섯."

"나보다 열 살 위네."

"그러네."

"십 년 후에 나, 살아 있을까."

"뭐? 당연하지."

"그럴까." 나기는 고개를 갸웃거리고 하늘을 올려다본다.

밤이 가까워지고 나기의 시선 끝에는 곧 사라질 것 같은 가느다란 달이 빛나고 있다.

"어디 아픈 건 아니지?"

"몰라." 내 얼굴을 보며 고개를 젓는다. "병원은 못 가니까."

"그래."

생리는 제때 하고 있는지, 피임은 확실히 하고 있는지 확인해보고 싶은 점이 많다. 임신뿐 아니라 성병의 가능성도 생각해볼 수 있다. 하지만 묻지 않는 게 좋겠다. 나기가 병에 걸려도 내가 뭔가를 해줄 수 있는 게 아니니까.

"언니도 집이 없어?"

"응. 나기는? 집에 안 들어가? 집이 없는 건 아닐 테고."

"없어. 그건 나기의 집이 아니야." 떼를 부리는 아이 같은 투로 말한다.

"아빠나 엄마는?"

"아빠가 침대로 들어온단 말이야."

"……무슨 뜻이야?"

"중학생이 된 지 얼마 안 됐을 때, 엄마가 꽃꽂이 교실에 가고 집에 없는 사이에 아빠가 침대로 들어왔어. 일요일이라서 푹 자고 싶었는데."

"그 말은, 친아빠? 아니면 새아빠?"

"친아빠지."

"가만히 있었어?"

"아빠가 엄마한테는 말하지 말라고 했단 말이야. 나도 엄청 싫었지만 엄마는 훨씬 더 싫어하겠구나 싶었어. 그래서 중학교 졸업하기 직전까지 말 안 하고 있었는데, 어느 날 엄마가 꽃꽂이 교실에서 갑자기 돌아오는 바람에 들켜버렸어. 그래서 아빠랑 엄마가 싸우고, 엄마가 좀 이상해졌고, 할머니한테도 다 들켜서 나는 졸업식 끝나고 집에서 나왔어."

"그런 일이……"

"꽃무늬 커튼이랑 이불도, 거실에 있던 그랜드피아노도, 그리고 엄마랑 아빠도 엄청 좋아했는데."

"응? 나기네 집 부자였어?"

"왜?" 나기가 큰 눈을 더 크게 뜨며 나를 본다.

"그랜드피아노가 있었다며?"

"피아노가 있으면 부자야?"

"음…… 그렇지 않나?"

우리집도 그렇고 친구네 집에도 업라이트피아노나 전자피아노밖에 없었다. 그랜드피아노가 있었던 건 엄마가 피아노 선생님인 여자애네 집뿐이었다.

나기가 그랜드피아노를 사줄 수 있는 가정에서 자랐고, 그 피아노를 둘 수 있는 넓은 거실이 있는 집에서 살았다는 뜻이다. 거실에는 엄마가 꼼꼼히한 장식이 있고, 나기는 예쁜 방에서 지냈을 것이다. 그곳에서 아빠한테 성적 학대를 당했다. 엄마한테 들켜버리자 할머니도 누구도 나기를 지켜주지 않았다. 친구에게도 학교 선생님에게도 상담하지 못하고 집을 나와버렸다. 가족들은 없어진 나기를 찾지 않는 건지도 모른다.

믿기지 않을 법한 얘기인데도 나는 어느새 자연스럽게 받아들일 수 있게 됐다.

부유했으니 높은 수준의 교육을 받을 기회도 있었을 아이다. 그런데도 아빠 때문에 이 거리로 왔다. 집에서 성적 학대를 당하는 것보다 모르는 남자한테 안겨서 살아가는 쪽이 더 낫다고 생각한 것이다. 마땅한 곳에 요청하면 그런 일을 하지 않아도 안전한 생활을 보장받겠지만, 아직 미성년자인 나기 역시 법률이나 제도를 잘 모를 수 있다.

"오늘 잘 곳은 찾았어?"

"아니. 오늘은 신이 안 오려나봐."

나기가 코트 주머니에서 스마트폰을 꺼낸다.

핑크색 스마트폰 케이스에는 디즈니 만화 속 공주가 그려져 있다. 나기의 소지품과 옷차림은 평범한 십대 아이들과 다르지 않다.

"신? 그게 뭐야? 수상한 종교?"

"무슨 말을 하는 거야?" 나기가 소리 높여 웃는다. "언니, 재미있는 사람이네."

"내가 그렇게 이상한 말을 한 거야?"

"언니도 즉석만남 카페 같은 데 나가니까 알잖아? 남자를 말하는 거야."

"아, 그렇구나."

"그래."

나기는 얘기하면서 스마트폰을 보고 메시지를 입력한다.

즉석만남 카페에서도 '신'이라는 단어를 들은 적이 있다.

돌아갈 곳이 없는 여자를 재워주는 남자를 가리켜 '신'이라고 부른다.

문구 회사에서 일하던 시절에도 뉴스 특집으로 본 적이 있었는데 그때는 그저 남 일에 불과했다. 그런 애들이 정말로 있을지, 과장된 게 아닐지 의심을 품고 봤다. 몇 년 전에 유행했던 말 정도로 여겼는데, SNS나 즉석만남 사이트를 보면 가출한 여자애들이 지금도 '신'이라는 용어를 쓰고 있다. 순수하게 친절한 마음으로 아무 짓도 안 하고 잠만 재워주는 사람이 전혀 없는 건 아닌 모양이지만 대부분의 남자들은 대가를 요구한다.

"앗, 찾았다." 나기가 기쁜 듯이 말한다.

"그래?"

"근처에 온 것 같으니까 난 이만 갈게." 나기가 손을 흔들며 경쾌하게 달려간다.

까맣고 긴 생머리를 찰랑거리는 뒷모습이 멀어져간다.

그 앞에 있을 남자는 나기를 구원해줄 '신'이 아니다.

이 거리에 있는 여자들을 구원해줄 '신'은 분명히 다른 곳에 있다.

하지만 내가 할 수 있는 건 아무것도 없다.

어중간하게 손을 내밀었다가는 오히려 나기에게 더 상처를 줄 수 있다.

중학교를 졸업하고 집을 나왔다면 그애도 일 년 정도 이 거리에 있었을 것이다.

그동안 수없이 괴로운 일을 겪었을 테고.

나기는 자신의 의사로 누가 '신'인지 결정한 것이다.

6

봄이 왔나 싶었는데 단숨에 날이 더워졌다.

5월 중순이 되면서 여름처럼 더운 날이 계속되고 있다.

더운 날씨에 여행가방을 끌며 돌아다닌 탓인지 몸이 나른하다.

만화 카페 생활에도 적응한 줄 알았는데 요즘 별로 잠을 못 이룬다. 소파 말고 바닥에 누울 수 있는 개인실로 바꿔도 잠들지 못해 컴퓨터나 스마트폰으로 인터넷을 하다보면 아침이 된다.

아무리 검색을 하고, 뉴스 사이트를 보고, SNS를 계속 훑어봐도 나한테 필요한 정보를 찾을 수 없다.

즉석만남 카페에 갈 마음도 생기지 않아 최근 일주일은 낮 동안 줄곧 백화점 휴식 공간에서 멍하니 보내고 있다.

가능한 한 쓰지 않으려고 해도 돈은 줄어간다. 20만 엔 넘게 모였던 돈이 이제 바닥날 것 같다. 일해야 한다는 걸 알지만 아무것도 하고 싶지 않고 다른 사람과 대화하는 것도 귀찮다.

백화점 휴식 공간에는 앉아서 창밖의 경치를 볼 수 있도록 벤치가 놓여 있다.

아래를 내려다보면 주변의 회사로 향하는 사람들의 모습이 보인다.

저들은 취업이 됐는데 어째서 나는 못하는 걸까.

"정규직 전환, 힘들게 됐어." 문구 회사의 부장에게 이 말을 들은 지 일 년이 흘렀다.

창밖을 계속 쳐다보고 있으니 거리를 지나는 사람들을 향한 부러움 이상으로 죽고 싶다는 마음도 커져간다.

그런 생각을 해선 안 된다는 걸 알지만 '배고파' 정도의 가벼움으로 '죽고 싶다'를 느낀다.

옥상에 가서 뛰어내리면 인생을 끝낼 수 있다.

돈 문제며 장래의 문제를 더는 생각하지 않아도 된다.

하지만 그런 일을 실행할 기력도 없다.

어쨌든 아무런 생각도 떠올리지 않으려 하면서 묵묵히 앉아 있다.

고층 빌딩 사이로 해가 지고 밤이 되자 백화점에 폐점을 알리는 음악이 흐른다.

여행가방을 끌고 엘리베이터로 1층까지 내려가 밖으로 나간다.

퇴근길에 말없이 걷는 사람들 사이를 지나고, 술에 취해 소란을 피우는 사람들에게서 멀어지고, 스마트폰을 보면서 다니는 사람들을 피해 지나간다.

넓은 도로를 건너 번화가로 들어간다.

조금만 더 가서 만화 카페에 도착하려는 와중에 누군가가 뒤에서 팔을 잡아당긴다.

뒤를 돌아보자 화려한 차림의 여자가 있다.

거추장스러울 정도로 속눈썹을 잔뜩 붙이고, 입술이 번들거리게 립글로스를 바르고, 긴 금발 머리를 세로컬*로 세팅했다. 더운 날이 계속된다지만 좀 과할 정도로 옷차림이 얇다. 몸에 딱 달라붙는 탱크톱에 아슬아슬하게 팬티를 가리는 미니스커트를 입고 있다.

"미즈코시 맞지?" 그 여자가 말한다.

"그런데요……"

"나, 야마노토 유비야, 기억 안 나?"

"……뭐?"

전국에 같은 이름을 가진 사람이야 여럿이겠지만 내가 아는

---

* 긴 머리를 세로로 길게 말아 모양을 낸 것.

'야마모토 유미'는 한 명이다. 고등학교 1학년과 2학년 때 같은 반이었다.

야마모토는 반에서 좀 겉도는 아이였다. 그보단 학교에 거의 오지 않았다.

그럭저럭 성적이 높은 시립 고등학교였기에 아마미야처럼 소란스러운 애는 있어도 기본적으로 성실한 학생이 많았다. 거의 매일 지각하거나 땡땡이치는 학생은 야마모토뿐이었다. 땡땡이 치고 남자친구와 논다는 둥, 담배를 피운다는 둥, 고등학생이 가선 안 되는 가게에 틀어박혀 있다는 둥 여러 소문이 있었지만 진실은 모른다. 시험 날에도 오지 않고 출석 일수도 모자라 결국 2학년 1학기 도중에 퇴학당했다.

머리를 갈색으로 염색하고 화장과 피어싱을 하고서 교칙을 완전히 무시한 모습으로 학교에 오는 야마모토는 몹시 화려했다. 하지만 눈앞에 있는 이 여자가 야마모토 유미라고는 생각할 수 없다.

분명 생김새 자체가 좀더 수수했다.

"고등학교 때 같은 반이었지?" 그녀가 회색 컬러렌즈를 낀 눈으로 나를 본다.

"같은 반에 야마모토가 있긴 했는데……"

"얼굴이 좀 달라서 모르겠어?"

"응."

"눈이랑 턱만 살짝 손댔는데."

"음……" 나는 약간 떨어져서 그녀의 얼굴을 바라본다.

야마모토라고 생각하면 그렇게 보이는 듯도 하다.

진한 화장을 지우면 눈과 턱만 살짝 손댄 야마모토 유미의 얼굴이 되겠지.

"여기서 뭐해?" 야마모토가 내 여행가방을 보며 말한다.

"그게 좀."

"여행하는 거 아니지?" 이번에는 내 차림을 위에서부터 아래로 훑어본다.

빨래방을 이용할 돈은 없고 손빨래는 귀찮아서 며칠째 똑같은 티셔츠와 스니커즈 차림이다. 파견사원 때 샀던 무릎 길이의 스커트는 티셔츠와 안 어울린다. 스니커즈는 원래 흰색이었지만 회색으로 변해가는 중이다.

"저기 그게, 집이 없어서."

"뭐? 왜?"

"말하자면 긴데……"

"일단 한잔하러 가자."

"술 마실 돈이 없어서……"

"내가 살게, 걱정하지 마!" 야마모토가 밝은 목소리로 말하며 내 등을 두드린다.

선술집에서 닭 튀김과 달걀말이, 갓나물 볶음밥과 시저 샐러드를 먹으면서 지금까지의 일을 야마모토에게 얘기했다.

가격이 저렴한 프랜차이즈 선술집인 이곳의 자리는 개인실처럼 되어 있다. 옆자리의 목소리가 전혀 안 들리는 건 아니지만 무슨 얘기를 하는지는 알 수 없다.

여행가방을 끌며 걸어가는 모습을 보였으니 대충 넘어갈 수 없겠다는 생각이 들었다. 홈리스가 된 사연도, 즉석만남 카페에서 돈을 벌고 있다는 사실도 숨김없이 말했다. 고등학교 동창이라 편하기도 해서 뭐든 다 말할 수 있을 듯한 기분이 들었다. 야마모토가 동창 중 누군가와 지금도 연락을 할 것 같지는 않으니 다 얘기해도 다른 친구에게 들킬 일은 없을 테다.

야마모토는 과장되게 맞장구를 치면서 끝까지 얘기를 들어주었다.

"몸, 팔면 되잖아." 맥주를 다 마시고 야마모토가 말한다.

"뭐?"

"아니, 돈에 쪼들리고 있다며?"

"응."

"넌 그런 일을 무시하는 애니까 힘들려나?"

"그런 거 아냐." 나는 고개를 젓는다.

"그런 거 맞을걸?" 야마모토가 점원을 불러 맥주를 주문한다. "차 마시고 밥 먹는 것까진 해도 2차는 못한다는 게 그런 거 아님 뭐야? 2차 하는 사람들이나 물장사로 생활하는 사람들을 무시하는 거 아냐? 직업 차별 같은 거지."

"음……"

사치 씨나 즉석만남 카페의 점원을 보며 나보다 밑에 있는 사람이라고 생각했다. 누군가를 만나면 무의식적으로 나보다 위인지 아래인지를 판단하곤 했는데, 그 사람이 사회에서 살아남을 기술을 가졌는지 아닌지를 판단의 기준으로 삼았던 것 같다. 사치 씨나 즉석만남 카페의 점원은 컴퓨터를 능숙하게 다루지 못하지만 나는 할 수 있다. 그깟 차이로 그들을 나보다 아래라고 여기고 무시한 셈이다. 겨우 그런 기준으로 사람을 위인지 아래인지 판단했던 내가 더 바보였다.

다만 그런 이유로 몸을 팔 수 없는 건 아니다. 도무지 잘 모르는 남자와는 호텔에 갈 수 없다. 머리로는 돈을 벌기 위함이라고 생각해도 몸이 말을 듣지 않는다.

"고등학교 때도 다들 날 험담하고 무시하면서 재미있어했지?"

"험담은 안 했어."

"땡땡이치고 남자랑 있다는 둥 그런 소문 있었잖아."

"그런 소문은 있었지만……"

"사실이니까 험담은 아닌 건가."

"사실이었구나……" 그런 얘길 듣긴 했지만 그저 뜬소문일 거라고 생각했다.

"중학교 때는 학교에도 잘 가고 성적도 좋았어." 야마모토가 담배에 불을 붙인다. "근데 1지망 학교에 떨어지고 나니까 공부에만 목숨 걸었던 내 인생이 바보 같다는 걸 깨달았어. 중학교 삼 년간 공부만 했는데 그 결과가 안 나온 거잖아. 그래서 고등학교에 간 뒤로는 다른 걸 하고 싶어서 화장하고 머리도 염색하고 남자랑 놀러다녔지. 처음에는 중학교 동창이랑 데이트하거나 다른 학교 남자애랑 노래방에 가는 게 다였는데, 대학생이나 직장인과도 놀기 시작했더니 고등학교에 다니는 게 귀찮아지더라고."

시즈오카 한구석, 있는 거라곤 유달리 큰 마트나 드러그스토어뿐인 동네에서 어떻게 대학생이나 직장인을 알게 됐을까. 아니, 그런 계기는 어디든 널려 있는 건지도 모르겠다.

"교실에서 따분하게 수업 듣는 것보나 섹스가 더 재미있었거든."

"그랬구나." 어떻게 반응해야 좋을지 몰라 적당히 맞장구를 치고 하이볼을 마신다.

"퇴학당하고 곧바로 도쿄에 왔어. 미성년자라 한동안은 힘들

었지만 지금은 여유로워. 전에는 출장 마사지 업소나 소프랜드*
에 있었는데, 나한테 떨어지는 몫이 줄어서 요즘은 즉석만남 카
페에 다니면서 개인적으로 해."

"그렇구나."

"실은 얼마 전에 카페에서 널 봤어."

"아, 그래?"

"그때는 어디선가 본 적이 있다는 것만 알았지 누군지 기억이
안 나서 말을 못 걸었어. 누구더라, 누구더라, 계속 생각하다보
니 고등학교 동창이라는 게 떠오른 거야. 출석번호 순으로 네가
내 앞에 앉았잖아."

"맞아, 그랬지."

1학기에는 출석번호 순으로 앉았는데 내 뒤가 야마모토였다.
그애가 늘 자리에 없었기 때문에 인쇄물을 돌릴 때는 매번 일어
나서 그 뒤에 앉은 친구에게 전달해야 했다.

"또 보겠지 싶었는데 아까 만난 거야." 야마모토는 기쁜 듯이
말하면서 담배 연기를 내뿜는다. "네 주변에는 몸 파는 친구가
없으니까 고민되겠지만 얼른 2차를 나가는 게 좋다니까. 한번 해
보면 그동안 고민했던 게 바보 같다고 생각할걸. 이런 데 있는

---

* 일본 성매매 업소의 한 유형.

애들은 다 하는 일이라 이상하거나 비난받을 일도 아니고."

"아니, 그래도……"

"데이트로 나가봐야 3000엔이나 5000엔 정도 받고, 그마저도 손님이 점점 줄고 있지? 그럼 2차를 해서 돈을 더 버는 편이 낫잖아. 필요한 액수가 모이면 그만두면 되고."

"그야 그렇지만……"

"갑자기 성관계를 하기가 거부감이 들면 손이나 입으로만 해도 일점오는 받을 수 있잖아?"

"그게 더 힘들 것 같아." 손이나 입으로 해서 남자한테 돈을 받아낼 기술이 나한테는 없다.

"섹스, 안 좋아해?"

"그런 건 아니지만 좋아한다고 단언할 정도도 아니야."

"뭐야 그게. 곧 있으면 스물일곱인데, 순진한 척해도 득 될 거 없어."

"그것도 알고는 있는데……"

"남자친구 말고는 해본 적 없어?"

"없어." 나는 고개를 가로젓고서 달걀말이를 먹는다. "그래도 사귈 뻔한 사람하고 한 정도지 술김에 아무나랑 그런 적은 없어."

"연애 상대랑만 하니까 섹스를 좋아하는지 아닌지 모르는 거 아냐?"

"무슨 말이야?"

"좀더 가볍게 여러 사람과 즐긴다고 생각하면 돼. 스포츠 같다고들 종종 말하잖아. 남자친구 아닌 사람과도 하는 테니스나 탁구 같은 거지. 그런 손님들 중에는 꽤 능숙한 사람도 있어서 오히려 내 쪽에서 끝까지 하자고 애원하고 싶을 정도로 기분좋게 해준다니까. 직접 찾는 게 겁나면 내가 첫 손님만이라도 소개해줄까?"

"너는 이 일을 계속할 거야?"

"할 수 있는 동안은 계속할 거야. 한 달에 열흘 정도 일해서 50만 엔은 벌 수 있으니까."

"그렇게나?"

"누구나 그렇게 벌 수 있는 건 아니지. 나야 이 바닥에 십 년 있었으니까. 한 달에 몇 번을 정해서 계약한 사람도 있고. 애인 계약이랑은 달리 좀더 자유롭게 만나면서 섹스 파트너한테 돈을 받는 느낌이랄까."

"그렇구나. 그런 것도 있구나."

"데이트만 고집하다가 2차를 나가게 된 애들도 몇 명이나 봤어. 데이트만 하다가 관둘 수 있는 건 용돈으로 한 달에 5만 엔 정도만 벌면 되는 애들뿐이지. 진짜로 돈에 쪼들리는 처지에서 데이트만 한다는 건 있을 수 없으니까."

"그렇겠지."

"넌 그런대로 예쁜 편이니까 부잣집 아가씨처럼 차려입으면 시세보다 더 많이 주는 사람도 있지 않을까. 이십대 후반부터 값이 떨어지기 시작하니까 빨리 정하는 게 좋을 거야. 이제 어리지 않다고."

제대로 돈을 모을 생각이라면, 몸은 팔고 싶지 않다는 말 따위 할 상황이 아닌 걸까. 매일 즉석만남 카페에 나가 데이트만으로 어느 정도 돈을 벌어도 집을 얻을 금액이 모이기까지는 몇 달이나 걸린다.

목표액이 모이면 그만두겠다고 결심하고 2차를 나가는 편이 좋을지도 모르겠다.

사치 씨도 나기도 야마모토도, 다들 하는 일이다. 아이돌이나 배우가 될 것도 아니니 2차를 나간 걸로 과거 스캔들 같은 문제가 생길 일도 없다. 성매매로 생활하는 여자는 많다. 내가 계속 그 일이 싫다고 한다면 야마모토 말대로 직업 차별이 된다. 지금까지 다섯 명 넘는 남자와 섹스한 경험에 몇 명 더 늘어날 뿐이다. 야마모토한테 부탁하면 안전하고 돈도 많이 줄 사람을 소개받을 수 있다.

이대로는 아무리 시간이 지나도 홈리스에서 벗어날 수 없을 것 같다.

"난 부인과나 성병 검진도 받고 있으니까 혹시 불안한 점이 있으면 뭐든 상담해줄 수 있어."

"성관계만 하고 돈을 받는 거야?"

"아니. 상대에 따라 손이랑 입이거나 사타구니일 때도 있고."

"……사타구니라."

손이나 입보다 더 어려운 일이다. 들어본 적은 있지만 실제로 어떻게 하면 되는 건지 모르겠다.

"기술에 자신이 없으면 가르쳐줄 남자를 소개해줄까? 소프랜드에서 연수중인 지인도 있어."

"아니, 괜찮아."

"프로의 기술을 알아두면 2차를 그만둔 뒤에도 도움이 될 거야. 남자친구한테 그것만 해주면 네 맘대로 부릴 수 있을걸."

"남자친구 있어?"

"같이 살아."

"몸 파는 일에 대해선 뭐라고 안 해?"

"그쪽도 호스트바에 다니는데 뭐."

"그렇구나."

"멋있어서 인기가 많아." 야마모토가 행복한 듯 미소를 짓는다. "사귀기 전까지는 엄청 퍼줬어. 근데 지금은 걔가 나한테 푹 빠졌지."

"그렇구나."

"그럴 마음 생기면 언제든 얘기해." 스마트폰을 꺼내 연락처를 교환한다.

"좀더 생각해볼게."

나는 하나 남은 닭 튀김을 먹고 하이볼을 다 마신다.

몸이 나른했던 이유가 더위나 불편한 잠자리 때문이 아니라 제대로 못 먹어서인지도 모르겠다. 배가 부르니 기력이 솟는다.

야마모토와 헤어지고 만화 카페로 향한다.

영화관 앞을 지났지만 늘 있던 자리에 나기는 없었다.

나기가 만나는 오늘의 '신'은 어떤 남자일까.

그리고 나기는 '신'에게 무엇을 해주는 걸까.

*

가지고 있는 옷 가운데 그나마 깔끔한 것으로 갈아입고 오랜만에 즉석만남 카페에 왔다.

면접 보러 가는 사람처럼 흰색 반소매 셔츠에 회색 스커트를 입은 내 모습이 정면 거울에 비치고 있다. 다른 여자들 사이에서 튀기는 하지만 세탁 안 한 티셔츠보다는 낫다. 이것 말고 깔끔한 옷은 선배 결혼식 때 샀던 원피스뿐이다. 당분간 입을 기회도 없으니 팔까 말까 망설이다 여행가방에 쑤셔넣었다.

만약 원피스를 사지 않고 1만 엔을 잘 간직했다면 홈리스가 되지 않았을까. 파견사원 시절에 구두도 가방도 아무것도 사지 않고 온천 여행도 가지 않았다면 지금도 그 연립주택에서 살 수 있었을까. 친구들도 안 만나고 일만 해야 했을까.

가끔 그런 생각이 들기도 하지만 아무래도 그건 아닌 것 같다.

인내를 거듭해봤자 빈곤에서 벗어날 순 없다.

자급자족하며 돈을 거의 쓰지 않고 친환경적인 생활을 하는 건 멋진 일이라고 생각한다. 그 정도는 아니더라도, 이동할 때 가급적 자전거를 이용하고 마트의 특별 세일을 꼼꼼히 챙기며 생활비를 아끼고 아껴 악착같이 가난을 극복하는 사람들도 많다.

하지만 그건 근본적인 해결책이 아니다.

가난한 사람은 언제까지고 가난하다.

몸이 건강할 때는 괜찮더라도 아프기라도 하면 어찌할 도리가 없다.

가령 월급의 실수령액이 적어도 고용 보장이 확실하다면 빈곤에서 벗어날 수 있지 않을까? 파견사원 때는 감기에 걸려 쉬더라도 유급휴가로 처리해줘서 마음을 놓을 수 있었다.

어제 야마모토에게 밥을 얻어먹고 조금 기운을 차렸지만 완벽하게 회복되진 않았다. 지금 내게는 살 집도 아무런 보장도 없으니 누워 쉴 수는 없다. 몸 상태가 좋지 않은 채로 즉석만남 카페에 나와 아침밥과 점심밥 대신에 과자와 초콜릿을 먹고 주스를 마신다. 이런 생활로는 몸이 점점 더 나빠질 뿐이겠지.

"어머, 오랜만이야." 사치 씨가 거울 너머에서 돌아온다.

"오랜만이에요."

"이제 안 오는 줄 알았어." 그녀가 내 옆에 앉는다.

"몸이 좀 안 좋았을 뿐이에요."

"그랬구나. 이제 괜찮아?"

"돈 필요하니까요."

"무리하지는 말고."

루키아와 키라라가 취학 전이거나 초등학생인 동안은 어떻게든 되겠지만, 두 아이가 중학생이 되면 사치 씨는 어떻게 할 셈일까. 급식비나 교재비 외에도 돈이 들어갈 테고, 본인도 언제까지 몸을 팔아 돈벌이를 계속할 순 없다. 아이들을 고등학교에는 정말로 보내지 않을 생각일까. 중졸자에게는 취업자리의 선택지가 상당히 줄어든다. 궁금하지만 묻지 않는 게 좋겠다. 그랬다간 또 화를 낼 테니까.

어찌할 도리가 없는 일임을 그녀 본인이 가장 잘 알고 있을 것이다.

"남자친구가 생길지도 모르고." 사치 씨네 집에 갔을 때 즉석 만남 카페 얘기를 하며 그녀는 이렇게 말했다. 그녀가 바라는 '신'은 아이들의 아빠가 되어줄 사람이지만, 그런 사람을 찾더라도 두 아이의 아빠들 때와 같은 일이 되풀이되진 않을까. 아이가 한 명 더 늘기라도 하면 어떻게 손쓸 수도 없다. 자전거 앞뒤로 아이들을 태워 어린이집 등하원을 시키고, 온 가족을 데리고 마트의 특별 세일 상품에 달려드는, 자식 많고 가난한 집의 억척스러운 엄마처럼 사치 씨가 그렇게 할 수 있을 것 같진 않다. 애초에 자식을 어린이집이나 유치원에도 보내지 않고 있으니.

"어제 유리랑 같이 있었지?" 그녀가 묻는다.

"……유리요?"

"같이 있던 사람, 유리 아니었어?"

"네, 유리 맞아요."

야마모토를 말하는 것이리라. 이 거리에서는 본명인 유미가 아니라 '유리'라는 이름으로 지내는 모양이다.

"그래서 이세 안 오는 건가 싶었어."

"왜요?"

"돈을 더 많이 받을 수 있는 일을 유리한테 소개받았나 해서."

"……돈을 많이 받는 일이요?"

"그런 얘기를 들으려고 만났던 거 아냐?"

"아니에요. 그 친구, 고등학교 동창이에요. 우연히 만나서."

"그렇구나. 그럼 안 들은 걸로 해줘."

"그렇게 말하면 더 궁금하죠."

"으음……" 귀찮다는 듯이 한숨을 쉰다.

"그럼 딱히 말 안 해줘도 괜찮아요."

"그게 말이지. 유리하고는 안 어울리는 게 좋을 것 같아."

"어째서요?"

"건너편으로 가버린 사람이니까."

"……건너편?"

"돈을 벌기 위해서라면 뭐든 하는 그런."

"뭐든요?"

"나는 2차를 나가니까 가끔 위험한 사람도 만나는데, 아무리 그래도 위험한 플레이는 안 해."

그녀가 느긋한 말투로 2차 얘기를 해도 이제는 놀라움도 그 무엇도 안 느껴진다.

"아픈 것도 싫고, 혹시 다치기라도 하면 루키아와 키라라한테 걱정을 끼치게 되니까. 고등학교 때 일어난 일도 있어서 한 번에 여럿을 상대하는 것도 무섭거든. 그래서 직접 하더라도 일대일로 평범하게만 해. 위험한 사람하고는 두 번 다시 외출 안 해."

"위험하다는 게, 무슨 뜻이에요?"

"그건 말하고 싶지 않아." 진심으로 싫다는 듯 고개를 가로젓는다.

"죄송해요. 말하지 않아도 돼요."

"근데 유리는 그런 위험한 사람을 개인적으로 상대하고 돈을 많이 받는 모양이야. 이 카페에 가끔 오는데, 다른 여자들은 못하는 것도 할 수 있다고 합의해주니까 우리 사이에서는 평판이 안 좋아. 신규 손님을 잡으려고 가격을 내리기도 하고. 규율이 흐트러진다고 다들 얘기해."

"역시 그렇군요."

즉석만남 카페에서 남성과 합의하는 데 정해진 규칙은 없다. 다만 데이트는 3000엔부터, 2차는 1만 5000엔부터임을 암묵적으로 알고 다들 이를 지키고 있다. 2차의 경우엔 행위는 어느 수준까지 할지, 호텔비는 어떻게 지불할지 조율하고 최종 금액을 결정할 것이다. 상대에 따라 많이 받을 수도 있으니 가격을 올려서 조율하는 여자가 있는 건 곤란하지 않다. 하지만 가격을 낮추면 그쪽으로 남자들이 몰리고 일반 시세가 내려가게 된다.

기술적인 면에서도 손이나 입이나 사타구니, 그리고 삽입 이상의 행위를 할 수 있다면 그 여자를 선택하지 않을까. 3P나 평소에는 할 수 없는 걸 해보고 싶어서 오는 사람도 있다. 야마모토가 무엇을 하는지 궁금하지만 모르는 게 낫겠다는 생각이 든다.

어제 야마모토와 얘기할 때는 2차를 나가도 괜찮을 것만 같았는데 냉정하게 생각해보니 역시 힘들겠다.

직업 차별은 나쁜 일이고, 사치 씨나 즉석만남 카페의 점원을 나보다 아래로 봐서는 안 된다는 것도 알고 있다. 그들은 각자의 사정을 안고 이곳에서 일하고 있다. 이 거리에서 일하는 게 좋아서 자부심을 가진 사람도 많다. 이 거리로 온 지 아직 반년도 안 된 내가 다 안다는 얼굴로 왈가왈부할 문제가 아니다.

그것과는 별개로 내 개인적인 고민 끝에 '할 수 없다'는 결론을 내렸다.

데이트를 나가 만화 카페에서 생활할 돈보다는 좀더 많이 벌어 어느 정도 여유가 생길 만큼 모이면 일일 아르바이트로 돌아가자. 그쪽에는 매일 일이 있으니 계획적으로 돈을 모을 수 있다.

"유리, 얼마 안 가서 죽을 것 같아." 사치 씨가 말한다.

"네?"

"다들 죽어버리니까."

"죽어버려요?"

"서른 살이 넘으면 이십대 때처럼 돈도 못 벌고 남자친구한테도 버림받아 자살해버리는 사람이 많거든."

"그래요?"

"아이 씨처럼 직장인이 되겠다는 생각 같은 건 못하니까."

"그래도 자살은……"

"산다고 해도 별다른 수가 없잖아? 돈도 없고 살 곳도 없고, 할 수 있는 일도 전혀 없으니까. 노숙자 아저씨들처럼 역이나 공원에서 자는 건 여자들한테 불가능해. 그렇게까지 해서 살 의미도 없고."

"의미는 있지 않을까요?"

"없어."

"그렇군요……"

"나한테는 루키아와 키라라가 있어서 다행이야. 두 아이를 위해서라면 살아야겠다는 생각이 드니까." 아이들을 생각하는지 부드럽게 미소를 짓는다.

어떤 상황에 처해도 살아갈 의미는 있다고 생각한다. 다만 그렇게 생각하는 이유를 설명하기는 어렵다. 너무 거창한 주제다. 나 역시 백화점 휴식 공간에서 죽고 싶다고 생각한 적이 있다. 내일 살아갈 일을 걱정하며 몇 십 년이나 사는 것보다 죽는 게 편하겠다는 생각이 들었으니까.

"십 년 후에 나, 살아 있을까?" 나기는 이렇게 말했다. 자살하는 사람이 있다는 걸 나기도 아는 것이다. 아직 열여섯 살밖에 안 된 나기는 미래를 꿈꾸지 못하고 있다. 죽지 않고 오늘을 살아가기 위해 '신'을 찾고 있다.

"있지, 아이 씨." 사치 씨가 나를 본다.

"왜 그러세요?"

"규율이 뭐야?"

"본인이 말하고도 몰랐던 거예요?"

"응." 그녀가 크게 고개를 끄덕인다.

"다 같이 지켜야 하는 것이란 뜻이에요." 의미가 조금 다른 듯하지만 자세히 설명해도 이해하지 못할 것이다.

"그렇구나. 그런 거구나. 나 좀 똑똑해졌네."

"다행이네요."

이 거리의 공부 머리가 약한 여자들을 모아서 살아가는 데 필요한 지식을 가르쳐주는 강좌라도 열면 좋을 것 같다. 뜬금없이 강좌를 연다고 학생이 모이지는 않겠지만, 이렇게 즉석만남 카페에 있으면서 알게 된 사람들에게 말을 걸다보면 영역을 넓혀갈 수 있지 않을까. 이 남루한 모습을 보아온 여자들이라면 나를 경계하지도 않을 것이다.

이렇게 홈리스가 된 입장에서 나라고 그런 지식을 가진 건 아니다. 그래도 사치 씨 같은 사람들에게 관공서에 가서 서류 접수하는 방법 정도는 가르쳐줄 수 있다. 쓸데없는 참견이라고 사치 씨에게 한소리 들을지도 모르지만, 관공서나 아동 어쩌구 소의 사람들과 얘기할 때 내가 통역처럼 동석하면 순조롭게 대화를 진행할 수 있다. 거기에 아마미야도 와준다면 완벽하다.

문이 열리고 점원이 들어온다.

"아이 씨, 부탁해요."

"네."

자리에서 일어나 점원에게 다가가 타이머와 남자의 자기소개 카드를 받는다.

"실례하겠습니다."

커튼을 열자 소파에는 게이스케 씨가 앉아 있다.

유일하다고 할 내 단골손님인 그와 지금까지 데이트로 네 번 외출했다. 역 맞은편에 있는 회사에서 근무하는 모양인지 점심 시간을 조금 넘긴 무렵에 와서 같이 밥을 먹거나 한 시간 정도 차를 마시고 놀 상대를 해달라고 한다. 삼십대 초반의 평범한 직 장인처럼 보인다. 늘 남색이나 회색 정장 차림인데, 오늘은 흰색 와이셔츠에 하늘색 넥타이를 매고 회색 겉옷은 옆에 놓은 가방 위에 걸쳐두었다.

"오랜만." 그가 나를 향해 살짝 손을 흔든다.

"오랜만이에요." 그의 옆에 앉는다.

"어제도 오고 그제도 왔는데 없길래 이제 못 만나는 건가 했어."

"이런 죄송해요. 몸이 좀 안 좋았거든요."

"괜찮아?" 자세히 들여다보듯 그가 내 얼굴을 바라본다.

둘이 앉기에는 소파가 좀 작아서 아무래도 몸이 밀착된다. 옆에 앉는 것만으로도 긴장되는데 얼굴을 쳐다보기까지 하니 심장이 콩닥거린다. 잘생긴 외모는 아니지만 내가 좋아하는 타입이다. 피부가 희고 말끔한 얼굴.

"괜찮아요."

"오늘은 외출하지 말까?"

"갈 수 있어요. 이제 쌩쌩하니까."

"그래? 왠지 안색이 안 좋은 것 같은데."

"여기 조명이 어두워서 그래요."

"그런가." 그가 천장의 조명을 올려다본다.

"점심 먹기에는 조금 늦었네요. 찻집이라도 갈까요?"

"……저기." 위를 쳐다보며 말 꺼내기를 껄끄러워한다.

"무슨 일 있어요?"

"호텔에 가는 건 힘들겠지?" 그러면서 내 눈을 응시한다.

"……아니, 음, 힘들어요."

"도저히, 안 돼?"

"……네."

"어떻게 해도?"

"……그게."

나와 게이스케 씨가 회사 동료이고, 네 번 데이트를 한 상황이라면 다섯번째인 오늘은 당연히 관계가 진전되리라 생각할 수 있다.

이런 곳을 잘 아는 사람은 아닌 듯하다. 처음에는 구경만 하러 온 것처럼 어떤 곳인지 궁금했을 뿐이라고 했다. 대학생 때, 아마미야와 다른 남자 동기들도 함께 아르바이트하는 선배가 돈을 내줘서 유흥업소에 간 적이 있다. 그런 데 전혀 관심 없는 남자들은 드무니까 누구나 한번은 으레 가볼 것이다.

"아이 씨와 대화하고 싶었어." 두번째 왔을 때 그는 이렇게 말했다. 그후로는 나를 만나기 위해 이곳에 오고 있고, 여자라면 아무나 좋다고 하는 사람은 아니다.

하지만 언제까지 '데이트만' 고집하며 계속 그를 거절한다면, 더는 내게 오지 않거나 다른 여자를 지명할지도 모른다. 지금은 다정하지만 전에 온 할아버지처럼 화를 낼 수도 있고, 카페 점원처럼 나이나 외모를 들먹이며 불쾌한 말을 할지도 모른다. 그런 짓을 할 사람은 아니니까 괜찮겠다 싶어도 이대로 관계를 지속하기는 어려울 것이다.

밥을 먹고 차를 마시러 가서 많은 얘기를 나눴다. 그가 나쁜 사람이 아니라는 건 알고 있다. 남자 동기들과 얘기할 때처럼 즐겁게 시간을 보낼 수 있었으니까. 내가 좋아하는 얼굴이기도 하고, 여기서 알게 된 사이가 아니라면 진심으로 좋아하게 됐을지도 모른다. 그렇다면 호텔에 가도 괜찮을 것 같다.

그래도 결단을 내리지 못하겠다.

한 번 가면 다음부터는 거절할 수 없다.

조금만 더 상황을 지켜보고 싶지만 생각하는 사이에 타이밍을 놓칠지도 모른다. 대학생 때나 파견사원일 때, 아직은 어려울 것 같아 남자의 권유를 거절했다가 아예 관계가 끝난 적이 있다. 그리고 반대로 괜찮다고 결단을 내렸다가 관계를 망친 적도 있다.

그가 어떤 사람인지 잘 알지도 못하고 관계를 진전시키기도 이르다고 생각한다. 하지만 이건 과거의 상대들처럼 내게 사귈지 말지 결정하라고 재촉하는 게 아니다. 호텔에 간다 한들 연인은 될 수 없다. 아니, 거기서 내 감정을 잘 전달하면 관계가 진전될 수도 있을까. 지금까지 있었던 일을 얘기하고, 어떻게 해서 즉석 만남 카페에 오게 됐는지 설명하면 그는 이해해줄 것만 같다.

그가 나의 '신'이 되어 이 거리에서 데리고 나가줄지도 모른다.

"그렇게 깊이 생각 안 해도 돼." 그가 말한다.

"아, 죄송해요."

"호텔에 그냥 가는 것도 안 돼?"

"그게……"

"아무 짓도 안 할게, 하면 거짓말이겠지. 옷 입은 채로 몸에 살

짝 손만 대는 것도 괜찮아. 지금보다 가까운 곳에서 아이 씨와
대화하고 싶어서그래."

그 정도라면 괜찮지 않을까 싶다.

일단 호텔에 가서 서로 몸을 만지다가 그 이상을 해도 괜찮겠
다 싶으면 2차를 하는 걸로 합의하면 된다. 대뜸 2차를 나간다고
생각하면 몸이 거부 반응을 보이지만, 연인 사이처럼 단계를 밟
는다면 편하게 느낄 수 있다.

"아이 씨를 만나려고 여기 온 거란 말이야."

"네."

"어제도 그제도 없어서 엄청 불안했어. 이제는 사라지지 않았
으면 좋겠어. 아이 씨와의 관계를 좀더 확실하게 하고 싶어."

"네."

"안 될까?"

"……음."

수긍해도 될 것 같은데, 안 된다는 마음이 가시질 않는다.

"미안." 그가 웃으며 말한다.

"네?"

"고민하게 만들어서."

"아니, 그게."

"하긴. 아이 씨는 나를 좋아해서 만나주는 게 아닌데 말이야."

"그렇지 않아요. 좋아해요."

"정말?"

"하지만 그런 식으로 좋아하는 건 아니라고 해야 할지. 설령 그런 식으로 좋아한다고 해도 호텔에 가기엔 아직 망설여진달까."

"그래, 그렇구나."

"아니, 저기 그게."

"재미있다니까. 아이 씨는." 그가 목소리를 높여 웃는다.

"죄송해요."

"신경쓰지 마. 오늘은 데이트로 하자."

"네."

"뭐 먹고 싶은 거 있어?"

"뭐든 좋아요."

"가끔은 단 것도 괜찮겠지? 큰길 건너면 바로 앞에 과일 판매점이 있잖아. 같은 건물 위층에 카페가 있고. 그걸 후르츠 팔러*라고 하던가. 입구에 파르페 사진이 붙어 있는데, 그 앞을 지날 때마다 맛있어 보였거든. 근데 남자끼리는 들어가기 좀 그래서. 거기 같이 가줄래?"

"네, 가고 싶어요."

---

*과일 판매를 겸한 디저트 전문점.

"그럼, 가자."

먼저 그가 커튼 너머로 나간다.

나는 뒤따라나가 키가 큰 그의 뒷모습을 쫓아간다.

게이스케 씨는 내가 보기 편하도록 메뉴를 펼쳐주었다.

오후 3시를 지나 마침 티타임이라 그런지 실내는 거의 만석이다. 80퍼센트 이상이 여자 손님이고 내 또래가 많다. 남자는 여자에게 이끌려 온 사람들뿐이다. 커다란 창문으로 햇살이 비쳐드는 실내에 끊임없이 얘기하는 여자들의 목소리가 울려퍼진다.

"확실히 여기는 남자끼리 들어오기가 어렵겠네요."

"그렇지?"

"네."

"결혼했거나 아이가 있다면 훨씬 다양한 곳에 갈 수 있을 텐데. 독신남은 심심해."

"남자들은 다 같이 디저트를 먹으러 가거나 테마파크에 가지 않으니까요."

"그렇다니까. 친구가 아내와 아이랑 테마파크에 간 사진을 SNS에 올리면 부럽더라고. 나도 빨리 결혼하고 싶어."

반지를 끼지 않아 독신일 거라고 예상했지만 군이 확인하지는 않았다. 결혼했는지, 여자친구는 있는지 궁금하다고 물어볼 수 있는 관계가 아니니 대화하면서 알아갈 수밖에 없다고 생각했다. 그리고 독신이라는 사실에 무심코 마음이 놓여버렸다. 이러면 안 되는데⋯⋯

"뭐로 할래? 좋아하는 걸로 주문해."

"음, 어떡하지."

과일이 듬뿍 올라간 파르페라서 꽤 비싸다. 가능한 한 싼 걸 골라야겠다 싶은데 커피밖에 없다.

"뭐든지 괜찮아. 이렇게 농땡이 부리는 것 같아도 잘나가는 직장인이라 벌이는 좋으니까. 결혼도 안 했지, 쉬지 않고 일하지, 돈 쓸 일도 없어."

"쉬는 날이 없어요?"

"기본적으로는 주말에도 일해. 쉬는 날에도 일에 필요한 자료나 읽을 뿐이고. 골프나 바비큐 모임을 가긴 하는데 접대로 하는 거니까."

"힘드시겠네요."

"그래서 일주일에 한 번 이렇게 아이 씨와 데이트하면서 농땡이라도 부리지 않으면 못 버텨."

"저랑 이럴 시간에 일한 다음에 조금이라도 일찍 퇴근해서 쉬는 편이 낫지 않아요?"

"참 희한한 게, 그렇게 하려고 마음먹어도 결국 야근을 한단

말이지. 끝을 모르고 일이 늘어나. 일찍 집에 갈 수 있어도 어차
피 잠만 자니까. 회사에 있는 편이 얘기할 상대도 있고 나은 것
같아. 남자 혼자 사는 건 외로워."

"그런가요."

지금 나눈 대화로 동거하는 여자친구가 없다는 것도 확인되었
다. 상당히 바빠서 여자친구가 없는지도 모르겠다.

"난 멜론 파르페로 할 거야. 아이 씨는? 어떻게 할래?"

멜론 파르페는 다른 파르페보다 훨씬 비싸다. 시즈오카산 고
급 머스크 멜론을 쓴다. 어차피 어느 것이든 다 비싸니까 사양하
지 말고 좋아하는 걸 주문하는 것도 상대에 대한 예의겠지.

"음, 저도 멜론으로 할까요."

"그럼 결정." 점원을 불러 멜론 파르페 두 개를 주문한다.

점원이 자리를 떠나갈 때 나를 쳐다본다.

"저, 좀 지저분하죠?"

"무슨 소리야?"

"게이스케 씨는 깔끔한 차림인데, 저는 이래서."

그나마 깨끗한 옷을 입고 왔지만 요즘 유행하는 차림의 여자
들에게 둘러싸이니 초라함이 더 눈에 띈다.

"나는 별로 신경 안 쓰이는데."

"머리도 전혀 안 자르고 옷도 못 사서."

"사달라는 말?"

"아, 아니에요. 죄송합니다."

"다음엔 옷 사러 갈까?"

"아뇨, 신경쓰지 마세요. 제가 괜히 이상한 말을 해서, 정말 죄송해요."

"아이 씨는 참 재미있다니까." 그가 웃는 얼굴로 말한다.

"재미없어요."

"그런 카페에 있으면 어떻게 해서든 돈을 더 받아내려고 궁리하는 게 당연하지 않아?"

"음…… 그렇죠. 근데 너무 많이 받으면 미안해서요. 많이 받은 후에 문제가 생기기도 하고."

"문제?"

"같이 노래방에 가고 1만 엔을 받은 적이 있었는데, 그다음에 와서는 '전에 1만 엔 줬잖아' 하면서 절 몰아세우더라고요. 시세보다 높은 금액을 지불하면 그만큼 보상을 기대하는 게 당연하겠죠."

"그렇구나." 그가 생각에 잠긴 듯한 얼굴로 창밖을 바라본다.

나는 그 옆얼굴을 넋을 잃고 바라본다.

좋아해선 안 된다고 생각하니 오히려 확 빠져들것만 같다. 내 취향이라는 사실은 인정하고 팬 같은 감정으로 남는 게 좋겠다.

"아까 한 말 있잖아, 이상했지?" 그가 내 쪽을 본다.

"……아까 한 말요?"

"호텔에 갈지 말지 했던 거." 주변을 의식했는지 목소리가 작아진다.

"아, 괜히 죄송해요."

"사과 안 해도 돼. 내가 미안했어. 우리 관계를 어떻게 진전시키면 좋을지 몰라 조바심이 났거든. 회사 동료나 술자리에서 알게 된 사이라면 몇 번 데이트하다가 서로 그런 분위기 안에서 진도가 나가잖아."

"네."

"하지만 아이 씨를 대할 때 그런 방식은 좋지 않겠구나 싶었어. 모든 건 합의부터 시작해야 하는 건데."

"그렇네요."

"그래도 내가 좀더 분위기 파악을 해야 했어. 아이 씨한텐 나 말고도 이렇게 만나는 남자가 있을 텐데, 내가 특별한 줄 착각했어."

"아니 그게…… 글쎄요."

여기서 내가 "게이스케 씨는 특별해요"라고 말해도 영업용 멘트일 뿐이라고 여기겠지.

"아까 같은 말은 두 번 다시 안 할 테니까, 앞으로도 이렇게 차를 마시거나 밥 먹으러 가면 좋겠어."

"물론이죠."

"그래도 언제까지 그럴 수는 없는 거겠지?"

"왜요?"

"아이 씨, 이런 일 계속할 거야?"

"아, 그러게요."

즉석만남 카페에 가지 않으면 그와도 만날 수 없게 된다. 내가 카페에 나가지 않더라도 개인적으로 연락을 주고받으면 되지 않을까. 하지만 그러면 관계가 혼란스러워지겠지. 친구도 아니고 연인 후보도 아니다. 돈을 계속 받기도 이상할 것이다.

"그건 그때 가서 생각하자. 그만두게 되면 꼭 알려줘."

"네."

"다음주 수요일 오후에 갈 수 있을 것 같으니까 기다려줘. 옷 사러 가자. 내가 아는 미용실도 소개해줄게. 그날은 밤에도 만나서 밥 먹자."

"그게 저기."

"내가 너무 마음만 앞섰네." 그가 쑥스럽다는 듯이 말한다. "하루에 두 번이나 만날 수는 없는 거지?"

"괜찮아요. 몇 번이든 만날 수 있어요. 하지만 옷도 사주고 미용실에도 데려가주는 건 미안해서 안 돼요."

"내가 돈을 쓰고 싶어서 그러는 것뿐이니까 신경쓰지 마."

"……그래도."

"좋아하는 여자한테 좋아하는 옷 입히고 좋아하는 머리 모양 해주고 좋아하는 식당에 가자고 하는 거, 음흉한 아저씨 같아서 별로야?"

"그게……"

"모처럼 생긴 기회니까 하게 해줘."

"네."

그가 그렇게 하고 싶다고 하니 적당히 받아들여도 괜찮겠지. 몇 년이나 함께 지낼 수 있는 사람이 아니다. 짧은 기간이겠지만 그를 나의 '신'이라고 생각하고 즐거운 시간을 보내야겠다.

"먼저 오늘 치 금액 낼게." 그가 가방을 열어 지갑을 꺼낸다.

"5000엔이면 될까?"

"파르페 값으로 충분해요."

"말 많네." 그가 이렇게 말하며 웃는다. "내가 내고 싶어서 그러니까 받아."

"고맙습니다." 나도 미소로 답하려고 했지만 제대로 웃을 수 없었다.

5000엔짜리 지폐를 양손으로 받는다.

그 돈을 보고 있으니 가슴이 아팠다.

7

약속대로 수요일 오후에 게이스케 씨가 즉석만남 카페에 왔다.

같이 백화점에 가서 흰 바탕에 노란색 작은 꽃무늬가 있는 무릎 길이의 원피스와 흰색 샌들을 샀다. 내 취향이 아니라 그가 고른 것이다. 나는 좀더 심플한 게 좋지만 희망 사항을 말할 수 있는 입장이 아니다. 새 옷이 생기는 것이니 무엇이든 감사히 받아야겠지.

일단 한번 헤어지고 그가 소개해준 미용실에 나 혼자 갔다. 마흔 살쯤 되어 보이는 남자 미용사다. 어디서 알게 된 사이인지 궁금하지만 물어봐선 안 되겠지. 미용사도 나와 게이스케 씨의 관계를 묻지 않았다. 그는 내 머리를 어깨 조금 아래까지 자르고 화장도 해주었다.

오랜만에 예쁜 옷을 입고 머리를 다듬었다.

그리고 거울에 비친 내 모습에 깜짝 놀랐다.

예뻐져서가 아니라 그 반대였기 때문이다.

만화 카페에서 거울을 봤을 때, 피부는 푸석하고 표정은 어둡고 얼굴도 늙어버린 것 같았지만 그래도 제대로 꾸미면 원래대로 돌아갈 수 있을 거라고 생각했다.

하지만 그리 단순한 문제가 아니다.

홈리스가 된 지 거의 반년 사이에 몸에 배어버린 것을 간단히 원래대로 되돌릴 수는 없다.

여름이 끝나면 스물일곱 살이 된다.

더이상 어린 나이도 아니니 이대로 쭉 늙어만 가겠지.

기분이 우울해져서 받은 원피스도 샌들도 벗어버리고 싶었다.

계속 지저분한 옷을 입은 채였다면 현실을 직시하지 않아도 됐을 텐데.

자른 머리는 어쩔 수 없지만 적어도 화장만은 지우고 싶어지는 순간에 게이스케 씨가 미용실로 나를 데리러 왔다.

그는 내게 예쁘다고 말해주었다. 이탈리안 레스토랑에서 식사하는 동안에도 원피스와 화장이 아주 잘 어울린다며 기뻐하는 듯 보였다. 그 얼굴을 보고 있으니, 아까 미용실에선 밝은 조명 때문에 늙어 보였을 뿐이지 실제론 파견사원 시절의 내 모습을 되찾은 게 아닐까 싶었다. 하지만 화장실의 거울에도 미용실에서 본 모습과 똑같은 내가 비쳤다.

식사를 마치고 이탈리안 레스토랑을 나온다.

골목 안쪽의 단독주택을 개조한 가게는 숨은 맛집 같은 분위기가 나는 곳이었다. 가격은 보지 않았지만 코스 요리였으니 꽤 비싸지 않을까 싶다. 옷과 미용실에 식사 비용까지 그는 오늘 하루에 몇 만 엔을 쓴 걸까.

"잘 먹었습니다." 내 옆에서 걷는 그에게 말한다.

"참, 오늘 비용 아직 안 냈네." 그가 방에서 지갑을 꺼낸다.

"아니에요! 괜찮아요."

"그럴 순 없지."

"오늘은 원피스와 샌들 사주신 걸로 충분해요."

"그건 내가 원해서 선물한 것뿐이니까. 돈 때문에 힘들지 않아?"

"······네."

"그런 곳에서 돈 버는 여자를 가볍게 볼 생각은 없어. 나름대로 위안을 받는 남자들도 있고. 존중해야 한다고 생각해. 그래도 아이 씨는 되도록이면 어서 카페에 나가는 걸 그만두면 좋겠어. 나 말고 다른 남자와 안 만났으면 좋겠어."

"네." 어떻게 반응하면 좋을지 몰라 얼빠진 대답을 하고 말았다.

그가 그렇게까지 말한다면 연인으로 사귀고 싶다.

남자친구가 되어 함께 살게 해준다면 나는 홈리스에서 벗어날 수 있다. 좋은 회사에 다니는 듯하니 아마도 넓은 아파트에 살고 있겠지. 여자 한 명 정도는 집에 들일 수 있지 않을까.

그런데 돈을 몇 만 엔이나 쓰면서도 나와 사귀고 싶은 의사는 없어 보인다.

그럴 의사가 있다면 "되도록이면 어서"가 아니라 "지금 당장 그만둬"라고 하고 앞으로 어떻게 하면 좋을지 고민해주겠지.

"오늘도 만화 카페에서 잘 거야?" 그가 묻는다.

"네."

"근처까지 바래다줄게."

"역 물품보관함에 여행가방을 넣어놔서 가지러 가야 해요."

"……여행가방?" 그가 미간을 찌푸린다.

"거기에 짐을 전부 담아둬요."

"그렇구나, 그렇게 생활하는구나."

지금껏 만화 카페에서 지낸다고만 했지 자세히는 얘기하지 않았다. 얘기할수록 그와 내 생활의 격차를 느낀다. 그러니까 더이상은 묻지 않았으면 좋겠다.

연인이 될 수 없더라도 둘이 있는 동안만은 꿈을 꾸고 싶다.

"그럼 역까지 같이 가자."

"네."

"이거, 오늘 분." 그가 지갑에서 5000엔짜리 지폐를 꺼낸다.

"죄송해요, 감사합니다." 돈을 받아들고 나도 가방에서 지갑을 꺼낸다.

가방까지 받는 건 미안해서, 결혼식에도 장례식에도 메고 다녔던 검은색 가방을 들고 왔다. 여행가방 깊숙이 넣어뒀더니 찌그러졌다. 새 가방을 들면 좀더 낫지 않을까 싶지만 그런 걸로 해결될 문제가 아니리라.

역을 향해 계속 걷다가 모퉁이를 돌았을 때 그가 멈춰 선다.

"왜 그러세요?"

"아무래도 안 되겠지?" 그가 말하며 가까운 앞쪽을 가리킨다.

그곳에 러브호텔이 있다.

이 주변에는 러브호텔이 많아서 몇 군데씩 연달아 있다.

그중 한 곳으로 마흔 넘은 아저씨와 스무 살쯤으로 보이는 여자가 들어간다. 연인 사이로는 보이지 않으니 아마도 성매매일 것이다.

이만큼이나 많이 받아놓고 내게 거절할 권리 따위가 있을 것 같지 않다.

하지만 그가 호텔에 가기 위해 이 많은 것들을 해준 건 아닐 테다. 다른 여자를 고르면 이렇게까지 하지 않아도 호텔에 갈 수 있으니까.

"아이 씨, 이렇게까지 하는 건 당신을 좋아하기 때문이야." 그가 내 눈을 바라보며 말한다.

"그건 어떻게 좋아하는 감정인데요?"

"굳이 말해야 해?"

"그게 아니라."

그와의 관계가 진전되기를 막고 있는 건 나일까. 내가 그의 권유를 수긍하면 그걸로 그만인 일인지도 모른다. 회사 동료나 술자리에서 알게 된 사람과 몇 번 데이트한 후에 이런 얘길 듣는다면 사귀어도 되겠다고 결심할 수 있다. 서로 알게 된 방식이 다를 뿐 이것도 그런 상황과 똑같다고 생각하면 된다. 중고등학생이 아니니 격식을 차려 고백하고 사귀기 시작하는 경우는 거의 없고, 이렇게까지 말해주는 사람도 좀처럼 없으니까. "좋아해"라는 말을 분명히 들었으니 안심해도 되려나.

그래도 어쩐지 수긍할 수가 없다.

그가 말하는 "좋아해"는 내가 바라는 "좋아해"와 다르다.

"죄송해요."

"도저히 힘들겠어?" 그가 쓸쓸해 보이는 표정을 짓는다.

"……네."

"역시 안 바래다줘도 괜찮지? 오늘 더이상 함께 있는 건 힘들겠어."

"죄송합니다."

먼저 걸어가는 그의 뒷모습에 대고 고개를 숙인다.

이제 나를 만나러 오지 않을지도 모르겠다.

내가 실수한 걸까.

물품보관함에서 꺼낸 여행가방을 끌고 만화 카페로 돌아가려는데 누군가가 뒤에서 팔을 잡아당긴다.

전에도 이런 적이 있었던 걸 떠올리며 뒤를 돌아보니 야마모토가 있다. 화장과 옷차림은 전에 만났을 때와 똑같아 보이는데 헤어스타일은 생머리가 되었다.

"어떻게 된 거야? 이상한 옷 입고." 야마모토가 손을 뗀다.

"……이상해?"

"너무 귀여운 스타일이라 재수없어."

"그렇구나……"

"새로 산 거지? 어디서 났어?"

"……사줬어."

"누가?"

"즉석만남 카페에 온 사람이."

"오."

"이 원피스, 그렇게 이상해? 재수없어?"

"엄청 귀엽긴 한데 좀 촌스럽다는 느낌도 들어. 너한테는 안 어울려."

지난번 야마모토는 나를 '미즈코시'라고 성으로 불렀다. 언제부터 날 '아이'로 부르기로 한 걸까. 어떻게 불리든 상관없지만 살짝 궁금했다. 나도 그애를 '유미'라고 부르는 게 좋을까. 아니면 이 거리에서는 '유리'라고 불러야 할까.

"이게 좋다고 네가 말한 거야?" 손을 뻗어 원피스 소매를 잡아당긴다.

"아니야. 그 사람 취향."

"너한테는 좀더 심플한 게 어울리지 않아?"

"나도 그렇게 생각하지만, 돈을 내주는데 내가 뭐라고 말할 순 없잖아."

거울을 봤을 때 전혀 예뻐지지 않았다고 느낀 이유가 그저 어울리지 않는 옷을 입어서였을까. 볼과 입술에 핑크색을 바른 청순한 화장 역시 내게 어울리지 않는다.

"그 남자, 어떤 사람인데?"

"뭐랄까, 돈 있어 보이는 느낌."

"아저씨?"

"아니." 나는 고개를 젓는다. "삼십대 초반인 것 같아."

"여기서 얘기할 게 아니라 선술집이라도 갈까?"

"밥을 먹고 와서 배는 안 고픈데."

"그럼 남자친구가 일하는 호스트바에 갈래?"

"그건 좀⋯⋯"

"왜?"

"음⋯⋯ 선술집이 괜찮겠다. 가볍게 마시자."

호스트바에 가는 건 위험할 것 같다. 내가 그런 데 빠질 일은 절대 없겠지만 그래도 자신이 없다. 즉석만남 카페에 있거나 유흥업소에서 일하는 여자 중에는 호스트바의 남자에게 갖다바치기 위해 돈을 버는 사람도 있는 듯하다. 야마모토도 남자친구와 사귀기 전까지 "엄청 퍼줬다"고 했다. 그 돈은 얼마나 될까. 몇만 엔은 아닐 테고, 몇 십만 엔으로도 모자라 몇 백만 엔쯤 되리라. 밴드나 아이돌을 따라다니려고 돈이 필요한 여자들도 있는 모양이다.

성매매를 하는 이유는 제각각이다. 빈곤해서만이 아니다.

그래도 돈이 필요하다는 생각으로 이런 일을 하는 건 마찬가지니 근본적으론 다들 똑같아 보인다.

"지난번에 갔던 데 괜찮지?" 야마모토가 먼저 걸어간다.

"응." 여행가방을 끌며 나도 뒤를 쫓아간다.

아직 수요일인데도 이 집 저 집 다니며 술을 마시는 사람이 많다.

이제 곧 밤 10시다.

네온사인이 빛나는 거리는 밝고, 기온이 내려가지 않는다.

매일 무덥지만 다음달에 장마가 시작되면 조금 선선해지겠지. 추위도 괴로웠지만 더위도 힘들다. 밖에서 걷기만 해도 체력이 금세 떨어진다. 여름 전에는 어떻게든 이 거리에서 벗어나고 싶지만 어렵겠다는 생각만 든다. 게이스케 씨가 나의 '신'이 되어 여기서 데리고 나가주는 방법밖에 떠오르지 않는다.

술 취해 소란을 피우는 사람들 사이를 빠져나와 선술집이 있는 건물로 들어가서 엘리베이터를 탄다.

선술집 안은 붐볐지만 만석은 아니라 금방 들어갈 수 있었다. 자리에 앉은 뒤 야마모토는 생맥주와 닭 연골 튀김을, 나는 하이볼을 주문한다.

"어떤 남자야?" 야마모토가 자기 앞으로 재떨이를 가져가더니 담배에 불을 붙인다.

"자세히 물어보진 않았는데 꽤 괜찮은 회사에 다니는 직장인 같아. 돈이 남아도는 모양이고."

"그 말은 2차를 한다는 거야?"

"안 해."

"데이트만?"

"응."

"그리고 그런 원피스를 사준 거야?"

"샌들도 사줬고 미용실 비용도 내줬어."

"진짜? 좋은 사람이네."

주문한 맥주와 하이볼이 나와 건배하고 한 모금 마신다.

"좋은 사람일까?"

"이런, 외모가 별로구나? 여자친구 한번 없었을 것 같은?"

"그렇지 않아. 멋있고 다정한 사람이야. 그런대로 인기 있을 것 같아."

"왜 그런 사람이 즉석만남 카페에 온대?"

"처음엔 호기심에 왔던 모양이야. 그뒤로는 한숨 돌리러 오는 거라고 했어. 일이 엄청 바쁜가봐."

"그럼 데이트만 할 리가 없잖아." 야마모토가 담배 연기를 내뿜는다. "2차를 해야 기분 전환도 되고 스트레스 해소도 되는데."

"그런가……"

"몇 번이나 온 거야?"

"최근 한 달 반 정도, 일주일에 한 번은 와."

"그 사람, 진심으로 널 좋아하는 거 아냐?"

"그런 거 같아?" 나는 무심코 앞으로 몸을 쑥 내민다.

"2차를 나갈 수 있는 젊은 여자애야 얼마든지 있잖아. 그런데도 계속 널 지명하고, 원피스도 사주고 미용실 비용까지 내준 거잖아?"

"응."

"안 좋아하면 그렇게까지 안 하지."

"실은 있지, 아까 좋아한다고 고백받았어."

들뜬 것처럼 보일까봐 말하지 않는 게 좋겠다 싶었는데 참을
수 없었다.

"잘됐네. 사귈 거야?"

"거절했어."

"왜?"

"알게 된 곳이 즉석만남 카페잖아. 연애 감정을 어디까지 진지
하게 받아들여야 할지 모르겠어."

"그런 건 신경쓸 필요 없어. 나도 남자친구를 만난 곳은 호스
트바였지만 결혼을 생각하고 진지하게 사귀는 중이야. 만나게
된 계기 같은 건 중요하지 않아. 그후에 둘이서 어떻게 해나가느
냐가 중요하지."

"그런가? 그렇겠지."

"나 말고도 호스트바 남자랑 사귀는 애들은 많아. 유흥업소에서
일하면서 손님이랑 사귀는 애들도 있으니까 드문 일은 아니지."

내가 또 무례한 생각을 한 셈이 되었다.

게이스케 씨는 즉석만남 카페에서 만났다는 사실 따위 개의치

않고 나를 좋아한다고 말했다. 만남의 방식을 신경쓰는 건 즉석 만남 카페나 이 거리에서 일하는 사람들에 대한 차별이다. 나쁜 짓을 하는 것도 아니니 당당하게 만나면 된다.

"남자친구랑 결혼할 거야?" 내가 묻는다.

"서른 살 되면 결혼할 거야. 이런 생활은 이십대까지가 한계인 것 같으니까. 남은 삼 년 사이에 돈을 모을 수 있는 만큼 모아서 네일숍을 열 거야."

"……네일숍?"

"남자친구를 대표로 해서 체인점으로 확장하려고."

"네일아트 배우고 있어?"

"그런 건 독학으로도 대충 돼. 이것도 내가 바른 거야."

야마모토가 손톱이 잘 보이게 내 눈앞에 손을 펼친다.

금색 펄 가루가 반짝반짝 빛나고 있다.

펄이 들어간 매니큐어를 쓰면 나도 이 정도는 할 수 있다.

이런 수준의 기술로는 네일숍을 개업할 수 없다. 직원을 고용하더라도 철저한 경영자가 될 수 있을 만큼 공부하고 있는 것 같지도 않고. 고등학교를 중퇴해서 그럴 거라는 편견을 떠나 제대로 된 금전 감각을 지닌 걸로는 보이지 않는다.

현실적으로 쉽지는 않겠지만 희망을 갖는 건 좋은 일이겠지.

희망이 있으면 계속 살아갈 수 있다.

"네일숍 개업하면 알려줘."

"응." 야마모토가 기쁜 듯 미소 지으며 고개를 끄덕인다.

웃는 얼굴은 고등학교 시절 그대로다.

사치 씨는 '어울리지 않는 게 좋겠다'고 했지만 나쁜 친구는 아닌 것 같다.

야마모토와 헤어지고 만화 카페로 가려는데 영화관 앞에 나기가 있다.

이제 곧 다음날로 넘어갈 시간이다.

이렇게 늦게까지 있는 건 드문 일인데.

"언니." 나기도 나를 알아보고 손을 흔든다.

왠지 모르겠지만 나를 따르는 듯하다. 웃는 얼굴로 손을 흔드는 모습을 보면, 동정해선 안 된다고 생각하면서도 뭐든 해주고 싶다.

"오늘의 신은?" 여행가방을 끌고 나기에게 다가간다.

"바람맞았어. 시간도 늦어서 오늘은 안 올 것 같아."

"신을 못 만나는 날은 어떻게 해?"

"신사나 공원처럼 어딘가 잘 수 있는 곳을 찾아. 아니면 단속 당하지 않게 아침까지 걸어다니거나."

"만화 카페 같은 덴 안 가?"

"못 들어간단 말이야." 나기가 긴 머리를 찰랑거리며 고개를 흔든다.

"왜?"

"열여섯 살이라고 전에 말했잖아."

"아, 맞다."

도쿄도의 조례에 따라 18세 미만 청소년은 23시 이후에 만화 카페나 영화관에 들어갈 수 없다. 입장했다가 적발되면 그 시설의 경영자에게 벌금이 부과된다. 노래방이나 게임센터는 물론 패밀리레스토랑이나 건강랜드*처럼 심야 영업을 하는 곳은 어디에도 들어갈 수 없다.

안전하게 묵을 수 있는 장소를 생각해보지만 호텔밖에 떠오르지 않는다. 이 거리에는 러브호텔뿐 아니라 비즈니스호텔도 있다.

하지만 그곳도 열여섯 살 아이 혼자서 들어가려면 보호자의 동의가 필요하다.

내가 함께 가주면 좋겠지만 그럴 돈이 없다. 선술집에서도 야마모토에게 얻어먹었고, 아까 게이스케 씨에게 받은 5000엔으로는 하룻밤 숙박료도 안 될 것이다. 요즘 전혀 데이트로 외출하지 못해 저축한 돈이 거의 없다. 이대로라면 스마트폰 통신비를

---

* 온천욕이 가능한 숙박시설.

내지 못해서 일일 아르바이트로도 돌아갈 수 없게 된다. 그렇다고 호텔까지 같이 가줄 테니 돈은 그애더러 직접 내라는 말은 차마 할 수 없다.

차라리 단속을 당해서 경찰의 도움을 받는 게 낫지 않을까 싶다. 집에 연락하지 않고도 보호받을 장소를 소개해주지 않을까. 다만 부모에게 돌려보내진다면 똑같은 일이 되풀이된다. 나기의 사정을 잘 듣고 적절히 대처해줄 사람이 필요하다.

이런 일을 생각하면 늘 아마미야가 떠오른다.

구청 복지과에서 근무하는 아마미야라면 아동 학대에 대해서도 잘 알고 있을 테다. 설령 자기 근무지와 관계없는 장소에서 일어난 일일지라도, 나기가 더이상 괴로운 일을 겪지 않도록 적절한 보호 방법을 생각해줄 것이다.

그러나 벌써 한참 동안 연락이 없다.

만약 이 거리를 떠날 수 있다 해도 아마미야나 다른 친구들과 만나는 일은 두 번 다시 없겠지.

"언니, 오늘 입은 옷 예쁘다." 나기는 내가 입고 있는 원피스를 위에서부터 쭉 훑어본다.

"응, 그래."

"샀어?"

"아니야. 누가 사줬어."

야마모토와는 아무렇지 않았는데 나기에게 원피스에 관해 말하는 건 부끄럽다.

나는 나기보다 열 살 이상 나이가 많은 어엿한 성인이다.

제대로 된 돈벌이를 못하면서 잘 알지도 못하는 남자에게 돈을 받고 있다니 너무 한심하다. 어른이 똑바로 살지 않으면 나기 같은 아이를 지켜줄 수 있는 세상이 되지 않는다. 이 거리에서 돈을 버는 여자들을 나보다 아래로 봐서도 안 되고, 추하게 여겨서도 안 되지만, 한편으론 수치심에 마음속 깊은 곳이 괴롭다.

역시 나의 여성성과 젊음을 파는 일을 그만두어야만 한다.

나 자신이나 즉석만남 카페에 있는 여자들을 중심으로 생각하면 무엇이 올바른 건지 알 수 없게 된다. 남자에게 돈을 받아 그걸로 생활할 수 있으니 괜찮지 않나 싶기도 하다. 호스트바에 다니거나 밴드나 아이돌을 쫓아다니는 여자들은 그렇게 번 돈으로 좋아하는 남자를 만날 수 있어서 행복해한다. 하지만 다른 일을 해서 같은 금액을 벌 수 있다면 훨씬 행복해할 것 같다.

오늘 게이스케 씨에게 받은 5000엔보다 일일 아르바이트로 번 돈이 더 소중하게 느껴지고 찜찜함도 없었다. 남자한테 돈을 받아 지내기 시작한 뒤로는 홈리스니까 어쩔 수 없는 일이라고 줄곧 자기합리화를 하고 있다.

돈이 필요한 여자들이 자신의 성이나 젊음을 팔지 않아도 되도록 바뀌지 않으면 앞으로도 계속 나기 같은 아이가 생겨날 것이다.

"사치 씨네 집에 가는 건 어때?" 나기에게 묻는다.

다른 해결책이 떠오르지 않았다.

"음…… 전에는 이럴 때 몇 번 사치 언니가 재워준 적이 있어."

"그랬구나. 그럼 오늘도 그렇게 하지?"

"전화했는데 받질 않아."

"뭐라고?"

"오늘 즉석만남 카페에 있었어?"

"아니, 없었어."

어제도 그제도 사치 씨는 카페에 오지 않았다. 지난 주말에도 없었으니 닷새 연속으로 안 왔다는 얘긴데, 지금까지 그런 적은 없었던 것 같다. 전화를 받지 않는다니, 무슨 일이라도 있는 걸까.

"걱정할 일 아니야." 나기가 말한다.

"왜? 전화를 안 받는 이유를 알아?"

"이유는 모르지만 흔히 있는 일이니까."

"흔히 있는 일?"

"이 거리에 있는 여자들, 어느 날 갑자기 사라지고 그러잖아. 사라졌다는 건 남자친구가 생겼거나 돈을 벌지 않아도 된다거나 그런 거야. 사치 언니는 예쁘장하니까 남자친구가 생긴 게 아닐까?"

마유가 사라졌을 때 즉석만남 카페의 점원이 "다른 카페나 남자한테 간 거 아닐까"라고 대수롭지 않게 말했다. 나기의 말처럼 흔한 일이니 호들갑 떨 필요는 없을지도 모른다.

　그후 단 한 번도 마유와 연락하지 않았다. 남자친구랑 즐겁게 지내고 있는 걸까. 아니면 언젠가 다시 이 거리로 돌아올까. 그렇게 사라졌을 때는 화가 났지만 그래도 기왕이면 즐겁게 지내고 있기를 바란다. 본명인지 아닌지도 모르는 마유의 사정이야 아무래도 상관없다. 다만 여기서 벗어날 수 있는 사람도 있다는 희망을 갖고 싶다.

　"그 반대인 사람도 있지만." 나기가 말한다.

　"반대?"

　"빚이 너무 늘어 어찌할 방법이 없어서 도망갈 수밖에 없는 사람."

　"그래……"

　"사치 언니, 빚은 없는 것 같으니까 괜찮을 거야."

　"그렇겠지."

　사치 씨는 돈을 빌리는 절차도 이해하지 못할 것이다. 집에 갔을 때도 냉장고 안이 꽉 찬 정도였지 그 밖에 돈을 함부로 쓴다는 느낌은 받지 못했다. 남자가 진 빚을 대신 떠안았을 가능성은 있다. 키라라의 아빠가 빚쟁이들한테서 도망쳤다고 했으니. 내일 아침에라도 상황을 살피러 집에 가볼까 싶다가도 그래봤자 내가 뭘 할 수 있는 것도 아닐 테다.

"만화 카페, 안 가?"

"갈 거야. 거기에 있을 테니까 혹시 무슨 일 생기면 와."

"무슨 일이라니?" 나기가 고개를 갸웃거린다.

"무섭다거나, 외롭다거나."

동정에 지나지 않을지도 모르지만 나기가 아침까지 혼자 있을 걸 생각하니 걱정된다. 이 거리에서 싫은 일도 많이 겪을 텐데 그렇게 보이지 않을 정도로 순수한 아이다. 언제 만나도 웃는 얼굴로 내 이름을 부르며 말을 걸어온다. 나기를 제대로 알기 전에는 어른스러운 아이라고 생각했는데, 이렇게 대화를 나눠보니 또래보다도 더 어린애처럼 느껴진다.

이 단순함 때문에 다른 십대 아이들이 나기에게 다가가지 않는 걸지도 모르겠다. 솔직하고 어린애처럼 말하는 나기의 모습을 또래 아이들은 답답해할 것 같다.

"외로운 일 같은 건 하나도 없어." 웃으며 고개를 흔든다.

"정말?"

"어차피 외로워해봤자 의미 없는걸."

"왜?"

"아빠랑 엄마를 보고 싶지만 집을 나온 건 나니까."

"……아빠가 보고 싶어?"

"응." 나기는 크게 고개를 끄덕인다.

"네 침대 속으로 들어왔잖아?"

"그래서 집을 나온 건 아니야. 엄마랑 아빠가 싸우니까 그 원인인 내가 없는 게 낫겠다 싶어서 그랬어. 아빠는 잘못 없어."

아마 그렇게 생각하고 싶은 거겠지. 나기는 성적 학대를 당한 사실을 받아들이지 못하고 다른 이유로 회피하고 있다. TV 방송인가 대학 수업에서 그런 사례에 대해 들은 적이 있다. 하지만 어떤 내용이었는지 기억도 가물가물한데다 내가 상담 전문가도 아니니 나기의 생각이 틀렸다는 말은 하지 않는 게 좋겠다. 어설픈 지식을 늘어놓아봤자 나기를 더 혼란스럽게 할 뿐이다.

어쩌면 싫은 기억을 외면하기 위해 순수한 아이의 상태에 머무르려는 걸지도 모른다.

"아무튼 무슨 일 생기면 만화 카페로 와서 카운터에 있는 남자한테 아이 씨를 불러달라고 말하면 돼."

"언니 이름은 아이가 맞구나."

"맞아. 내 이름은 어디서도 아이야."

"나도 나기야."

"……그런 거야?"

"응." 나기가 웃으며 단호하게 대답한다.

거짓말할 아이는 아니니까 사실이겠지.

"그럼 또 봐, 나기."

"또 봐."

크게 손을 흔드는 나기를 향해 나도 손을 흔들어준다.

아침이 밝아 만화 카페 밖으로 나왔는데 영화관 앞에 나기는 없었다. 점심때가 지나 즉석만남 카페에서 나와 다시 살펴보러 갔을 때도 없었다. 사치 씨는 즉석만남 카페에 오지 않았다.

금요일 저녁, 영화관 앞에서 나기를 만났다. 사치 씨는 카페에도 안 오고 전화도 받지 않는다.

*

남자한테 돈을 받아 살아가는 게 좋지 못한 일이라는 걸 알면서도 일일 아르바이트를 하는 생활로 돌아가지 않고 즉석만남 카페에 계속 나가고 있다.

게이스케 씨가 사준 원피스를 입었더니 전보다 자주 데이트로 외출할 수 있게 되었다. 여자가 보기에는 지나치게 귀여워서 촌스럽게 느껴지는 옷차림도 남자에게는 그저 예뻐 보이는 모양이다. 내게는 어울리지 않지만 화장도 청순하게 했다. 즉석만남 카페의 점원에게 "하니까 되잖아"라는 말을 들었다. 칭찬으로 들리진 않았지만 노력을 인정받은 정도로 해두자.

한 사람당 겨우 3000엔을 받더라도 하루에 세 명과 외출하면 9000엔이 된다. 예쁜 척을 하고 있으면 5000엔을 받을 때도 있다.

괜히 고집부리지 말고 처음부터 이랬으면 좋았을 거라는 생각과 함께 자기변명만 늘어간다.

9000엔 넘게 받는다면 일일 아르바이트보다 많이 벌 수 있다. 집을 얻을 돈이 모일 때까지만이다. 남자와 밥을 먹거나 차를 마시는 일일 뿐이고 나쁜 짓은 전혀 하지 않는다. 나와 똑같은 일을 하는 여자들은 많다. 방긋방긋 웃으며 얘기를 들어주고 남자는 즐거워하면 그걸로 된 거다.

다만 이제는 그 어떤 변명도 잘못됐다는 생각만 든다.

전에는 거울 속 방에서 기다리는 동안 사치 씨와 얘기하면서 시름을 잊을 수 있었는데 그녀가 사라지니 대화 상대가 없다. 혼자 생각에 빠져 있으면 미간에 주름이 잡혀 인상이 험악해 보인다. 그래서 거울 너머에 있을 남성에게 얼굴이 보이도록 시선을 떨구지 않고 한곳을 대충 응시하는 척하며 아무런 생각 없이 잡지를 읽는다.

여하튼 지금은 돈을 모아야 한다. 20만 엔 정도 모이면 그때 다시 생각해도 된다.

하지만 20만 엔이 모여도 그때 가면 더 필요하다고 느끼겠지. 한 달 전에는 20만 엔 넘게 있었는데도 여전히 부족하다고 생각 했으니까. 지금은 가진 돈이 10만 엔 밑으로 떨어져 제로에 가까 워지고 있으니 집을 얻을 수 있는 금액만 있으면 될 거라는 생각 이 드는 것뿐이다. 가진 돈이 넉넉하면 좋은 집을 구할 수 있고 자격증을 딸 수 있으며, 여유를 갖고 취업 활동도 할 수 있다. 반 대로 돈이 적으면 금세 홈리스로 돌아갈지도 모른다. 그런 걱정 할 필요 없도록 많은 돈을 모으고 싶다.

그렇게 조금 더 조금 더, 하는 마음에는 끝이 없다.

얼마나 많은 돈을 가져야 풍족하다고 느끼며 만족스러운 생활 을 할 수 있을까.

아빠한테 엄마의 치료비를 부탁했던 중학생 시절부터 줄곧 '돈 이 없다'는 생각을 계속해왔다.

"아이 씨, 부탁해요." 점원이 부른다.

"네." 잡지를 놓고 거울 밖으로 나간다.

타이머와 남성의 자기소개 카드를 받아 자리로 가려는데 다른 좌석의 커튼이 열리고 남자와 여자가 나온다.

"앗." 남자가 나를 본다.

게이스케 씨다.

원피스를 받은 지 이 주 가까이 지났지만 한 번도 만나지 못해 더는 오지 않으려는 건가 싶었다.

"안녕하세요." 어떻게 해야 할지 몰라 평범하게 인사를 하고 말았다.

"아이 씨. 그러니까 이게."

"괜찮아요. 신경쓰지 마세요. 저도 다른 분한테 지명을 받아서요."

"아니, 그래도 저기."

그와 함께 나온 여자애는 뭔가를 말하고 싶어하는 듯하면서도 아무 말 없이 나를 보고 있다.

최근에 온 그애는 아이돌을 쫓아다니는 모양이다. 지방 콘서트에 가기 위해 교통비와 티켓 살 돈이 필요하다고 대기중에 다른 여자애들과 얘기하는 걸 들었다. 아직 스무 살인 그애는 2차를 나가고 있다. 십대 때부터 그렇게 해서 돈을 벌었던 것 같다. 주로 흰색이나 핑크색 원피스를 입고 있어 청순해 보여선지 남자들에게 인기가 있다.

홈리스가 되기 전이었다면 '설마 그런 이유로 성매매를 하진 않겠지'라고 생각했겠지만 지금은 딱히 의문을 느끼지 않는다.

그애에게 여기 오는 남자들은 돈으로만 보일 것이다.

나 역시 마찬가지다.

그중에서 게이스케 씨만은 다르다고 생각했고.

하지만 그는 그렇게까지 생각하지 않았던 거다. 내가 언제까지고 데이트만 한다고 하니 2차를 나가는 여자를 선택한 것이다.

"무슨 일 있습니까?" 점원이 말을 걸어온다.

"저기, 외출 취소할게요." 게이스케 씨가 말한다. "그리고 아이 씨와 얘기하고 싶습니다."

"지금은 다른 분께 지명을 받아서요."

"기다리겠습니다."

"어떻게 할래?" 점원이 나를 보며 묻는다.

"일단 지명해주신 분한테 갈게요."

"기다릴게." 그가 진지한 표정으로 내 눈을 바라본다.

나는 시선을 돌리고 다른 남자가 기다리는 자리로 간다.

도무지 대화에 집중할 수 없어 멍하니 대답만 하고 있었더니 곧바로 "다른 애로 할래"라는 말이 들려왔다.

커튼을 열자 점원이 그곳에서 기다리고 있다.

남자의 자기소개 카드를 반납하고 게이스케 씨의 카드를 받아 자리로 간다.

"오래 기다리셨습니다." 그의 옆에 앉는다.

"원피스 잘 입고 있네."

"네."

"저기, 아까 일은 오해하지 말았으면 좋겠어."

"오해라니요?"

"내가 좋아하는 건 아이 씨야."

"네……"

"근데 아이 씨도 나빴어."

"……나빠요?"

"아무리 시간을 보내봤자 손도 못 잡잖아. 합의하려고 해도 계속 피하기만 하고. 그럼 너무 힘들어."

분명 이게 마지막 기회다.

거절한다면 그는 나를 찾지 않을 것이다.

사라진 마유나 사치 씨와 마찬가지로 게이스케 씨도 두 번 다시 못 만나겠지. 그와 데이트하러 외출하는 건 즐거웠다. 정신적으로 체력적으로 힘든 날들 속에서 그와 함께 있는 동안은 행복하게 보낼 수 있었다. 그를 좋아했기 때문에 돈을 받을 때마다 가슴이 아팠다.

제대로 대화하고 싶어도 '데이트만' 하러 나가는 건 이제 힘들다. 설령 오늘은 데이트만으로 넘어가도 다음에는 호텔에 가게 될 테다.

그렇다면 오늘 가나 다음에 가나 결과는 똑같다.

여전히 조금은 망설여진다.

하지만 그가 오지 않는 날들을 버텨나갈 수 없을 것만 같다.

"좋아요."

"뭐?" 그가 놀란 얼굴로 나를 본다.

"호텔, 갈게요."

러브호텔이라니, 오랜만이다.

문구 회사의 경리부 직원과 회식하고 돌아가는 길에 갔던 이후로 처음이다. 막차가 끊겨서 서로 집이 가까운 그와 함께 택시를 타고 돌아가려는데 좀처럼 잡히지 않았다. 어떻게 할지 얘기하다 근처 러브호텔로 가자는 분위기가 되었고. 그리고 그 일을 계기로 사귀기 시작했다.

그때에 비하면 지금은 충분히 생각했고 시간도 들었다.

돌이켜보면 경리부 직원을 그리 좋아했던 건 아니다. 정직원이었고 나이도 나랑 비슷한데다 딱히 잘생기거나 못생기지도 않아서 그럭저럭 괜찮은 정도였을 뿐이다. 그쪽도 나를 그렇게 생각했으리라. 그전에 사귀었던 남자친구도 어떻게 좋아하게 됐는지 잘 생각나지 않는다.

게이스케 씨는 진심으로 좋아했기에 망설여졌다.

호텔에 들어가서 내가 먼저 샤워를 했다.

기장이 짧고 얄팍한 목욕가운을 입고 그의 샤워가 끝나기를 기다리고 있다.

남국 리조트처럼 발리풍으로 꾸민 호텔이다. 아무리 리조트를 흉내내봤자 불투명한 유리창 때문에 개방감 같은 건 느낄 수 없다. 가로세로 어느 쪽으로 누워도 상관없는 커다란 침대에는 레이스 커튼처럼 캐노피가 걸려 있다. 어두컴컴하고 온통 천박한 방이다. 발리는 가본 적도 없고 어떤 곳인지도 잘 모르지만 이런 느낌은 아니겠지.

TV라도 볼까 하다가 침대 위에 앉아서 가만히 기다리기로 한다.

앞으로 일어날 일을 생각하니 긴장도 되고, 하고 싶은 얘기를 머릿속으로 정리해두고 싶다.

그의 마음을 확인하고 내 마음을 전한 다음 앞일을 의논하자. 이걸 2차로 취급할지 말지는 그때 다시 얘기하는 편이 좋겠다. 사귀게 되면 돈은 받을 수 없다. 하지만 지금은 돈이 필요하니까 일단 오늘은 2차를 하기로 하고 적어도 일점오는 받고 싶다.

호텔에는 세 시간짜리 대실 요금을 지불하고 들어왔다.

그래도 그는 더 일찍 회사로 돌아가야 할 테다.

샤워하기 전에 얘기하는 게 좋았을지도 모르겠다. 아니면 저녁에 시간이 있는 날 다시 만나기로 할 걸 그랬다. 아니, 그러다 시간이 지나면 마음이 바뀔 수도 있다.

시간이 없더라도 오늘 안에 제대로 얘기하는 게 좋겠다.

욕실 문이 열리고 목욕가운을 입은 그가 나온다.

그가 침대 앞에 선다.

"옷 갈아입어."

"네?"

"내가 사준 옷으로 입어."

"저기, 그전에 하고 싶은 얘기가 있는데요."

"알았으니까. 옷 먼저 갈아입어."

"알겠습니다."

옷걸이에 걸어둔 원피스를 집어 욕실로 들어가 목욕가운을 벗고 옷을 갈아입는다.

욕실에서 나오니 그는 소파에 앉아 있다.

"예쁘네, 예뻐." 웃으며 말한다.

"우리 관계는 앞으로 어떻게 되는 건가요?" 나는 소파 옆에 선다.

"관계라니?"

"좋아한다고 했던 말, 그런 거라고 생각해도 되는 거죠?"

"그런 거라니?"

"사귀는 관계가 된다거나."

"그럴 리가 없잖아!" 그는 얼굴을 구기고 정말 우습다는 듯이 크게 웃음소리를 낸다.

"……그럴 리가 없다?"

"왜 내가 너랑 사귀어야 하는데?"

"하지만 좋아한다고 했잖아요."

"연애 감정으로 좋아하는 게 아니지. 그런 데 있는 애들 가운데 그래도 착실한 것 같고 내 말을 뭐든 잘 들어주니까, 그 카페에 있는 여자애 중에서는 제일 좋아."

"저기, 죄송합니다."

"뭐? 왜 그래?" 그가 내 손을 꽉 쥔다.

처음으로 손을 잡았다.

나, 이 사람, 좋아하는 거 아냐.

그러고 보니 게이스케가 본명인지 아닌지도 알 수 없다. 그가 어떤 회사에 근무하고 어떤 집에 살며 어떤 생활을 하는지 아무것도 모른다. 친구나 회사 동료나 가족에게는 어떤 식으로 대하는 사람인지 상상조차 안 된다. 카페에서 만나 점심을 먹고 차를 마시면서 얘기하고, 다정하게 대해주니까 좋아하는 거라고 믿어버렸다.

그리고 그가 말한 것과 똑같이 나도 그렇게 생각했다.

즉석만남 카페에 오는 남자 중에서는 착실한 느낌이 들었기 때문에 그를 선택한 것뿐이다.

"저, 아무래도 안 될 거 같아요."

"무슨 소릴 하는 거야?" 그가 내 손을 잡은 채 자리에서 일어난다.

나보다 키가 20센티미터 정도 크다.

듬직해 보여서 멋지다고 생각했던 커다란 몸집이 지금은 무섭게 느껴진다. 손을 빼내려고 몸부림쳐봤지만 오히려 더 세게 쥐어잡혔다.

"정말 죄송해요. 이러면 안 되는 줄은 알지만 보내주세요."

"그런 게 통할 거라고 생각해?"

"저도 알아요. 하지만 정말로 안 되겠어요."

"내가 너 때문에 돈을 얼마나 썼는지 알아?"

"……네."

밥값 같은 걸 포함하면 정확한 금액은 모르겠지만 아마 그런 문제가 아닐 것이다.

"굳이 여자애랑 호텔에 가려고 돈을 쓴 게 아니라고. 여자친구도 있고, 여자가 궁했던 적은 없으니까."

"그럼 뭘 위해서 돈을 쓴 거예요?"

"내 말을 듣게 하려고." 내 눈을 보며 그가 웃는다.

"그게 무슨 뜻이에요?"

"너한테 그런 질문을 할 권리 따위 없어!" 그가 한 손으로 나를 꽉 쥐고서 반대쪽 손을 치켜든다.

나는 피하지도 못하고 거세게 뺨을 맞는다.

아파서 비명을 지르기도 전에 두번째로 손이 날아온다.

그대로 침대에 쓰러진다.

"이러지 마세요!"

"가만히 있어!" 그가 손을 치켜든다.

또 맞을 것 같아 방어 자세를 취했지만 그 손은 날아오지 않고 원피스 속으로 들어온다.

"하지 마……" 도망치려 애를 써도 그보다 더 거센 힘으로 몸을 눌러 꼼짝할 수가 없다.

"가만히 있으면 금방 끝나. 회사에도 빨리 들어가봐야 돼."

"……부탁이에요, 하지 마세요."

"아이 씨." 그가 내 귓가에 대고 말한다.

본명 따위 쓰지 말았어야 했다.

아빠는 내게 애정을 주지 않았지만 엄마는 나를 사랑스럽게 '아이'라고 불렀다. 친구들과 동아리 선배들도 나를 '아이'라고 부른다. 아마미야도 '아이 짱'이라고 장난스럽게 나를 부를 때가 있었다. 모두에게 받은 사랑이 모르는 남자에게 더럽혀지고 있다.

내 잘못이다.

취업도 못하고, 일일 아르바이트가 싫어서 편한 길로 도망쳤고, 자립하고 싶다면서도 남자에게 기대려고 했다. 내게 조금 다정했을 뿐인 사람을 상대로 내 상황에 유리하게 멋대로 상상했다. 이렇게 된 건 내 탓이다.

내 원피스가 벗겨지고 그도 알몸이 된다.

눈을 감고 아무것도 보지 않으려 한다.

아무것도 느끼지 않으려고만 하면 제대로 못 하고 끝나게 될지도 모른다.

"인간의 육체라는 건 의지만으로는 통제 불가능한 법이야." 그가 내 목덜미를 혀로 핥고 가슴을 주무른다. "아무리 참아도 아픈 건 아프잖아. 아까 내가 때린 데 아팠지?"

"……네."

"아무리 저항해도 누군가 만져주면 몸은 반응하는 법이야. 아무리 싫다고 생각해도 기분이 좋아지는 건 멈출 수 없다고."

"그렇게 느끼지 않아요."

"그렇지 않다니까." 가슴을 주무르던 손을 멈추고 내 젖꼭지를 콕 잡아당긴다. "어차피 도망 못 가니까 이 상황을 즐기는 편이 좋을 거야."

어떻게든 도망칠 수 없을까 생각해보지만 어려워 보인다. 그의 몸을 걷어차고 알몸인 채 방에서 나갈 수 있다 한들 호텔을 빠져나가기 전에 어디선가 붙잡힐 것이다. 잘 걷어찰 수 있을 것 같지도 않다. 누군가를 때리거나 발로 차본 적이 한 번도 없다. 발길질을 하려다 실패하면 아까보다 더 세게 얻어맞겠지. 누군가에게 폭행을 당한 것도 처음이다.

"다리 벌려."

그의 말에 나는 고개를 젓는다.

"이번엔 주먹으로 맞을래? 이래 봬도 아까는 적당히 봐준 거라고."

"이런 짓 하고도 괜찮을 거 같아요?" 눈을 뜨고 그를 본다.

"뭐가?" 그는 귀찮다는 듯 대꾸한다.

"내가 폭행을 당했다고 신고하면 회사에서 당신 입장이나 여자친구와 관계가 나빠지지 않을까요? 강간까지는 아니더라도 어쨌든 범죄를 저지른 게 되지 않겠어요?"

"신고하면 네 입장은 괜찮고? 홈리스 신세에 즉석만남 카페에서 돈을 벌면서, 2차를 약속하고 호텔에 들어갔다가 막상 싫어져서 저항했더니 얻어맞았다. 경찰서에 가서 이렇게 말해야 하잖아. 재판이라도 하게 되면 방청석에 있는 모두가 듣겠지. 그래도 괜찮겠어?"

"그건……"

위험한 사람도 있다고 사치 씨가 말했었다. 이런 일은 흔하겠지. 훨씬 더 위험한 꼴을 당하는 경우도 있을 테다. 즉석만남 카페는 만남의 장을 제공할 뿐 가게 밖에서 일어나는 문제에는 대응하지 않는다. 도와줄 사람이 아무도 없으니 여자들은 신고할 수 없다.

이런 일까지 당해도 참아야만 돈을 받을 수 있는 걸까.

"콘돔 안 할 건데, 괜찮지?" 그가 내 다리 사이에 손을 넣는다.

"……안 돼요." 단번에 핏기가 싹 가신다.

"돈은 많이 낼게."

그가 강제로 힘을 써서 내 다리를 벌리고 안으로 들어온다.

통제 불가능하다 해도 의지가 강력하다면 무언가를 느끼는 일은 없을 것 같다. 공포심에 숨이 막히고 기분좋은 것 따위 전혀 느껴지지 않는다. 아프지도 않다. 그저 내 안에서 뭔가가 움직이고 있을 뿐이다.

"안에 사정한다."

"안 돼!"

비명을 질러봐야 아무 소용 없는 일이다.

나의 '신'은 어디에도 없다.

다 끝나고 난 뒤, 그는 2만 엔을 놓고 방에서 나갔다.

샤워하고 옷을 갈아입는다.

그가 사준 원피스 따위 입고 싶지 않지만 알몸으로 나갈 순 없다.

아무 생각도 안 하고 아무것도 느끼지 않으려고 의식하면서 원피스의 지퍼를 올린다. 가방에서 지갑을 꺼내 테이블에 놓인 2만 엔을 넣는다. 이게 어떤 돈인지도 생각하지 않는다. 머리도 감고 몸도 씻었지만 여전히 더러운 것만 같다. 아무리 씻어도 그 느낌은 가시지 않겠지. 맞은 뺨이 붓고 어딘가에 부딪혀 왼쪽 팔과 오른쪽 다리에 멍이 들었지만 더러운 곳은 없다.

더러운 건 나 자신이다.

지금껏 다정하게 굴다가 갑자기 태도를 바꾼 그가 나쁜 게 아니다.

돈을 모으려고 쉽고 빠른 길을 좇은 나 자신이 더럽다.

몇 군데 회사에 응시하고 채용되지 못했을 때도, 파견사원으로 일하면서 성희롱을 당했을 때도, 일일 아르바이트에 나가 그런 일을 하는 그곳 사람들을 무시했을 때도 이런 식으로 생각하지는 않았다. 나는 안 되는 인간인가 싶으면서도 한편으론 최선을 다했다.

나기나 사치 씨처럼 성매매로 돈을 버는 여자들을 더럽다고 생각하지도 않는다. 그녀들은 살아가기 위해 필사적이다.

나는 홈리스가 된 지 반년 가까이 지났는데도 현재 내 처지를 받아들이지 못하고 어떻게든 편한 길을 찾고 있었다.

계속 이대로 살면 안 된다는 걸 알지만 우선 지금은 아무것도 생각하지 않는 게 좋겠다.

생각이란 걸 하면 여기서 죽고 싶어질 것 같다.

감정 없는 로봇이 된 기분으로 무거운 몸을 움직여 단장을 마친다.

가방을 들고 방에서 나가 엘리베이터를 타고 1층에서 내린다.

밖은 아직 밝다.

소나기가 내렸는지 도로가 젖어 있다.

하늘은 석양으로 물들어 새빨갛다.

러브호텔이 늘어선 길에 미지근하고 눅눅한 바람이 분다.

걷다보니 어느새 하늘이 어두워졌다.

네온사인이 평소보다 밝게 느껴져 속이 울렁거린다. 주위 사람들의 목소리와 달리는 자동차 소리, 스피커에서 끊임없이 흘러나오는 경찰의 안내방송이 여느 때보다 크게 들린다.

만화 카페로 돌아가기 전에 역 물품보관함에 넣어둔 여행가방을 가지러 가야 하는데 그럴 기력이 없다.

아무것도 할 수 없을 정도로 졸리다.

극도로 긴장하거나 괴로운 일이 생기면 자고 싶어진다. 엄마가 돌아가셨을 때도 장례식을 마친 후 며칠간 계속 잤다. 자는 동안은 꿈을 꿀 수 있고 현실에서 눈길을 돌릴 수 있다.

이대로 만화 카페에 돌아가 당분간 자고 싶지만 그렇다고 며칠씩 줄곧 잠만 잘 수는 없다.

2만 엔은 지갑에 넣어 왔지만 쓰고 싶지 않다. 원피스와 샌들이랑 함께 지금까지 그에게 받았던 돈도 버리고 싶다. 그러면 수중에 남는 건 겨우 몇 천 엔이다.

내일부터 다시 즉석만남 카페에 가는 길밖에 없는 걸까. 그렇게 생각하니 숨을 쉴 수가 없다.

카페에 또 그가 올지도 모른다.

만약 지명당하면 어떻게 해야 좋을까. 거절했다간 또 폭행과 협박을 당할 것 같다. 카페 안에서 얻어맞는 일은 없겠지만 밖에서 몰래 숨어 기다리진 않을까. 그렇게까지 할 사람은 아닐 것 같지만, 그가 무슨 생각을 하는지 전혀 알 수는 없다.

다른 즉석만남 카페로 가면 된다. 그러면 그와 만나지 않아도 되고, 다시 처음부터 시작해 손님이 생기면 데이트만으로 돈을 벌 수 있다. 거기서도 데이트하기가 어려워지면 또다른 곳으로 가면 된다. 계속 옮겨다니면 데이트만으로 돈을 벌 수 있으니 이번 같은 문제는 겪지 않아도 된다.

언제까지 그런 식으로 살아갈 수 있을까.

안심하고 생활할 수 있을 만큼 돈이 전혀 모이지 않는다.

최선을 다해 취업 활동을 해도, 파견사원으로 일해도 결국 소용없는 일이었으니까. 스스로를 더럽다고 여기면서 몸을 팔 수밖에 없는 걸까. 필사적으로 2차를 나가다보면 언젠가는 더럽지 않다고 느끼게 될까. 하루에 한 명을 상대해 일점오라도 받을 수 있다면 집을 구하는 데 필요한 액수 정도는 금방 모을 수 있다. 그 돈만 모아 그만두면 될 것 같지만 그렇게 간단한 문제가 아니다. 단 몇 시간에 일점오를 받는 것에 익숙해지면 다른 일로 돈을 버는 게 어리석게 느껴지니까.

금전 감각은 한번 이상해지면 원래대로 되돌리기가 어렵다.

어릴 때는 엄마한테 용돈 100엔만 받아도 굉장히 기뻤다. 1000엔을 모으면 지폐로 바꿀 수 있었다. 그 1000엔으로 무얼 살까 생각하면 가슴이 설렜다.

지금도 돈을 소중하게 여기지만 그때와 같을 수는 없다.

내일은 일일 아르바이트 업체를 찾아서 등록하러 가자.

그리고 즉석만남 카페에는 더이상 가지 말아야지.

그렇게 하는 게 좋겠다.

내가 해야 할 일이 무엇인지 알면서 자꾸 다른 방법은 없을지 생각하게 된다.

어째서 이런 일을 당해야 하는 걸까.

좀더 편하게 사는 사람들이 많을 텐데.

물론 세상에는 나보다 더 힘든 사람들이 있다는 걸 안다. 건강하기만 해도 충분하다. 다만 내게 부모님이 두 분 다 계시고 아빠가 좀더 다정한 사람이었다면 이 현재가 달라지진 않았을까. 여전히 그런 마음이 가시지 않는다. 주위 친구들처럼 부모님이 다 계시고 돈 걱정 따위 하지 않아도 되는 집에서 태어나고 싶었다. 이런 일을 겪기 전에 기댈 수 있는 가족이 있었으면 좋겠다.

남 탓으로 돌리는 건 그만하자. 내 잘못이다.

내 인생이니까 어떻게든 스스로 해나가야 한다.

알고는 있지만, 이제 아무것도 하고 싶지 않다.

"아이 언니."

시선을 떨군 채 걸어가는데 누군가 말을 걸어온다.

고개를 들어보니 나기가 있다.

걱정스러운 듯 나를 보고 있다.

"얼굴이 왜 그래?" 나기가 말하며 손을 뻗어온다.

"만지지 마!" 그 손을 밀쳐낸다.

"왜 그래? 무슨 일 있었어?"

"더이상 말 걸지 마!"

"······응?"

"다 싫어! 엮이고 싶지 않아!"

아무 잘못도 없는 나기에게 이런 말을 하고 싶은 게 아닌데 감
정을 주체할 수가 없다.

그 일이 일어난 건 나기나 사치 씨나 마유의 탓이지 내 잘못이
아니라고 생각하고 싶었다. 마유가 나를 즉석만남 카페에 불러
들이지 않았어야 했다. 사치 씨가 내게 말을 걸지 말았어야 했
다. 나기와 얽히지 말았어야 했다.

"……언니." 나기가 어떻게 해야 좋을지 모르겠다는 듯이 내
이름을 부른다.

"그 이름 부르지 마!"

"본명이잖아? 그럼 뭐라고 부르면 돼?"

"부르지 마! 너랑 더이상 말하고 싶지 않아! 어차피 너도 본명
아니지? 만화나 애니메이션 캐릭터에서 따온 거 아냐? 다른 이
름 쓰면서 남자한테 몸 팔고 돈 받는 짓 따위, 난 못 해!"

"……나기는 나기야." 작은 목소리로 말한다.

"거짓말하지 마! 이 거리에 있는 사람들은 죄다 거짓말만 해!
용케 적당히 살아가다 난처해지면 도망가고! 돈을 벌고 생활해
나가는 건 그렇게 호락호락한 일이 아니야!"

"……나도 알아."

"알긴 뭘 알아! 앞으로 어떻게 살아갈 건데? 계속 남자한테 몸
팔면서 살 거야? 지금은 어리고 예쁘니까 괜찮지만, 오 년만 지

나도 스무 살 넘어서서 금방 나이 먹게 돼. 언제까지 이런 생활은 못할 거 아냐!"

"······그렇긴 하지만."

"하지만 뭐?"

어째서 이런 말을 하고 있는 걸까.

나기에게 화풀이를 하는 것뿐이다.

아직 어려서 맞받아치지도 못하는 나기에게.

그만해야겠다는 생각이 드는데 누군가가 뒤에서 팔을 잡아 당긴다.

뒤를 돌아보니 야마모토가 있다.

"무슨 일이야?"

"그게······" 말이 나오지 않는다.

"소란스럽길래 무슨 일인가 해서. 그보다 얼굴이 왜 그래?"

"어?"

"엄청 부었잖아."

"그러니까 이게."

야마모토에게 어떻게 설명해야 할지 몰라 말을 얼버무리는 사이에 나기는 어딘가로 가버렸다.

사람들 사이로 사라졌는지 뒷모습이 보이지 않는다.

"왜 그래? 무슨 일 있었어?" 야마모토가 확인하듯 내 온몸을 훑어본다.

어떻게 해야 할지 몰라 눈물만 뚝뚝 흘린다.

"잠깐 저쪽으로 갈까?"

야마모토의 손에 이끌려 거리 끝으로 가 털썩 주저앉는다.

"천천히 말해줘도 되니까 먼저 심호흡하고 진정해." 야마모토가 내 등을 쓰다듬는다. "무슨 문제에 휘말린 거야? 얼굴이 그정도로 부은 건, 남자가 그런 거지?"

"……응."

"너한테는 이 일이 안 맞아. 사무직이나 낮에 하는 일을 하는게 좋겠어."

"……전에 했던 말이랑 다르잖아."

"그랬나?"

"몸 좀 팔면 어떠냐고 했었어."

"맞아, 그랬지. 그래서 무슨 일이 있었던 거야?"

"이 사람이라면 괜찮겠다 싶어서 호텔에 갔어."

"원피스 사줬다는 남자?"

"맞아."

"그래서 어떻게 됐어?"

내 등을 쓰다듬어주는 야마모토에게 무슨 일이 있었는지 털어놓는다. 생각하기도 떠올리기도 싫지만 누군가가 들어주길 바랐다. 가슴속에 있는 걸 밖으로 꺼내면 조금은 편해지지 않을까 싶어서. 하지만 얘기를 하고 또 할수록 괴롭기만 하다. 정리가 되지 않아 몇 번이고 같은 말을 되풀이했지만 야마모토는 잠자코 끝까지 들어주었다.

"최근에 언제 생리했어?" 진지한 목소리로 묻는다.

"두 달 전쯤."

"주기가 불규칙하다는 말이야?"

"응."

"원래 그랬어?"

"아니."

홈리스 생활을 하기 전에 생리일은 이삼 일 차이 나는 정도였다. 만화 카페에서 지내고부터는 일주일 정도 늦어지더니 두 달 전에 멈췄다. 임신했을 리는 없고 오히려 안 하는 게 편하고 좋으니 깊게 생각하지 않기로 했다.

"병원에 가자."

"왜?"

"그 남자가 안에 사정했을 거 아냐?"

"……응."

"생리가 규칙적이지 않으면 어떤 일이 생길지 모르니까 빨리 조치하는 게 좋아."

"싫어!"

벌써 밤이 되었고 주위에선 색색의 네온사인이 빛나는데 눈앞이 새하얘지면서 아무것도 보이지 않는다.

"임신되면 어떻게 할 거야?" 야마모토가 내 손을 잡는다.

"임신 안 해! 괜찮다고!"

"아니면 다행인 거니까 빨리 가보자. 만일을 생각해서 빨리 사후피임약을 먹는 게 좋아."

"피임약 같은 건 먹어본 적 없단 말이야!"

"딱히 나쁜 일이 아니야. 이 바닥에서 살아가려면 필요한 지식이 있고, 그걸 알아야 자기 자신을 지켜나갈 수 있는 거라고."

"나, 계속 여기 있을 거 아냐! 돈 모으면 평범한 생활로 돌아갈 거야! 너처럼 이곳을 평범하게 여기는 사람들과는 다르다고! 지식 따위 필요 없어!"

"알았어. 알았으니까 병원에는 가자."

아무리 뿌리치려 해도 야마모토는 내 손을 놓아주지 않는다.

"안 가!"

"계속 버티다가 배라도 불러오면 어떻게 할 거야? 아기 낳을 수 없잖아? 키울 돈도 없잖아?"

"그러니까 임신 같은 거 안 한다고."

"안에 사정했다면 그럴 가능성이 있어. 그 정도는 알고 있지?"

"알긴 하지만……"

사치 씨네 집에서 만났던 루키아와 키라라가 떠올랐다. 아무리 고생스러워도 사치 씨는 두 아이를 굉장히 사랑하고 소중히 여긴다. 그래서 두 아이가 밝은 미소를 지으며 지낼 수 있는 것이다.

만약 임신한다면 나는 앞으로 태어날 아이를 사랑할 수 없다.

"가자."

"……못 가."

"왜?"

"보험증이 없어."

문구 회사와 파견 계약이 끝난 후 사회보험에서 국민건강보험으로 전환됐다. 처음 두 달은 정상적으로 보험료를 납부했으나 그후로는 내지 않았다. 반드시 내야 한다는 건 알았지만 병원에는 일 년에 몇 번 갈 일이 없으니 돈 낭비라고만 생각했다.

보험증은 갖고 있지만 쓸 수 없을 것이다.

그러니까 병원에 가면 치료비 전액을 부담해야 한다.

돈이 없으면 아플 수도 없다.

8

어디선가 매미가 울고 있다.

비가 그다지 내리지 않은 채 장마가 끝나고 여름이 되었다.

이런 거리 한복판에는 매미가 없을 듯한데 이명처럼 계속 소리가 들린다.

일일 아르바이트로 아침부터 콘서트장 설치 일을 하고 왔다.

7월에는 야외 이벤트가 많아서 행사장 설치 일이 자주 들어온다. 힘 쓰는 일은 주로 남자가 하고 나는 줄곧 울타리나 의자를 배열하면 된다. 밖에서 하는 작업은 고되고 현장 지휘자에게 호통을 들을 때도 있다. 그래도 휴식 시간에 도시락이 제공되는 경우가 많아서 묵묵히 참고 일한다. 집합 시간은 이른 아침이고 일은 오후 일찍 끝난다. 끝나도 갈 곳이 없어 만화 카페의 나이트 패키지를 이용할 수 있는 시간까지 계속 거리를 걷는다.

백화점이나 전자제품 매장에 들어가면 그곳 사람들과 격차가 느껴져서 가지 않게 되었다. 그늘을 찾아 공원이나 신사로 이동한다. 비가 내리는 날만은 패스트푸드점에 들어가 제일 작은 사이즈의 감자튀김을 먹는 것으로 정했다. 감자튀김과 공짜 물만 주문해서 창피했던 건 맨 처음뿐이다.

오늘은 날씨가 화창해서 조금 전까지 역 맞은편의 공원에 있었는데, 미래가 보인다고 주장하는 아저씨가 집요하게 말을 걸어오는 바람에 신사로 이동하기로 한다.

만화 카페와 즉석만남 카페가 있는 번화가 앞을 지난다.

날씨가 더워지면서 노출이 많고 화려한 옷을 입은 여자들이 늘어났다. 하지만 그들에게서 여름다움은 느껴지지 않는다. 아직 십대나 이십대 초반이지만 특유의 발랄함이 없다. 이제 곧 여름방학이라 길 건너 백화점에는 고등학생이나 대학생쯤 되는 여자애들이 몰려와 신나게 재잘대면서 쇼핑을 하고 있을 것이다. 그런 아이들이 이쪽으로 올 일은 없다.

건너편으로 가는 건 간단하다. 신호등을 건너기만 하면 된다.

하지만 눈앞의 길은 도저히 건널 수 없는 깊은 강처럼 보인다. 이쪽에 있는 세월이 길면 길수록 강물이 불어나서 다리는 휩쓸려가버린다.

이쪽과 건너편은 사는 세계가 다르다.

나는 지금까지 줄곧 건너편에서 살아왔고 이쪽으로 온다는 건 있을 수도 없는 일로 여겼다. 이쪽 사람들의 생활을 상상해본 적도 없다.

호텔에 갔던 날, 야마모토와 함께 야간 진료를 하는 병원으로 가 처치를 받기까지 기다리면서 냉정하게 생각해보았다.

나는 즉석만남 카페에서 데이트나 2차로 돈을 버는 여자들을 여럿 봐왔고 얘기도 나눴다. 그중에는 나름의 사정 때문에 그 일로만 돈을 벌 수밖에 없는 사람도 있었다. 그들을 비판하거나 멸시할 마음은 없다. 다만 내게는 맞지 않는 일이다. 남자한테 돈을 받아 생활하는 걸 도저히 긍정할 수 없었다. 긍정할 수 없음에도 불구하고 그렇게 생활할 수밖에 없는 사람도 있다는 걸 알고 있다. 아직 다른 방법으로 돈을 벌 수 있는 나는 그렇기 때문에 더더욱 즉석만남 카페에 가서는 안 될 것 같았다.

상처 부위를 처치하고 검사를 받은 뒤 만일을 대비해 사후피임약을 먹었다. 성행위 후 72시간 이내에 먹으면 임신 확률을 크게 낮춰준다. 보험 적용이 되지 않는 비급여항목이라 보험증은 상관이 없었다.

그리고 보험료를 체납했어도 유효 기간 안에는 보험증을 사용할 수 있다는 사실을 접수처 직원이 알려주었다. "지자체에 따라 다르지만 계속 체납하면 유효 기간 안에도 사용할 수 없는 경우가 있어요." 이번에는 운이 좋았지만 다음에도 가능할 거라고 장담할 수 없으리라. 보험이 적용되는 검사나 진료 비용은 전액을 부담하지 않아도 되어서 사후피임약 값까지 더해 그때 받은 2만 엔으로 충분했다.

다음날에는 만화 카페에서 쉬면서 일일 아르바이트 업체에 등록했다.

그후 한 달 반 동안 매일 일하고 있다. 쓸데없는 소비는 하지 않고 될 수 있는 한 저축하고 있으니 조금만 더 모으면 집을 구할 보증금 정도가 된다. 8월이 되면 집을 얻고 한동안은 그대로 일일 아르바이트를 계속할 것이다. 그보다 앞일은 생각하지 않으려고 한다. 어느 정도의 금액이 모이면 그때 가서 어떻게 할지 정하면 된다.

신사 앞에 도착해 하늘을 올려다본다.

이 거리의 하늘에는 언제나 어렴풋이 안개가 끼어 있다.

중고등학생 시절, 여름방학이면 친구와 함께 바다에 갔다. 파란 하늘이 펼쳐진 눈부신 여름은 기억 속 깊숙한 곳으로 가라앉아 지금은 떠올릴 수도 없다.

다시 시선을 내리자 길 건너편 백화점 뒤쪽에서 낯익은 얼굴이 보인다.

그 남자다.

일요일이라 그런지 정장이 아닌 파란색 셔츠에 베이지색 바지 차림이었지만 바로 알아보았다.

러브호텔에서 있었던 일이 순식간에 마음속에 되살아나 현기증이 난다.

백화점 쇼핑백을 양손에 든 남자는 키가 크고 예쁜 여자와 즐겁게 웃으며 걷고 있다. 명품 매장이 많이 입점한 백화점에 온 걸 보면 벌이가 좋다고 했던 말은 거짓이 아니었나보다.

대체 그날 그가 무엇을 하고 싶었던 건지 전혀 모르겠다.

여자를 상대로 난폭한 짓을 하고 싶었을 뿐이라면 내가 아니어도 된다. 바로 호텔에 갈 수 있는 여자는 몇 명이나 있으니까. 멜론 파르페를 먹고 밥을 먹고 원피스를 사주는 행위 따위 할 필요가 없다. 말 잘 듣고 인형처럼 마음대로 부릴 수 있는 여자가 필요했던 걸까. 그의 옆에서 웃고 있는 여자친구는 흰색 셔츠에 남색 바지를 입고 있다. 노란색 꽃무늬 원피스 같은 건 남자친구가 애원해도 입지 않을 타입이다.

아무리 생각해봤자 진실은 알 수 없다.

이 거리에서 만난 사람들 모두한테서도 그렇게 느꼈다.

밥먹듯이 거짓말하고 얼버무리면서 다들 진실을 숨기고 있다. 진짜 이름조차 밝히지 못한 채 다시 타인으로 돌아간다. 설령 어디선가 마유나 사치 씨와 스쳐지나더라도 서로 말을 걸진 않을 것이다. 나기는 지금도 영화관 앞에 있으니 가끔 보지만 그날 이후로 대화가 없다.

순간적으로 눈이 마주친 것 같았으나 그는 표정 하나 변하지 않고 역 쪽으로 걸어간다.

현기증은 진정되지 않고, 눈앞의 광경이 일그러져 보인다.

매미 소리가 점점 커진다.

머리가 아프고 속이 울렁거린다.

그대로 쓰러지려는 순간, 뒤에서 누군가가 손을 잡아당긴다.

야마모토인줄 알았는데 남자의 손이다.

뒤를 돌아보니 거기에 아마미야가 있다.

내 손목을 세게 잡은 채 그 자리에 주저앉아 소리 내며 운다.

"왜 그래?" 내가 아마미야의 등에 대고 묻는다.

"왜냐니! 내가 얼마나 걱정했는데!"

"……미안해." 나도 주저앉는다.

고등학생 때부터 알아온 아마미야가 그렇게 우는 모습은 처음 본다.

나는 울음을 그치지 않는 그애의 등을 쓰다듬는다.

*

성난 얼굴로 아마미야가 나를 보고 있다.

"그래서, 뭐하고 지낸 거야?"

"아니……"

"대충 넘길 생각하지 마!"

"그러니까……"

계속 우는 아마미야가 진정되기를 기다렸다 역으로 여행가방을 가지러 갔다. 그런 뒤 전철을 타고 그애의 집까지 왔다. 아마미야는 전철 안에서도 울었다. 일요일 한낮의 전철은 가족 단위나 아이들 무리로 혼잡했고, 저마다 놀란 얼굴로 우리를 쳐다보았다.

집에 도착해서 아마미야는 세수를 하고 에어컨을 틀고 보리차를 한 컵 다 마셨다. 나도 보리차를 받았다.

아마미야는 구청에서 근무한 지 일 년이 지났을 무렵부터 방하나와 부엌 겸 식사 공간이 있는 이 집에서 살고 있다. 창밖에 조그만 마당이 딸린 연립주택의 1층으로, 사치 씨가 사는 곳과 꽤 비슷하다. 하지만 이곳은 제대로 청소가 되어 있고 안정감이든다. 마당에는 방울토마토를 키우고 있다.

보리차를 한 컵 더 마시니 평소의 아마미야로 돌아온 듯하다.

안쪽 방에서 테이블을 사이에 두고 앉자마자 살짝 성난 말투로 이것저것 물어온다.

"올해 들어서 반년 넘게 뭐했어? 왜 연락이 안 됐던 거야? 스마트폰을 쓸 수 없었던 건 아니지?"

"질문은 하나씩 해줘."시선을 떨구고 아마미야의 눈길을 피한다.

"반년 넘게 뭐했어?"

"아무것도 안 했어."

"어디 있었어?"

"아까 만났던 곳 근처의 만화 카페."

"왜 만화 카페에 있었던 거야?"

"돈이 없어서, 집세를 못 내게 돼서."

"왜 나한테 아무 말도 안 했어?"

"말하면 화낼 거잖아! 봐, 지금도 화내고 있잖아!"

내가 얼굴을 들자 아마미야는 반성하는 표정으로 고개를 숙인다.

"……미안해."

"너한테 의논하려고 했었어. 그런데 넌 바로 이렇게 화를 내잖아. 꾸중을 듣는 것 정도는 괜찮아. 경멸당하고 싶지 않았어."

"……경멸이라니, 그럴 리 없잖아."

"넌 몰라. 부모님이 다 계시고, 본인이 원한 대로 공무원이 됐고, 생활하는 데 아무런 불안도 없잖아? 설령 일을 못하게 되더라도 시즈오카의 본가로 돌아가면 부모님이 도와주실 거잖아? 난 아냐. 나 혼자서 살아가야 한다고."

"그런 식으로 말하지 마." 아마미야가 다시 울 것 같은 표정을 짓는다.

반년이 넘는 동안 진심으로 나를 걱정했겠지만 그 마음이 잘 와닿진 않았다.

"고등학생 때부터 널 대단하다고 생각했어." 아마미야가 작은 목소리로 말한다. "같은 반이어도 제대로 얘기한 적은 거의 없었지만 너희 집안 사정은 들어서 알고 있었어. 어머니가 돌아가시고 새어머니랑 남동생이 들어와 함께 사는데 잘 지내지 못한다고. 그런데 너한테서 그런 분위기를 조금도 느낄 수 없었어. 배드민턴부 여자애랑 같이 신나게 웃는 모습이 그저 평범하게 보였어. 나는 부모님이랑 형과도 사이가 좋고, 다툰다 한들 반항기 같은 일에 불과해. 네가 얼마나 고생하는지 상상도 못했어."

"딱히 고생 같은 거 안 했어."

"화목하지 못한 가정이 일상이 되어버려서 그렇게 느끼는 것뿐이야."

"……그래."

"대학에 들어가 너랑 대화하면서 부모님이 학비랑 집세만 내준다는 얘기를 듣고 생활비까지 받는 나 자신이 한심하게 느껴졌어. 분명 힘들 텐데 넌 누구에게도 의지하려 하지 않아. 그러면서도 남들이 귀찮은 일을 떠맡기면 거절도 못하고. 그런 모습은 걱정스러웠어. 고등학교 때부터 알고 지낸 친구로서 네가 편하게 의지할 수 있는 존재이고 싶었는데 이렇게 돼서 나는 유감스러워."

"……그런 말 해봐야."

그간 무슨 일이 있었는지 아마미야에게는 말해야 할 것이다. 다만 호텔에 가서 돈을 받았던 일만은 말하지 말자. 그럼 그애는 내게 화를 내면서도 자신을 책망할 테니.

"집세를 낼 수 없게 된 시점에서 나한테 말했으면 좋았을 거야."

"그때 의논했다면 네가 돈을 빌려줬을까? 일자리를 소개해줬을까?"

"그보다 더 필요한 걸 알려줬을 거야."

"뭔데?"

"내가 구청 복지과에 있다는 건 알고 있지?" 아마미야가 고개를 든다.

"알지."

"생활보호 같은 건 생각 안 해봤어?" 또 성난 말투가 된다.

계속 우는 것보단 이게 그애다워서 좋긴 하지만, 꾸중을 듣는 건 역시나 싫다.

엄마는 아주 가끔 화를 냈을 뿐이다. 아빠는 그저 기분이 언짢기만 해도 늘 화를 냈다. 나를 걱정해서 애정을 담아 혼내주는 사람이 내 인생에는 없었다. 누군가에게 혼나면 미움받고 있다는 생각만 든다.

"몸이 건강한데 어떻게 생활보호를 받아."

"그렇지 않아!" 아마미야의 목소리가 커진다.

"뭐가?"

"그건 오해일 뿐이야."

"아니야. 다들 부정수급이란 소릴 한다고."

"그건 수입이 있으면서도 신고하지 않고 계속 생활보호를 받으려 하거나 가족의 수입을 숨기는 걸 말하는 거야."

"우리 가족에겐 수입이 있으니까."

"아빠를 말하는 거지?"

"응."

"연락도 안 하고 거의 절연 상태잖아?"

"응."

"그런 경우엔 부정수급에 해당하지 않을 수도 있어."

"그런 거야?"

"학대나 가정폭력 때문에 도망쳐나와 가족과 연락할 수 없는 사람도 많아. 그런 사람에게 가족한테 도움을 받으라고 해서는 안 되는 게 요즘 추세라고. 네 경우는 좀 애매할 수 있지만."

나기를 만나게 해주고 싶다. 경찰서나 아동상담소에 가더라도 믿을 수 있는 사람을 만나리라는 보장이 없지만, 아마미야라면 나기가 가족과 만나지 않고 생활할 수 있는 방법을 생각해줄 것이다.

다만 나기가 이제 나와 얘기해줄지는 모르겠다.

감정이 북받쳐 나기에게 상처를 주고 말았다.

아빠에게 학대를 당했던 나기는 누군가에게 혼나는 걸 나보다 더 두려워할 것이다.

"사람들이 생활보호를 너무 나쁘게만 보고 있어. 좀더 의지해도 된단 말이야. 제도가 있는 이상 돈을 받는 건 정당한 권리인데, 생활보호뿐 아니라 실업급여도 툭하면 부정수급이라고들 하지."

"맞아, 헬로워크에 다닐 때 나도 그렇게 생각했어."

태평해 보이는 사람들을 보며 겉으로는 일자리를 구하는 척하면서 실은 아무것도 하지 않을 거라고 단정지었다. 저마다 사정이 있다는 건 생각도 못한 채 나 말고 다른 사람들은 편하게 사는 것 같다고 여겼다.

"물론 부정수급을 하는 사람들도 있어. 하지만 취업하기가 그렇게 쉽지 않다는 건 너도 잘 알잖아?"

"그렇지."

"프랑스에서는 그런 제도가 훨씬 잘 활용되고 있어. 일본인들이 남의 돈으로 생활하는 걸 비열하다고 생각하는 경향이 강한 건 어쩔 수 없지만, 신체가 건강하다는 이유로 생활보호를 받지 못한다는 법은 없어. 집세를 내지 못해 만화 카페에서 생활하기 전에 그런 제도의 도움을 받아야 돼."

"내 경우엔 너한테 의지하면 좋았겠지. 하지만 그렇게 할 수 없는 사람도 많아. 즉석만남 카페에서 알게 된 사람 하나는 애가 둘이라 생활보호 접수처랑 아동상담소에 갔는데 제대로 된 대화도 나누지 못했다고 했어."

"즉석만남 카페?" 아마미야가 미간을 찌푸린다.

"그 얘기는 나중에 해도 되지?"

"안 돼."

"나중에 할 테니까 지금은 내 얘기 좀 들어줘."

"알았어." 납득하지 못한 표정으로 고개를 끄덕인다.

"만화 카페나 즉석만남 카페에서 알게 된 여자들이 몇 명 있는데, 대학교 학자금으로 빚을 떠안고 있거나 싱글맘이거나 친부모한테 학대를 당했거나 해서 저마다 어려움이 있어. 그들은 어디에 의지하고 어떤 지원을 받을 수 있는지도 모른다고."

"그런 경우엔 일단 구청이나 시청에 가면 어때?"

"거기서 너 같은 사람을 만나게 된다면 좋겠지. 하지만 제 일처럼 친절하게 대해주는 담당자만 있는 건 아니잖아?"

"설마 그런 일은 없을 텐데."

"관공서 사람들은 그렇게 생각하더라도 그들은 다르게 느낀다고. 4년제 대학을 졸업하고 공무원이 된 사람들이 고등학교도 제대로 못 다닌 사람들 마음을 이해하겠어?"

"이해하려고 노력하고 있어."

"한자도 못 읽고 신청 서류 작성하는 법도 모르는 그런 사람들한테 짜증 안 내고 대할 수 있어?"

"나는 그렇게 하려고 해. 솔직히 그렇지 않은 담당자도 있지. 생활보호는 부정수급하려는 경우들이 있다보니 신청하러 온 사람을 의심하는 게 버릇이 된 담당자도 있다고 들었어. 게다가 일 년에 몇 명은 생활보호를 받지 못해 사망하는 것도 사실이고."

"그 사람들은 왜 죽은 거야?"

"돈이 없어서 아사했어."

"일본에도 그렇게 죽는 사람들이 있다는 걸 예전에는 믿지 못했어. 뉴스를 봐도 나하고는 상관없는 일이라고 생각했지. 그런데 지금은 믿어. 사망 이유는 아사가 아니야. 이미 그 전 단계에서 문제가 있었던 거지."

"신청하러 온 사람이 제대로 대화를 나누지 못했다면 담당자한테는 변명의 여지가 없는 일이야. 그 사람이 그런 처지에 처하기 전에 어떤 환경에서 살아왔고 어떤 부분이 취약한지를 이해해보려고 하지도 않았겠지. 당당하게 신청하러 와서 금세 서류를 준비하고 절차를 척척 밟을 수 있는 사람이라면 생활보호를 받을 필요가 없을지도 모른다는 사실을 담당자들은 미처 생각지도 못할 거야."

"신청하러 갈 수 있는 사람은 그나마 다행이라고 생각해. 부모한테 학대를 당해서 집에 돌아갈 수 없게 된 중학생도 있어."

나기 말고도 그런 십대 여자애들을 많이 보았다.

그애들에게 행정 절차가 어떻다고 말해줘도 잘 이해하지 못할 것이다. 관공서에 가면 가족에게 연락이 갈 거라고만 생각한다.

"그렇지……" 아마미야가 생각에 잠긴 얼굴로 끙끙댄다.

"……미안, 너한테 말한다고 방법이 생기는 것도 아닌데."

"아냐, 그렇지 않아. 방법이 없다고 생각할 거면 내가 지금 이 일을 하지도 않지. 자원봉사 동아리에서 아동보호시설에 갔을 때, 그곳 아이들과 얘기를 나누고 나서 공무원이 되겠다고 결심했었거든. 그런데도 일이 바빠서 그런 기억들을 잊고 있었네."

"동아리에서 아동보호시설에도 갔어?"

"너는 그런 곳에 안 왔지만 우린 여러 군데 갔었어."

동아리 활동을 제대로 했다면 이런 문제에 대해 좀더 일찍 생각해볼 수 있었을 텐데. 문제를 인지한다고 현실적으로 사고할 수 있는 건 아니겠지만.

"네가 그런 생각들을 하고 있고 얘기하고 싶은 마음은 이해해. 그치만 나중에 하자. 우선 쉬는 게 좋겠어."

"응?"

"네 몸과 마음이 안정된 다음에 앞일을 생각하자고. 그리고 무슨 일이 있었는지 솔직히 얘기해주면 좋겠어. 이제 화 안 낼게. 네가 말하고 싶지 않은 건 하지 않아도 돼."

"알겠어."

"오늘까지 무슨 일이 있었는지 나도 할 얘기가 있으니까."

"무슨 일이 있었는데?"

"없어진 널 찾는다고 나 말고도 고등학교랑 대학교 친구들이 얼마나 걱정했는지 알아?"

"너 말고는 연락 온 거 없었는데."

"내가 말렸으니까. 아무튼 그런 얘기도 좀 진정되면 하자. 무엇보다도 너희 가족 얘기가 먼저니까."

"집에 연락했어?"

"……나중에 얘기할게."

"알았어."

아마미야가 곤란한 표정을 지어서 우선은 더이상 묻지 않는 게 좋을 듯했다.

"여기서 잘 수는 없으니까 당분간 내 여자친구 집에 가 있어."

"……여자친구?"

"작년 말부터 사귀고 있어. 다정한 누나니까 안심해."

"……누나?"

"일단 이쪽으로 오라고 할게." 쑥스러운 모양인지 가방에서 스마트폰을 꺼내 마당으로 나간다.

나는 창문에 찰싹 붙어 통화하는 아마미야를 본다.

온화한 미소를 띤 채 얘기하고 있다.

다정한 누나라는 여자친구는 전에 사귀었던 애들처럼 아마미야를 힘들게 하는 사람이 아니겠지.

날이 저물고 하늘이 오렌지빛으로 물들어간다.

아마미야의 말대로 당분간 쉬자.

매우 지쳤고, 몹시 졸리다.

말소리가 들려 잠에서 깼다.

순간적으로 상황 파악을 못하고 방안을 쭉 둘러본다.

아마미야네 집이다.

신사 앞에서 그애를 만난 게 꿈이 아니라 현실이었음을 확인한다.

아까 아마미야가 통화하고 오기를 기다리는 동안에 잠들어버린 모양이다.

머리에 쿠션을 대주고 얇은 홑이불을 덮어준 건 아마미야겠지.

부엌에는 아마미야 말고도 여자가 있다. 둘이서 얘기하며 무언가를 만들고 있다.

"앗! 일어났다." 여자가 잠에서 깬 나를 알아챈다.

"좀더 자도 돼." 아마미야도 나를 본다.

"아니야. 이제 일어날 거야."

머릿속이 멍한 채 어린애처럼 말해버렸다. 싫은 일이나 괴로운 일이 있을 때와는 다르게 행복한 기분으로 푹 잤다.

그리고 그 행복감과 동시에 반년이 조금 넘는 시간 동안 내게 일어났던 일들이 떠오른다.

좀더 일찍 아마미야를 의지할 걸 그랬다.

꾸중을 들을지언정 만화 카페에서 자고 남자한테 돈을 받아 사는 일은 겪지 않았을 텐데.

어째서 아마미야를 의지하지 않고 홈리스가 되기를 선택했던 걸까.

"왜 그래요? 추워요?" 여자가 내 옆으로 와서 앉는다.

"괜찮아요."

"난 가와세 지즈루예요. 아마미야의 상사."

"여자친구라고 말해놨어." 부엌에서 아마미야가 말한다.

"그렇구나. 아마미야의 여자친구예요. 잘 부탁해요, 아이 씨."

지즈루 씨가 웃는 얼굴로 나를 본다.

피부가 희고 눈매가 동글동글하니 귀여운 사람이다. 어려 보이지만 나와 아마미야보다는 연상이겠지. 아마미야는 '다정한 누나'라고 했고, 그녀도 자신을 '아마미야의 상사'라고 했다. 그렇게 연상은 아닐 듯한데 정확한 나이를 가늠하기가 어렵다. 부드러워 보이는 피부는 반들반들 윤기가 흐르고, 연하라고 해도 믿을 수 있을 외모다.

"잘 부탁드립니다." 내가 말한다.

"아이 씨 얘기를 많이 들어서 궁금했어요."

"네."

"작년 말에 사귀기 시작했는데 얼마 안 있어 아이 씨가 사라지는 바람에, 걱정돼서 어쩔 줄 모르겠다는 말만 계속 들었어요. 이제 막 사귀기 시작했는데 다른 여자 얘기를 하는 건 좀 아니지 않나 싶어 불만이었거든요."

"죄송해요."

"그런데 얘기를 듣다보니 나도 걱정되더라고요. 이렇게 만나서 기뻐요. 당분간 우리집에서 같이 지내요."

"그러면 제가 면목이 없는데."

"정말 괜찮아요. 아마미야 같은 풋내기와는 달라서 그럭저럭 괜찮은 집에 살고 있으니까."

"……몇 살이세요?"

"음……" 지즈루 씨가 눈길을 피한다.

"우리보다 열 살 위." 아마미야가 말한다.

"뭐라고!"

"뭘 그렇게 놀래."

"아니, 그렇게 안 보여서요."

"삼십대 중반이면 아직 그렇게 늦지 않았답니다." 지즈루 씨가 입을 삐죽거리며 말한다.

"아니, 그게 아니라." 나는 그녀의 얼굴과 티셔츠 밖으로 드러난 팔과 손을 본다.

어떻게 봐도 이십대 같다.

단지 피부가 좋아서 젊어 보이는 건 아닐 테다.

그녀는 이제 젊지 않다는 말로 자신을 비하하지 않는다.

젊음만이 가치 있다고 생각했던 나 자신이 부끄러워졌다.

아직 스물여섯 살인 나는 세상살이에 대해 잘 알지 못한다.

나 자신만을 불쌍하다고 여기면서 다른 누구도 배려하지 못하는 사람이 되어버렸다.

인생은 나 혼자서 어떻게든 헤쳐나갈 수 있는 것이 아니다.

어떻게든 해보겠다고 무리수를 두면 반드시 누군가에게 걱정을 끼치게 된다.

"저녁은 전골 요리로 했어." 아마미야가 휴대용 버너를 들고
와 테이블에 놓는다.

"왜? 지금 여름이잖아." 내가 묻는다.

"따뜻한 음식이 좋을 것 같아서요." 지즈루 씨가 말한다. "고
기도 채소도 많이 먹을 수 있고."

"네."

"못 먹겠으면 무리하지 않아도 괜찮아요."

"먹을 수 있어요. 괜찮아요."

"네가 좋아하는 것도 넣었어." 아마미야는 부엌으로 돌아가서
질냄비를 가져와 휴대용 버너 위에 올린다.

뚜껑을 열자 하얀 국물 속에 온갖 채소와 닭고기, 그리고 찰떡
이 들어간 유부주머니가 있다.

찰떡 유부주머니라니, 오랜만에 본다.

대학생 시절, 편의점에 어묵을 사러 가면 나는 꼭 찰떡 유부주
머니를 골랐다. 다 같이 전골 요리를 해 먹을 때도 육수 종류에
상관없이 반드시 넣었다.

"먹고 싶은 만큼 먹어." 아마미야가 의기양양하게 말한다.

"고마워." 전골 요리를 보고 있으니 눈물이 쏟아질 것 같다.

여기서 울면 두 사람에게 또 걱정을 끼치게 되니 꾹 참는다.

"술은? 마실 수 있겠어요?"

"안 먹을게요." 당분간은 마시지 않는 편이 좋겠다.

"그럼 차로 하죠." 지즈루 씨는 부엌으로 가 유리컵에 보리차를 따른다.

내가 앉아 있는 동안 둘이서 저녁 먹을 준비를 한다. 뭐라도 돕는 게 좋겠지만 움직여봐야 방해만 될 것 같다. 둘은 몇 년이나 함께한 부부처럼 보인다. 부엌에서 대화하는 그 모습을 보고 있으니 마치 그들의 자식으로 다시 태어난 것만 같은 기분이 든다.

물론 인간은 다시 태어날 수 없다.

과거를 질질 끌면서 살아간다.

홈리스 시절에 만난 사람들의 얼굴을 떠올려본다.

그리고 나도 아직은 홈리스다.

당분간 무리하지 않고 지내더라도 언제까지 둘에게 의존할 순 없는 노릇이다.

돈을 벌고 집과 일을 찾아야 한다.

"미즈코시, 내일은 어떻게 할 거야?" 아마미야가 부엌에서 젓가락과 접시를 꺼내며 묻는다.

"아르바이트 갈 거야."

내일은 일일 아르바이트가 있다. 아침부터 저녁까지 공장에서 하는 단순한 작업이다.

"모레도 아르바이트?"

"아직 안 정했어." 모레 이후에도 일할 수 있다고 일정을 전달해놨지만 지금이라면 취소할 수 있다.

"당분간 쉴 수 있어?"

"쉴 수는 있지만 돈이 없어."

"그건 일단 생각하지 않아도 돼."

"어떻게 생각을 안 해."

"괜찮다니까." 아마미야는 앞접시와 젓가락을 가져와 테이블에 늘어놓고 내 앞에 앉는다.

"해야 하는 건 따로 있어."

"뭔데?"

"하고 싶은 것 없어?"

"돈을 벌고 싶어."

"그런 거 말고."

"음……"

하고 싶은 다른 일 따위 생각할 겨를도 없었다.

돈벌이만 생각하고 살아온 사이에 인간으로서 느껴야 할 중요한 감정이 결여되어버린 걸까. 생활하려면 돈이 필요하다는 사실을 가볍게 여겨선 안 되겠지만 인생에는 훨씬 중요한 것이 있다. 그걸 망각하면 돈도 벌 수 없게 되리라는 생각이 든다.

삶을 지키기 위해 돈이 필요하지, 돈을 벌기 위해 살아가는 것
이 아니다.

"건강랜드 같은 데 가는 건 어때?"

"글쎄……" 목욕은 하고 싶지만 별로 가고 싶지 않다.

"단 걸 먹으러 간다거나?"

"그건 됐어." 고개를 젓는다.

"친구를 만나거나?"

"그러고는 싶지만 좀더 있다가 만나고 싶어."

"음, 그럼……"

"맞다! 배드민턴!"

넓은 장소에서 마음껏 몸을 움직이고 싶다.

"배드민턴?"

"배드민턴 하고 싶어!"

"맞다, 너 배드민턴부였지." 웃는 얼굴로 나를 본다.

아마미야가 나의 '신'이다.

9

지즈루 씨네 집에서 자고, 저녁에는 퇴근한 두 사람과 함께 공원에서 배드민턴을 하고, 아마미야네 집에서 밥을 먹고 다시 지즈루 씨네 집에서 잔다. 그들이 일하러 간 사이에는 잠을 자거나 TV를 보면서 아무 생각도 하지 않으려고 한다.

멍하니 있다보면 만화 카페에서 지냈던 그때의 일이 문득 떠올라 불안해진다. 거의 공포에 가까워 몸이 떨려온다. 어쨌거나 서둘러 일자리를 구하지 않으면 다시 그 거리로 돌아가게 된다.

아마미야에게 이런 얘기를 했더니 "지금은 몸 상태를 회복하는 일만 생각해"라는 말이 돌아왔다. 감기에 걸린 것도 아니고 특별히 컨디션이 나쁘지 않은데, 잠을 자도 자도 부족함을 느낄 정도로 지쳤다. 작년 12월 31일에 혼자 살던 연립주택에서 나온

후 반년이 넘는 시간을 긴장 상태에서 살았던 것 같다. 늘 정신적으로 불안정하고 매사를 냉정하게 판단할 수 없었다.

잠들기 전에 지즈루 씨가 핸드크림으로 내 손을 마사지해준다. 할머니 같아진 손은 원래대로 돌아가지 않겠지만 그래도 매일 마사지했더니 아주 조금 팽팽해졌다. 이불 속에 들어가 자고 밥도 꼬박꼬박 먹었더니 머리카락과 뺨에도 윤기가 돌아왔다.

그러는 사이에 이 주일이 지나고 8월이 되었다.

"혼자 우리집으로 와." 토요일 아침에 아마미야가 전화를 걸어 나를 불렀다.

지금까지 있었던 일과 앞일에 대해 얘기해야만 한다.

"억지로 애쓰지 않아도 괜찮아요." 연락이 올 것을 알고 있었는지 지즈루 씨가 날 달래준다. "일단 가볼게요" 하고 집을 나선다.

지즈루 씨네 아파트에서 아마미야네 연립주택까지는 걸어서 십 분이 채 안 걸린다.

주택가 사이를 걷고 배드민턴을 했던 공원 앞을 지난다. 아직 이른 시간인데 아이들이 있다. 뙤약볕을 피해 나무 그늘 아래 벤치에 모여 초등학교 3, 4학년쯤으로 보이는 남자애들이 게임을 하며 놀고 있다. 게임을 할 거면 누군가네 집에 가는 게 좋을 텐데 시끄럽게 떠들어대니 쫓겨난 것이리라. 수영가방을 든 여자애들이 내 옆을 스쳐지나가 공원에 있는 남자애들에게 말을 건다. 여자애들이 누나 같아 보이지만 동급생인 모양이다.

자전거 앞쪽 바구니에 쇼핑백을 담고 뒤에 아이를 태운 여자, 동아리 활동을 하러 가는 중학생 남자애들, 땀을 흘리면서도 뛰어서 택배를 나르는 남자, 평소보다 좀더 멋을 부린 고등학생 여자애들. 주택가에는 다양한 사람들의 생활이 흘러넘친다.

작년 말까지는 내게도 일상이었을 그런 광경이 지금은 신기하게만 보인다.

눈을 감으면 머릿속에 밤 풍경이 펼쳐지고 네온사인이 넘쳐난다.

연립주택에 도착해 아마미야네 초인종을 누른다.

곧바로 아마미야가 나온다.

"일찍 왔네."

"응."

"들어와."

"실례할게." 안쪽 방으로 가서 테이블 앞에 앉는다.

"보리차 괜찮아?" 부엌에서 묻는다.

"응."

아마미야가 보리차를 담은 유리컵 두 개를 가져와 테이블에 놓고 내 정면에 앉는다.

"무슨 일이야?" 보리차를 한 모금 마시고 내가 묻는다.

"네가 사라진 동안에 있었던 일과 앞일에 대해 슬슬 얘기해볼까 싶어서."

"……난 아직 말하고 싶지 않은데."

그간의 일을 떠올리려 하자 거리에서 알게 된 여자들이 아니라 즉석만남 카페에서 만난 남자들의 얼굴이 생각난다. 그 한가운데에 게이스케라는 이름의 남자가 웃고 있다.

"네 자신에 관한 건 언젠가 말할 수 있을 때가 오면 그때 해줘도 돼. 나도 이제 화내지 않을 테니까 할 수 있겠다 싶을 때 뭐든 말해주면 좋겠어."

"화내도 괜찮아. 상냥하게 대해주면 왠지 동정받는 것 같기도 하고, 너답지도 않고."

"그래? 나도 지금은 화내고 싶은 일이 전혀 없고, 일부러 화를 참고 있는 것도 아니야."

"알았어."

지난 이 주간, 아마미야도 지즈루 씨도 내게 매우 친절했다. 너무 의존하면 안 되겠지만 그들의 아이가 된 듯한 기분을 좀더 느끼고 싶었다. 한편으론 예전처럼 화를 내지 않는 아마미야를 보며 슬프기도 했다. 다른 여자애들한테는 다정한 그애가 내게만 엄격했던 건 나를 친한 친구라고 생각했기 때문인데, 이렇게 다정하게 구니 더는 친구가 아닌 듯한 기분이 들었다. 혹시 내가 즉석만남 카페에 나갔기 때문인 걸까, 그런 한심한 생각을 했다.

즉석만남 카페에 가는 여자들에게도 저마다의 사정이 있음을 나는 이해하지만 세상에는 이를 모르고 경멸하는 사람들이 있다. 아마미야는 그렇지 않을 거라는 걸 알면서도 어쩐지 부정적으로 생각이 흘러간다.

앞으로도 이런 생각을 반복하겠지. 즉석만남 카페에 다녔던 사실을 숨기고 살아가야 할 테니. 그런데 그런 현실을 견디지 못하고 숨막혀한다면 그 거리로 돌아가는 수밖에 없다.

"우선은 일자리에 관한 얘긴데." 아마미야가 말한다.

"응."

"지인 중에 회사를 경영하는 사람이 있어. 농업을 지원하는 곳인데 거기서 일해볼래?"

"뭘 하면 되는데? 난 사무 작업 정도밖에 못해."

"사무 일과 함께 다른 업무도 시켜보면서 적성을 살펴본다고 하던데."

"그럼…… 그 말은, 적성을 살펴본 후에 안 되겠다 싶으면 잘린다는 거야?"

"그런 거 아냐. 너한테 맞는 일을 생각해주는 거지."

"어떻게?"

"내가 더는 정확히 설명하긴 힘드니까, 다음주에 한번 그 회사로 가볼래? 나도 휴가 내고 같이 갈게."

"나 혼자 갈 수 있으니까 괜찮아."

"안 돼. 나도 갈 거야."

"알았어."

혼자 가도 괜찮다고 계속 말해봐야 소용없다. 더이상 화는 안 내더라도 워낙 성격이 완고한 친구다.

"그리고 살 곳을 정해서 전입신고를 하고 보험과 연금을 신청해야 돼. 곧장 지즈루나 우리집 주소로 주민등록상 주거지를 옮겨야 맞겠지만 몇 번이나 관공서에 가는 건 번거로우니 좀더 안정된 다음에 하자."

"그래."

"지금 네가 가진 돈만으로는 집을 구하고 첫 월급날까지 생활하기가 어려워."

"그렇겠지."

돈은 신경쓰지 않아도 된다고 해서 아마미야와 재회한 뒤로는 1엔도 쓰지 않았다. 두 사람이 식사도 챙겨주고 옷도 주었다. 오늘은 아마미야가 준 티셔츠와 지즈루 씨에게 받은 청바지를 입고 있다.

저금한 돈은 줄지 않았지만 생활할 수 있는 만큼은 안 된다. 앞으로 조금만 더 모으면 괜찮을 줄 알았는데 냉정하게 계산해

보니 턱없이 부족했다. 보증금과 사례금*이 없는 집을 구할 수 있더라도 사람이 살아가려면 지붕과 벽 말고도 필요한 것이 많다. 식비와 공과금을 부담하고 화장실 휴지를 살 돈이 없으면 다시 홈리스로 돌아가게 된다.

"일을 시작하기 전까지는 생활보호를 받도록 신청하는 방법도 생각했어. 집 구하기를 지원해주는 제도도 있고. 그런데 전에도 말했듯이 네 경우는 좀 애매한 것 같아."

"애매하다니?"

"아빠한테 폭력을 당했거나 한 게 아니잖아."

"맞아, 그렇지."

"절연했어도 제삼자의 입장에서 보면 전혀 연락을 못할 정도는 아니라고 생각할 수 있으니까. 실업급여와 달라서 금전을 빌려줄 수 있는 친족이 존재하는 경우엔 생활보호나 그 밖의 다른 지원을 받을 수 없어."

"그렇구나."

아빠와 사이가 나쁘지만 나기나 사치 씨 같은 사정이 있는 건 아니다.

"그러니 일단 본가에 가봐야 할 것 같아."

---

* 일본에서 집을 구할 때 집주인에게 감사의 의미로 사례금을 지불하기도 한다.

"······그래."

"네 아버지한테 머리 숙이고 돈 빌리라고는 안 해."

"응?"

아마미야가 그렇게 말할 거라고는 생각하지 못했다.

가족이니까 터놓고 얘기하면 서로를 이해할 수 있다는 둥, 그런 말을 할 줄 알았다.

"네가 사라진 후에 고등학교랑 대학교 때 친구들 몇 명이 나한테 연락해왔어. 다들 나서서 전화를 걸거나 메시지를 보내거나 하는 건 좋지 않은 생각 같아서 나한테 맡기기로 한 거야. 너한테서 딱 한 번 답장이 왔을 땐 네가 살아 있다는 걸 확인하고는 다들 울었다고."

"······미안해."

"괜찮아. 그럴 만한 사정이 있었잖아. 기댈 수 있는 친구가 되어주지 못한 우리에게도 잘못은 있으니까."

"그렇지 않아."

혼자 힘으로 어떻게든 해보려는 생각으로 친구들을 신뢰하지 않은 탓에 많은 이들에게 심려를 끼친 꼴이 되었다. 비참해지고 싶지 않은 마음에 아무도 나 따위는 걱정하지 않을 거라고 굳게 믿었던 것뿐이다. 아마미야와 다른 친구들이 나를 걱정하지 않을 리 없다. 만약 아마미야가 행방불명이 된다면 나는 몹시 속을 태우며 아무것도 할 수 없을 것이다.

"친구들한테 수소문해서 아무도 너와 연락이 안 된다는 걸 확
인하고 시즈오카로 내려갔어. 너랑 친했던 배드민턴부 여자애한
테 주소를 물어서 본가로 갔지. 네 아버지한테 실종신고서를 써
달라고 부탁했고. 가족이 아니어도 실종신고를 할 수 있지만 동
거인이나 고용주여야 한다는 조건이 있잖아. 네 경우엔 그런 조
건에 해당하는 상대가 없으니 어쩔 수 없이 가족에게 신고해달
라고 부탁할 수밖에 없었어."

"신고 안 해줬지?"

내 질문에 아마미야가 살짝 고개를 끄덕인다.

"몇 년 동안 안 만난데다 어디서 어떻게 지내는지 전혀 연락도
안 하는데 신고를 해야 할 마음이 들지 않는다고 하시더라. 피는
안 섞였지만 호적상으로는 모친이니 새어머니한테도 부탁해봤
지만 남편 뜻을 따르겠다며 거절하셨고. 본인이 해도 괜찮느냐
고 나선 건 유키뿐이었는데, 아직 미성년자에 부모님도 계셔서
아무래도 어려웠어."

나조차도 예상 못한 충격이었다.

아무리 절연했다지만 그래도 유사시에는 아빠가 도와주지 않
을까 하는 기대가 있었다. 하지만 결국 이렇게 되리라는 것도 알
았기에 연락하지 않으려고 했던 거다. 아빠가 날 딸로 여기지 않

는다는 사실을 인정하고 싶지 않았다.

빈곤은 돈이 없는 것이 아니다.

의지할 사람이 없는 것이다.

내게는 의지할 가족이 없다.

아마미야가 날 발견하지 않았다면 앞으로 몇 년을 더 만화 카페에서 지내야 했을지 모른다. 설령 취업했어도 몸이 아프면 다시 빈곤해진다. 누구에게도 '도와달라'는 말을 못하고 그 거리로 돌아갔을 것이다.

그 거리의 여자들은 '도와달라'고 기댈 수 있는 상대가 없어서 잘못된 사람을 '신'이라고 굳게 믿고 있다.

"어쩔 도리가 없어서 실종신고는 포기했어. 범죄 사건일 가능성이 높지 않으면 경찰에 신고해봤자 아무것도 안 해주니까. 거기에 매달려 시간을 뺏기기보다 우리끼리 찾는 게 낫겠다고 생각을 바꿨지. 스마트폰으로 연락해봐도 무시만 당하니까 찾아내서 직접 얘기해야겠다고 결심한 거야."

"그랬구나."

"널 찾기까지 많은 사람들에게 도움을 받았어. 그중에서 자원봉사 동아리 후배가 알려주더라고. 대학원에서 사회학을 공부하는 지인이 너랑 얘기를 나눈 적이 있다고. 그 사람을 만나 자세하게 듣고서 네가 그 주변에 있지 않을까 해서 찾고 있었어."

"니토 씨?"

"맞아."

공원에서 니토 씨를 만났을 때 나는 도망쳐버렸다. 친절하게 대해준 그녀에게 의지했어야 했다.

"나나 지즈루나 다른 친구들이 돈을 빌려줄 수는 있어. 하지만 본가에는 한번 가봐야 해."

"집에 가봤자 교통비만 날릴 뿐이야."

"그것도 전부 받아내는 거야!" 아마미야가 담담하게 얘기하다 언성을 높인다. "나는 이전까지 네 얘기를 제대로 듣지도 않고, 가족과 좀더 대화해야 한다고 생각했어. 사정이 있어도 분명히 다시 사이가 좋아질 수 있다고 믿었어. 그렇게 할 수 없는 사람이 있다는 걸 알면서도 전부 이해하진 못했던 거야. 그런데 이번에 네 아버지를 만나고 나니 네가 가족 얘기를 꺼렸던 이유를 잘 알겠더라. 고등학교 때 어떤 일을 겪었는지도 배트민턴부 친구한테 들었고."

"그렇게 심한 꼴은 안 당했어."

"그렇지 않아! 자식으로서 당연히 받아야 할 애정을 못 받고 방치당했던 거야."

"그렇게 콕 집어서 말하는 게 더 상처입니다만."

"……미안." 아마미야가 숨을 고른 뒤 보리차를 마저 마신다.

"아냐, 괜찮아." 나도 보리차를 마신다.

"다 큰 성인이 부모에게 돈을 요구할 순 없겠지만 네 경우는 달라. 어렸을 때 받지 못했던 만큼 돌려받아야 해."

"한푼도 못 받았던 건 아니야. 학비랑 집세는 내줬으니까."

"그렇다고 그냥 넘어가는 건 말이 안 되잖아?"

"그런가."

"난 학비 걱정은 해본 적 없었고 용돈까지 받았어. 직장에 다니면서 그 금액을 계산해보니 부모란 정말 대단하구나 싶었어. 지금 생각하면 물론 감사한 일이지."

"그런 거구나."

마치 낯선 나라의 문화에 대해 들은 것처럼 충격을 받았다.

같은 동네에서 태어나고 자라 같은 고등학교와 대학교에 다녔는데 우리집과 아마미야네의 상식은 전혀 달랐다. 그쪽 부모님을 만난 적은 없지만 다정하신 분들일 것 같다. 그래서 아마미야도 누구에게나 다정한 사람으로 성장한 거겠지.

엄마는 다정했지만 돈 문제로 아빠와 다투느라 늘 정신이 없었기 때문에 나는 누구도 신뢰할 수 없는 사람이 되어버렸다. 내 성격의 한심한 면을 아빠 탓으로 돌리고 싶지는 않지만 완전히 따로 떼어내서 생각할 수도 없다. 자식은 어떻게든 부모의 영향을 받고 자란다.

"너보다 더 힘든 일을 겪는 사람은 많아."

"그렇지."

"하지만 본가를 보고 나니 네가 하지 않아도 될 고생을 했구나 싶었어. 좋은 동네에 지은 단독주택에, 집안을 봐도 생활에 어려움을 겪는 것 같지는 않았고."

"그러게."

아빠는 항상 돈이 없다고 말했지만 그럴 리가 없다는 걸 지금은 안다. 빚을 진 외중에도 새엄마와 동생을 데리고 하와이에 가곤 했다. 아빠에게 나는 돈을 쓸 가치가 없는 딸이었다.

"유키는 사립고 교복을 입고 있었어. 중학교부터 사립을 다닌 것 같더라."

"뭐?"

"동네에서는 유명한 수재인 모양이야."

"그렇구나."

"열 받지? 억울한 기분 들지?"

"조금은."

실은 몹시 화가 났다. 그런 아빠와 함께 사니까 유키도 조금은 고생할 거라고 생각했는데 아니었나보다. 아빠는 유키를 자랑스러운 아들로 여기겠지.

"그 분노를 분출해. 그러려고 본가에 가는 거야."

"음……"

"분노를 표현했는데도 아무것도 안 해줄 것 같으면 부모 자식의 연을 끊어달라고 해. 그러면 지원을 받을 수 있게 돼."

"……생각할 시간을 줘."

"알았어."

"우선은 일자리 면접에 갈게. 그리고 돈이 얼마나 필요한지 계산해서 부족한 금액을 따져본 다음에 어떻게 할지 생각할게."

"좋아, 그러자."

아마미야는 텅 빈 유리컵 두 개를 들고 부엌으로 가 냉장고에서 보리차를 꺼내 따른다.

창밖에는 매미가 울고 있다.

이명처럼 어렴풋하지 않고 바로 가까이서 들린다.

고등학교 여름방학 때, 친구랑 바다에서 놀다가 돌아왔는데 집에는 아무도 없었다. 나를 빼고 가족 셋이서 외식하러 간 것이었다. 저녁밥을 짓고서 공연히 넓게 느껴지는 주방에서 혼자 밥을 먹었다.

그때 분노해야 했던 걸지도 모른다.

*

세탁해서 다림질한 블라우스와 드라이클리닝한 치마를 입는다.

바깥은 맑고 화창하다.

기온이 오를 것 같아 재킷은 입지 않고 가방과 함께 든다.

침실 거울 앞에서 전신을 확인한다.

"빠트린 거 없어요?" 지즈루 씨가 침실로 들어온다.

"없는 것 같아요. 이력서는 먼저 보냈으니까 손수건이랑 티슈 정도면 되겠어요. 지갑도 챙겼고요."

"아마미야가 소개한 곳이어도 아니다 싶으면 거절해도 돼요."

"네."

오늘은 아마미야와 함께 면접에 간다.

그래서 정장을 드라이클리닝하고 머리도 잘랐다. 어깨 밑까지 내려왔던 머리를 턱선까지 짧게. 세탁비도 미용비도 직접 냈다. 가진 돈이 줄어들어 불안하긴 했지만 내 생활이 원래대로 돌아오고 있다는 기쁨도 있었다.

"저녁은 뭐가 좋겠어요?"

"아무거나 좋아요."

"그런 대답이 제일 어려워."

"그렇죠. 음, 뭐가 좋으려나."

"축하 파티 분위기가 좋겠죠?"

"아직 취업이 결정된 것도 아닌데요."

"참, 그렇지." 지즈루 씨가 소리 높여 웃는다.

그녀가 웃으면 꽃이 핀 것처럼 주위가 밝아진다.

내가 행방불명인 동안 그녀가 이 미소로 아마미야를 지탱해줬으리라.

내게도 지즈루 씨가 있어서 다행이다. 다른 친구의 집이었다면 이렇게 며칠씩이나 있지 못했을 테다. 나는 거실에서 이불을 깔고 잔다. 각각의 공간이 잘 분리되어 있어 지나치게 신경쓰지 않아도 된다. 그뿐만 아니라 언제나 웃는 얼굴인 그녀와 있으면 엄마와 함께인 듯한 기분이 든다.

엄마는 마흔 살도 되기 전에 돌아가셨다. 지금의 지즈루 씨와 크게 다르지 않은 나이다.

중학생이었던 나는 엄마의 고통과 괴로움을 이해하지 못했다.

나만 의지하는 데서 그치지 않고 그녀에게도 내가 신뢰할 수 있는 상대가 되면 좋겠다.

"닭 튀김이랑 지라시즈시*가 좋겠어요." 내가 말한다. "어린이 생일잔치처럼."

"축하 파티 맞네요."

"취업은 못했더라도 면접에 가는 일만으로 한 걸음 나아가는

---

* 생선회, 달걀부침, 채소 등을 얹어 덮밥처럼 먹는 초밥의 한 종류.

거니까요."

"맞아요."

"그런데 오늘은 저랑 아마미야가 저녁 준비할게요. 점심 전에는 면접이 끝날 테니까."

"괜찮겠어요?"

"저 요리 잘하니까 맡겨만 주세요."

"음……" 지즈루 씨가 생각에 잠긴 듯한 표정을 짓는다.

"왜 그래요?"

"아마미야랑 둘이서 저녁 준비를 한다……"

"걱정 안 해도 돼요. 이제 와 그애랑 둘이서 닭 튀김을 만든다 한들 아무 일도 안 생기니까요."

"정말이에요?"

"네."

"솔직히 말하면 난 지금도 좀 걱정돼요." 그녀가 말하며 침대에 앉는다. "아마미야는 아이 씨를 정말로 소중히 여기는 것 같으니까. 줄곧 아마미야를 괜찮은 사람이라고 생각했지만 너무 어려서 마음을 접고 좋은 상사인 척을 했거든요. 그러다 작년 말에야 드디어 사귀게 됐는데, 늘 아이 씨 걱정뿐이더라고요."

"좋은 상사에서 어떻게 연인이 된 거예요?"

"송년회 끝나고 서로 집이 가까워서 함께 돌아가다가 한잔만 더 하자는 얘기가 나와서 우리집에 왔어요."

"오, 그랬군요."

"술김에 벌어진 일이니까 잊으라고 했는데, 아마미야가 우리 관계를 확실히 하고 싶다고 하더라고요. 삼십대 후반의 여자에게 손을 댔으니 책임을 져야 한다고 생각한 걸지도 모르지만."

"저랑은 필름이 끊길 때까지 술을 마신 게 몇 번이나 되는데 손가락 하나도 건드린 적 없어요. 다른 상대와도 술김에 뭔가를 했다는 말은 들어본 적 없고요. 원래부터 지즈루 씨를 좋아했는데 어떻게 하면 좋을지 몰라 술의 힘을 빌린 거예요."

"그런 걸까요?"

"맞을 거예요."

"그렇구나." 그녀가 기쁜 듯 미소를 지으며 일어선다. "슬슬 나갈까요?"

십 년 후의 나는 어떤 모습일지 상상도 할 수 없지만, 서른여섯 살이나 된 사람이 내 생각만큼 그렇게 어른이 아닐지도 모르겠다. 십 년 전의 나를 돌이켜봐도 그런 것 같다. 고등학생 때는 이십대 후반이면 훨씬 야무지고 의젓할 거라고 생각했다. 삼십대가 되어도 십대나 이십대와 마찬가지로 좋아하는 남자 때문에 고민하고 그러는 거겠지.

"가요."

출근하는 그녀와 함께 집에서 나와 역으로 향한다.

역에 도착하니 아마미야가 기다리고 있었다.

면접에 동행하는 것뿐이라 정장 대신 흰색 반소매 셔츠를 입고 있다.

나와 지즈루 씨를 발견하고 웃으며 손을 흔든다.

아마미야는 그녀 앞에서만 유독 더 온화하게 웃는다.

전철을 타고 삼십 분 정도 가서 내린다.

앞서 걸어가는 아마미야를 따라 역 앞의 도로를 건너 건물로 들어간다.

어쩐지 안 좋은 예감이 들더니 결국 적중했다.

전에 일일 아르바이트로 사무 작업을 하러 왔던 회사가 있는 건물이다.

건물 안에는 몇 개의 회사가 있다. '농업을 지원하는 곳'이라고 아마미야는 말했고, 일일 아르바이트로 갔던 회사는 인터넷으로 유기농 채소를 판매했다. 같은 건물에 있는 다른 회사라고 생각하기는 어렵다. 그 회사에서 일하고 싶은 마음이 있지만 채용될 리 없겠지. 늦잠을 자서 단 하루짜리 일자리를 날린 곳이다. 전에 온 적이 있다는 말을 안 하면 들키지 않을지도 모른다. 딱 한 번 온 아르바이트생의 얼굴 따위 기억하지 않겠지만 그래도 거짓말하고 싶지 않다. 한 번이라도 거짓말을 하면 계속 거듭하게 되니까.

"아마미야, 여기 안 돼."

"왜?"

"일일 아르바이트로 왔던 곳인데. 그다음 출근을 어겼어."

"그게 무슨 말이야?"

무슨 일이 있었는지 아마미야에게 털어놓는다.

홈리스가 된 지 얼마 안 됐을 무렵에 일일 아르바이트를 했던 일도 자세히 얘기하지 않은 터였다.

"그래? 그래도 괜찮을 것 같아."

"안 괜찮아."

"미리 제출한 이력서에 대해서도 아무 말 없었고."

"괜찮을까……"

"일단 오늘은 면접을 보자. 거짓말하지 않고 솔직하게 말하면 돼. 그 이유로 떨어지면 유감인 거고. 채용되면 앞으로 지각하지 않도록 열심히 하면 되지. 네가 원래 지각하는 사람은 아니잖아?"

"맞아." 학교에도 직장에도 그리고 친구와의 약속에도 늦어본 적이 없다.

"그보다 여기는 탄력근로제니까 사원이 되면 지각이라는 개념도 필요 없지 않을까."

"그래?"

"그런 것도 물어보고 너에 대해서도 잘 얘기해서 앞일을 의논하면 될 거야. 혼자서만 생각하고 결정하지 마."

"알겠어."

일하고 싶었던 회사에서 면접을 볼 수 있게 됐으니 도망치면 안 된다. 할말을 했다가 떨어진다면 후회도 하지 않겠다.

"가자."

아마미야를 따라 엘리베이터를 타고 5층에서 내린다.

예상대로 전에 왔던 회사다.

아마미야가 안내데스크 앞에 서서 누군가에게 전화를 건다. 잠시 기다리라고 했는지 옆에 있는 소파에 앉는다. 나도 앉아서 가져온 재킷을 입는다.

"정장 입고 면접하는 회사가 아닌 것 같아."

"괜찮아. 그건 그렇고, 여기 사장님이랑 아는 사이야?"

"응."

"어떻게 아는데?"

"술친구."

"그렇구나. 자원봉사 일로 아는 건가 했어."

"원래는 그런데, 지금은 그냥 친구야."

안내데스크 안쪽에서 문이 열리고 여자가 나온다.

일일 아르바이트 때 담당자다.

"어머, 미즈코시 씨!" 그녀가 손을 흔들며 우리 쪽으로 온다.

"그때는 정말 죄송했습니다." 자리에서 일어나 머리를 숙인다.

"괜찮아요, 신경쓰지 마세요. 지각해도 괜찮으니 와주기를 바랐었는데."

"정말요?" 나는 고개를 든다.

"여기 왔던 아르바이트생 가운데 독보적으로 우수했으니까요. 가미야 씨가 이 사람 여기 온 적 있지 않느냐며 이력서를 보여주는데 깜짝 놀랐지 뭐예요."

"……가미야 씨요?"

"CEO."

"사장님이시군요."

"맞아요. 다시 인사하죠, 이즈미라고 해요." 그녀가 케이스에서 명함을 꺼낸다.

"미즈코시입니다." 나는 명함을 받는다.

"가미야 씨가 안에서 기다리고 있으니 가시죠."

"사장님께서 직접 면접하시나요?"

"우리 회사는 그래요. 가미야 씨가 대화를 나눠본 다음에 채용 여부를 결정해요."

우리는 이즈미 씨가 안내하는 쪽으로 따라간다.

카페 같은 분위기는 여전하다.

사무실에 온 건 처음인지 아마미야가 신기하다는 듯 사내를 둘러본다.

"내 직장과는 완전히 다르네." 작은 소리로 말한다.

"당연하지. 구청이 이럴 수는 없잖아."

"분위기를 이렇게 바꾸면 사람들이 오기가 쉬워지지 않을까."

구청을 카페처럼 가벼운 분위기로 만든다면 비판하는 사람들은 많겠지만 무슨 일이 있을 때 선뜻 상담하러 가기는 쉬워질지도 모른다.

사회보험에서 국민건강보험으로 전환 신청을 하러 갈 때만 해도 관공서라는 장소는 장벽이 높다고 느꼈다. 어디로 가서 어떤 서류를 쓰고 어디에 내면 되는지를 인터넷으로 알아보고 갔다. 사치 씨 혼자서 생활보호 신청을 하러 간다는 건 아무리 생각해도 어려운 일이다.

내가 아마미야와 지즈루 씨랑 지내는 동안, 사치 씨와 나기는 어떻게 살고 있을까.

"가미야 씨." 이즈미 씨가 안쪽의 넓은 책상 귀퉁이에서 컴퓨터 화면을 보고 있는 남자에게 말을 건다.

전에 여기 왔을 때 그는 회색 맨투맨 티셔츠를 입고 있었다. 오늘은 흰색 티셔츠다.

"두번째네요." 그가 자리에서 일어나 고개를 숙인다.

"잘 부탁드립니다." 나도 그 앞에 서서 고개를 숙인다.

"앉으세요."

"실례하겠습니다." 나무의자를 당겨 앉는다.

내 옆에 아마미야가 앉고 이즈미 씨는 가미야 씨 옆에 앉는다.

"사무 일이 특기죠?" 그가 내 눈을 보며 말한다.

"업무 내용에 따라 다릅니다."

"그런가요?"

"흔히 서무라고 하는 일은 웬만큼 할 수 있고요. 전에 일일 아르바이트로 맡아서 했던 업무 같은 거라면 자신 있습니다."

"그렇군요. 미즈코시 씨를 채용하면 일일 아르바이트생을 부르지 않아도 되려나." 눈길을 돌린 채 생각에 잠긴 얼굴로 한동안 말이 없다.

아무리 봐도 대학생 정도일까 싶은데 몇 살일까. 따로 손질하지 않은 조금 긴 머리는 그가 움직일 때마다 찰랑찰랑 흔들린다. 피부는 희고 매끈하다. 나이 따위가 뭐 중요한가 싶다가도 역시나 궁금해진다.

"그럼 처음 몇 달은 미즈코시 씨가 사무 일을 하면서 이곳에 익숙해지면 다른 업무를 맡는 걸로 하고, 그런 다음에 다시 일일 아르바이트를 부르는 게 좋으려나."

"일일 아르바이트를 쓰지 않으면 곤란한 일이라도 있나요?"

"회사 입장에서 곤란한 점은 딱히 없어요." 가미야 씨가 나를 보며 말한다. "하지만 일일 아르바이트생을 쓰는 게 우리 방침이에요. 그중에서 우수한 사람이 있으면 우리 회사에서 일해볼 생각이 있는지 상담을 합니다. 미즈코시 씨는 굉장히 뛰어나다고 들었기 때문에 다시 불러서 얘기를 해볼까 했었어요."

"그랬군요. 정말 죄송합니다." 나는 고개를 숙인다.

마유 때문이라고 생각했지만 실은 내 탓이다.

편하게 돈을 벌고 싶어 의지할 상대를 잘못 고른 내 책임이다.

"신경쓰지 마세요."

"저기, 저 그렇게 뛰어나지 않아요. 대학 졸업 때는 아무데서도 채용되지 않았고요, 파견사원에서 정규직이 되지도 못했어요."

"미즈코시 씨가 지금까지 응시했던 회사와 우리는 채용 방침이 다르다고 생각해주세요. 일단 이력서를 제출해달라고 했지만 학력이나 자격증 같은 건 크게 상관없습니다. 지원 동기도 얼마든지 거짓으로 쓸 수 있으니 중요하지 않고요. 유일하게 보는 게 있다면, 글씨를 어떻게 쓰는가예요. 연습하면 어느 정도는 글씨를 깔끔하게 쓸 수 있죠. 글씨가 지저분하다는 건 노력을 포기했다는 증거예요. 미즈코시 씨는 일 처리가 빠르고 성의가 있다고 이즈미 씨가 말하길래 우리 회사에서 같이 일하면 좋겠다고 생각했어요. 일할 때 성의가 있다는 건 굉장히 중요하지만 그렇게 못하는 사람이 많죠. 아마미야 씨 덕분에 다시 만나서 다행이에요. 반년 넘게 힘든 생활을 했다고요?"

"……네."

"그동안 무엇을 했는지 저는 묻지 않을 거예요. 우리 회사에서 일하게 된다면 그때의 일은 신경쓸 필요도 없습니다. 미즈코시 씨가 어떤 생활을 했는지 알고 안 좋게 말할 사람은 우리 회사에 없으니까요. 만약 있다면 그렇게 말한 사람을 그만두게 할 겁니다."

"어째서죠?"

가미야 씨는 전혀 거만한 구석이 없이 차분하게 얘기한다. 하지만 대학생 같은 외모에 비해 상상도 할 수 없을 만큼 강한 의지를 지닌 사람으로 보인다.

"저는 대학을 안 나왔어요. 그런대로 고등학교는 졸업했고요. 대학을 가려고 생각했던 적은 한 번도 없습니다."

"네."

"어머니가 홀몸으로 저를 낳았어요. 이십오 년 전, 바닷가 작은 마을에선 멸시당할 일이었죠. 아버지가 누군지도 몰라요. 남한테 임신한 사실조차 말할 수 없는 사정이 있었다고 생각해요. 어머니는 낮에 하는 일을 구하지 못해 동네의 작은 술집에서 일했어요. 몇 년 간격으로 바뀌는 어머니의 애인들이 우리집에 왔고요. 대부분이 나를 성가시게 여겼고 폭력을 휘둘렀죠."

갑자기 심각한 얘기가 나와 당황했지만 일단 들어두는 편이 좋을 듯했다. 그 와중에 알게 된 그의 나이는 이제 아무래도 상관없다. 이즈미 씨가 놀라지 않고 듣는 걸 보니 이 회사에서 일하는 모두가 아는 얘기일 테다.

"엇나갈까도 생각했지만 저한테는 안 맞았어요. 동네에는 불량배들도 살아서 중학생 때는 그들과 어울렸던 시기도 있어요. 그런데 전혀 재미가 없더라고요. 술집에서 일하는 엄마는 아주 괴로워 보였고요. 원래는 미대에서 공부했는데 친구도 별로 없고 혼자 그림만 그렸던 모양이에요. 당연히 물장사가 맞을 리 없겠죠. 임신하고 내가 태어나버리는 바람에 대학을 그만두고 맞지도 않는 일을 할 수밖에 없었고요. 단 며칠의 일탈이었지만 어머니의 그런 심정을 조금은 알게 됐습니다."

"그랬군요."

"하지만 집에 돌아가면 그 애인들한테 얻어맞곤 했으니 친구네 집에서 먹고 자고 했어요. 거기서 친구네 형한테 컴퓨터 사용법을 배운 거예요. 고등학교에 들어가서는 학교에 있는 컴퓨터로 창업 공부를 했습니다. 저뿐만 아니라 어머니와 함께 가난에서 벗어나려면 그 길밖에 없다고 느꼈으니까요. 대학을 나오지 않으면 고액 연봉을 받는 회사에는 취업하기가 어렵죠. 고졸과 대졸의 생애 임금 차이는 몇 천만 엔이라고 하고요. 그걸 뒤집을 수 있는 일을 해야 해요. 학자금 대출을 받아 대학에 갈 수는 있었겠지만 저는 하루라도 빨리 돈을 벌고 싶었어요. 고등학교를 졸업하고 인터넷을 통해 알게 된 친구와 시작한 게 이 회사고요. 처음엔 힘들었지만 이제 이 일로 먹고 살 수 있겠다 싶을 때 어머니가 돌아가셨죠. 이상입니다."

"네?"

"가미야 씨, 설명이 조금 부족한 것 같은데요." 이즈미 씨가 말한다.

"아, 그러니까 제 말은, 아무튼 저는 그렇게 자랐고 우리 직원들 대다수가 비슷한 환경에서 자라왔다는 거예요. 그래서 빈곤 가정의 자녀들을 지원하는 일이 회사의 목표 중 하나고요. 거기에 동의할 수 없는 사람은 같이 일할 수 없죠. 미즈코시 씨처럼 대학을 졸업했지만 취업이 안 돼서 방황했다는 직원도 많아요."

"나도 그랬어요." 이즈미 씨가 나를 보며 미소 짓는다. "대학은 들어갔는데 학자금 대출을 받아 다녔어요. 학비뿐 아니라 생활비도 대출에 의존해서 졸업할 때는 상환액이 500만 엔 이상이었죠. 취업이 안 돼서 파견사원으로 일했더니 월 실수령액이 20만 엔도 안 되더라고요. 의지할 사람이 없어서 밤에는 카바레클럽에서 일했어요. 거기서 가미야 씨가 날 이 회사에 취직시켜주었죠."

"……카바레 클럽이요?"

"아, 그런 거 이해 못하나요?"

"아니, 아니에요. 이즈미 씨가 거기서 일했다는 것도 의외지만, 가미야 씨가 그런 곳에 다닐 것처럼은 안 보여서요."

"그런 거 아니에요!" 그의 얼굴이 붉어진다. "딱히 여자를 만나려거나 내가 가고 싶어서 간 게 아니에요. 아마미야, 설명해줘!"

"뭐, 남자들이 모이면 그런 곳에 갈 때도 있다는 거지." 아마미야가 말한다. "나랑 둘이서는 그런 곳에 안 가지만, 다른 사람들도 있을 때는 거절할 수 없으니까. 가미야가 싫어할수록 더 재미있어하는 녀석도 있고."

"맞아요." 이즈미 씨가 고개를 끄덕인다. "가미야 씨가 제일 끄트머리에 앉아 오렌지주스를 마시며 집에 가고 싶어하는 표정으로 있더라고요. 내가 먼저 괜찮냐며 말을 걸고 얘기를 나누다 그렇게 된 거예요."

"그렇게요?"

"아, 취업이요. 남녀관계가 아니라."

"아, 그렇죠."

이즈미 씨가 그에 관한 건 뭐든 다 알고 있는 듯해 사귀는 사이인 줄 알았다.

"아무튼 저는 미즈코시 씨가 우리 회사에서 일해주면 좋겠어요." 가미야 씨가 말한다. "우선은 할 수 있는 일을 하면서 어떤 업무를 맡을지 정하도록 할게요. 우리 회사는 밭도 소유하고 있어서 농작업을 할 때가 있습니다. 그런 일도 해보면 좋겠어요. 적성에 맞고 안 맞는 일이 있으니, 안 맞는 일로 애쓸 필요는 없습니다. 미즈코시 씨에게 잘 맞는 일을 찾으면 돼요. 그런 방식으로 하는 게 어떨까요?"

"잘 부탁드립니다."

가미야 씨는 굉장한 고생을 하면서 누구보다도 노력해왔을 것이다. 그래도 노력만으로 회사를 성공시킬 순 없는 일이니 본래 머리가 좋은 사람일 테다.

카바레 클럽 얘기에 얼굴을 붉히는 걸 보면 순진한 면도 있는 것 같고.

어머니가 술집에서 일했으니 그런 장소에 복잡한 감정을 품을 법도 한데 가미야 씨는 단순히 부끄러워하는 듯 보인다. 겉모습만 젊은 게 아니라 속으로도 어린 면이 남아 있는 모양이다. 타인과 의견을 나누는 데 아직 능숙지 않아 말소리도 그리 크지 않은 것이리라.

어쩌면 그도 어른이 되기를 거부하며 살아왔는지도 모른다.

나기와 닮았다는 느낌이 들었다.

"그럼 자세한 내용을 설명해야 하니 잠깐 기다려주세요." 이즈미 씨가 자리에서 일어선다.

"네."

"저는 이만 실례할게요." 가미야 씨가 자리에서 일어나 화장실 쪽으로 간다.

"감사합니다." 나도 일어나 그의 뒷모습에 대고 고개를 숙인 다음 다시 앉는다.

"아무래도 너 같은 사람을 좋아하는 것 같아." 아마미야가 말한다.

"뭐라고?"

"저렇게 얼굴을 붉히고 초조해하는 거 처음 봤어."

"그렇구나."

"널 채용하는 일과는 전혀 별개의 문제니까 성희롱이라고 생각하진 말아줘. 사장으로서 그런 감정은 알아서 잘 다스릴 테니."

"안 그래."

불쾌한 기분은 들지 않았다.

오히려 좀 기쁘다.

가슴 언저리가 두근거리며 따뜻해진다.

누군가에게 호감을 얻고 누군가를 신경쓴다는 건 이렇게 마음이 따뜻해지는 일이다.

10

　일요일 아침 일찍 지즈루 씨네 집을 나와 아마미야와 함께 신칸센을 타고 시즈오카에 다녀왔다.

　본가에 가는 건 대학교 2학년 때 이후로 처음이다.

　그때는 아빠도 유키도 외출하고, 내가 과거 삼 년 동안만 엄마로 여겼던 사람밖에 없었다. 그녀에게 인사말만 건넨 뒤, 내 친모의 불단으로 가 손을 모아 기도하고 곧바로 집을 나왔다. 그후 친구의 결혼식 등이 있어 시즈오카에 갈 때면 친모의 납골당에는 들러도 본가에는 가지 않았다.

　단독주택의 하얀 담벼락 앞에 아마미야와 둘이 섰다.

　외관은 변함이 없지만 주차장에 외제차가 세워져 있고 비싸 보이는 자전거도 있다.

"가자!" 아마미야가 초인종을 누르려고 한다.

"잠깐, 초인종을 눌러야 했나?"

"맞다. 너희 집이지."

"본가에 갈 때, 초인종 눌러?"

"안 눌러."

"그래도 지금은 누르는 게 낫겠지? 갑자기 들어가는 건 안 될 것 같아."

"그러게. 연락은 해뒀지만."

이곳에 오기 전에 아마미야가 아빠에게 연락했다. 일요일 오전으로 시간을 지정한 사람은 아빠다. 도쿄에서 몇 시간이 걸리는지 따위는 생각도 안 하고 본인 사정에 맞춰 정했겠지.

"누를까?" 내가 초인종으로 손을 뻗는다.

"아니. 아무래도 지금은 딸로서 네 권리를 보여주는 게 좋겠어."

"갑자기 들어가면 훨씬 더 어색해질 것 같은데."

"가족끼리 어색하긴 뭐가 어색해."

"우리는 기본적으로 어색해서 그렇지 않은 가족을 떠올리기가 어려워."

이렇게 집 앞에서 얘기하는 와중에 현관문이 열린다.

고등학생쯤 되는 남자애가 나를 보고 있다.

유키다.

나보다 키가 20센티미쯤 작았던 유키는 이제 나보다 15센티
미터는 크다. 눈매가 아빠를 쏙 닮았고 나와도 많이 닮았다.

"안녕." 유키가 말한다.

"안녕." 나도 말한다.

오랜만에 만난 누나와 동생이 나눌 법한 인사는 아닐 테지만
그 말밖에 나오지 않았다.

"저…… 아빠랑 엄마가 기다리고 계셔. 들어와." 유키가 문을
활짝 연다.

"그럼, 들어갈게."

우리는 현관에서 신발을 벗고 유키를 따라 안쪽 거실로 간다.

고등학교를 졸업할 때까지 십팔 년 넘게 살았던 곳인데 마치
남의 집 같다.

L자형 소파에는 아빠, 그리고 엄마였던 사람이 앉아 있다. 유
키는 안쪽 주방에 가서 혼자 앉아 스마트폰을 들여다본다.

"오랜만이에요." 아빠 앞에 서서 내가 말한다.

"저도 함께 왔습니다." 아마미야가 말한다.

아빠는 아무 말이 없고 엄마였던 사람은 난처하다는 얼굴로
나와 아마미야를 바라본다.

면접을 보는 것도 아닌데 앉으라고 할 때까지 서 있을 필요는
없으니 소파에 앉는다. 아마미야도 내 옆에 앉는다.

"잘 지냈어?" 엄마였던 사람이 말한다.

"……아니요."

"힘들었던 모양이네."

"……네."

"이제 괜찮은 거니?"

"……아니요."

내 입에서 "이제 괜찮아요. 심려를 끼쳤습니다" 같은 말이 고분고분 나오기를 바랐겠지.

반항적으로 구는 나도 잘하는 건 아니지만 아무 문제 없는 척하는 그녀의 태도에 아무래도 화가 치민다. 내가 고등학생 때도그랬다. 자기에게 불리한 일은 보여도 안 본 척을 하고 싶으니엄마의 유품을 멋대로 버렸던 거다. 나와 아빠의 일에 그녀는 관계없으니 나가줬으면 좋겠다.

"돈 얘기라면, 난 못 준다." 아빠가 말한다.

"아직 아무 말도 안 했어요." 내가 대꾸한다.

"너는 어릴 때부터 그랬어. 돈이 필요할 때만 연락하고. 내가돈으로만 보이지?"

"……"

하고 싶은 말이 있지만 아무 대꾸도 할 수 없다.

아마미야가 내 등을 두드려주었지만 말은 나오지 않았다.

"멜론 먹을까?" 엄마였던 사람이 자리에서 일어나 주방으로 간다. "선물로 받은 건데, 고급 멜론이야. 마침 먹기 좋게 숙성된 것 같아서 냉장고에 시원하게 넣어놨어."

냉장고에서 멜론을 꺼내 자르는 그녀의 모습을 나와 아마미야는 말없이 바라본다. 유키도 스마트폰을 보다가 고개를 든다.

그녀는 팔등분으로 자른 멜론 중 하나를 유키 앞에 놓는다. 그런 다음 나머지가 담긴 쟁반을 들고 거실로 돌아와 아빠 앞에 하나를 놓고 아마미야와 본인 앞에 놓은 뒤, 마지막으로 내 것을 놓아주고 자리에 앉는다.

그 순서가 오로지 고의로만 느껴지는 상황에서, 그녀가 나를 얼마나 싫어하는지 절실히 알겠다.

"잘 먹겠습니다." 아마미야가 말한다. "모처럼 보는 멜론이니 너도 먹어."

"응." 포크를 들고 한입 먹는다.

그러나 입에 넣는 순간, 구토가 올라왔다.

거실에서 나와 화장실로 달려가 방금 입에 넣은 멜론을 토해낸다.

게이스케라는 이름의 남자에게 당한 일이 생각나고 말았다.

그 남자와 함께 멜론 파르페를 먹으며 웃었던 나는 얼마나 멍청했던 걸까.

"왜 그래? 괜찮아?" 뒤따라온 아마미야가 묻는다.

"괜찮아?" 유키가 수건을 가져왔다.

아빠나 엄마였던 사람은 오지 않는다.

아마미야와 유키의 사이를 지나 세면대로 가서 입을 헹구고 심호흡을 한다.

그리고 복도를 달려 거실로 돌아가 멜론이 담긴 접시를 바닥에 내팽개친다.

"뭐하는 짓이야!" 그제서야 아빠가 자리에서 일어난다.

"돈 주세요!"

"돈은 못 준다고 했을 텐데. 애인 있잖아, 저 남자한테 받아!" 거실로 온 아마미야를 가리킨다.

"아마미야는 친구지 애인이 아니에요!"

"그런 남자는 데려오지 마!"

"제가 누구와 있든 아무 관심도 없죠? 아마미야가 번듯한 사회인으로 보이니까 함부로 할 수 없어 그저 성가실 뿐이죠? 부모로서 돈을 낼 의무가 있다느니 하는 말, 듣는 게 싫은 거죠?"

"부모한테 말투가 그게 뭐냐!"

"존댓말 쓰고 있는데요!"

"너는 어릴 때부터 그랬어! 말본새가 건방져서 들어줄 수가 없다고!"

"당신 같은 아빠 밑에서 가정교육을 못 받아 그래요!"

"이게!"

말문이 막혔는지 아빠가 손을 치켜든다.

하지만 그 손은 내게 날아오지 않았다.

딸을 때려서는 안 된다고 생각한 게 아니라, 이 상황에서 폭력을 휘두르면 자신에게 불리하다고 판단했을 것이다. 버릇없는 딸을 벌줄 애정도 없다.

"저, 남자한테 몸 팔았어요. 잘 모르는 남자랑 호텔에 가서 섹스하고 2만 엔을 받았어요. 폭행까지 당하고 너무너무 싫어서 죽고 싶을 정도였어요. 받은 돈으로 병원에 가서 사후피임약을 받았어요. 반년 넘게 만화 카페에서 자고 남자가 주는 돈으로 생활하는 것 말고는 살 방도를 찾을 수 없는 지경이 됐다고요. 여기서 돈을 못 받으면 앞으로도 그런 생활을 계속하게 될 거예요."

"……" 아빠는 아무 말 없이 내린 손을 바라본다.

"딸이 그렇게 살지 않기를 바라는 애정도 없다면 부모 자식의 인연을 완전히 끊어주세요. 그럼 정부의 지원을 받아 다시 생활할 수 있으니까."

"……얼마가 필요하냐."

"……100만 엔이요."

그만큼은 아니어도 되지만, 여기까지 오는 신칸센 안에서 아마미야가 조금 많은 액수를 말하라고 했다. 그 절반만 받을 수 있어도 충분하다.

"그렇게 많이는 못 줘. 유키의 대학 입시도 있고 여러모로 힘들다."

"유키 핑계 대지 마세요. 본인이 하고 싶은 대로 살려니까 힘든 거잖아요? 밖에 있는 차, 저도 봤어요."

"다 너희를 위해서 돈을 벌려고 노력해왔던 거다."

"진심으로 저랑 엄마를 생각했다면 좀더 다르게 행동하셨어야죠. 제가 외롭다고 했을 때 집에 와줬나요? 돈, 돈, 하고 먼저 말했던 사람은 제가 아니라 당신이에요."

"……100만 엔은 어렵더라도, 돈은 내일 중에 입금하마."

"지켜주세요."

"알겠으니 두 번 다시 몸 팔고 그러지 마라."

"……네."

"……꼴사납게." 아빠가 그렇게 중얼거리며 소파에 앉는다.

안 해도 되는 그 한마디를 어째서 참지 못하는 걸까.

나에 대한 애정이 있어서 아빠가 돈을 주겠다고 결정한 건 아니다.

그래도 받아낼 수 있는 걸 다행이라 여기자.

멍하니 서 있는 엄마였던 사람과 유키의 사이를 지나 현관을 빠져나와 그 집에서 멀어진다.

"잘했어." 아마미야가 내 머리를 쓰다듬는다.

"……으으." 화를 내고 싶은 건지 분한 건지 울고 싶은 건지 알 수 없어 신음한다.

"누나!" 유키가 우리를 뒤쫓아 달려온다.

"왜?" 나는 뒤를 돌아본다.

"나, 고등학교 졸업한 후에는 도쿄에 갈 거야. 그리고 연락할게. 무슨 일 있을 때 누나가 나한테 의지하면 좋겠어."

저런 집에서 자라고도 어떻게 이토록 착한 아이가 되었을까. 오늘만 해도 자기와는 상관없는 일이라며 친구네 집으로 피할 수도 있었을 텐데 일부러 나를 기다려주었다. 유키 자신은 부모의 애정을 받고 있어도 나와 아빠 사이의 불화를 피부로 느꼈을 테다. 저들이 유키에게 올바른 애정을 줄 수 있다고도 생각하지 않는다. 유키는 나를 반면교사 삼아 얌전히 있는 편이 좋겠다고 판단했는지도 모른다. 그렇다면 지금 그애도 힘들겠지. 아빠에게 반발하지 않고 얌전히 말 잘 듣는 아이로 있으면서 다른 도움의 손길을 구하고 있을지도 모른다.

"너한테는 안 기대."

"돈 문제만이 아니라 남동생으로서 의지될 만한 일이 있을 거라고 생각해."

"그러게. 하지만 그보다 네가 먼저 나를 의지해줘. 도쿄로 와서 힘든 일 있으면 연락해. 시즈오카에 있는 동안에도 무슨 일 있으면 연락하고."

"……누나."

"그럼 또 보자."

유키에게 손을 흔들어 인사하고 나와 아마미야는 역으로 향한다.

같이 산 세월이 삼 년밖에 안 되는 유키를 남동생으로 받아들이고 좋아해주기는 어렵다.

그래도 친구는 될 수 있지 않을까 하는 기분이 든다.

함께 살던 시절, 유키는 곧잘 〈날아라 호빵맨〉 노래를 나와 함께 부르고 싶어했다. 아직 어렸던 아이 나름의 마음을 전하고 싶었던 걸까. '사랑과 용기만이 친구'*라는 단 한 문장의 가사를 내게 전하고 싶었던 걸지도 모르겠다.

모처럼 시즈오카에 왔으니 친구도 만나고 아마미야의 본가에도 들를까 하다가 곧장 도쿄로 돌아가기로 했다.

누군가와 대화할 수 있는 기분이 아니었다.

---

* 일본어로 사랑은 '아이'(愛), 용기는 '유키'(勇気)로 읽는다.

열차의 창가 자리에 앉아 밖을 바라본다.

빠르게 지나쳐가는 경치 가운데 바다가 보인다.

여름 햇살을 받아 반짝거린다.

파도가 거의 일지 않아 온화하다.

나기*다.

나기는 애니메이션이나 만화의 캐릭터의 이름이 아니라 '凪'라고 쓰는 거였다.

나기의 부모는 자신들의 딸이 오늘 이 바다처럼 온화하고 상냥한 사람으로 자라기를 소망하며 이름을 지었을 것이다.

그러면서 왜 아이를 학대했을까.

"아마미야." 옆에 앉은 그애를 본다.

"왜?"

"돕고 싶은 아이가 있어."

"누구?"

"만화 카페에서 지낼 때 알게 된 여자애. 도와준다는 말이 맞을지는 모르겠지만 그애가 안심하고 지낼 수 있게 해주고 싶어. 아직 십대인데 어디에도 의지할 사람이 없어."

내가 나기에 대해 얘기하는 동안 아마미야는 미간을 찌푸린다.

---

* 일본어로 '나기'(凪)는 해풍이 멎고 물결이 잔잔한 상태를 뜻한다.

"마음은 알겠는데, 어려울 것 같아."

"왜?"

"일단은 아직 너 자신이 완전히 회복됐다고 할 수 없어."

"그렇지 않아. 몸 상태도 좋고, 돈도 받을 수 있고, 일도 정해
졌으니까 괜찮아."

"침착하자고, 냉정해지자고 하루에 몇 번 생각해?"

"……그렇게 자주 생각하진 않아."

"전혀는 아니란 말이잖아. 네 감정이 차분하지 않고 냉정한 상
태가 아니라는 증거라고. 아까 먹은 멜론 같은 일이 있으면 또
패닉을 일으킬지도 몰라. 일을 하고 평범한 일상으로 돌아가면
네가 겪었던 일들이 떠오를 때마다 괴로울 거야."

"나 안 괴로워."

"그렇지 않아. 다시 만화 카페로 돌아가게 되면 어쩌나, 지금
도 생각하지? 그 불안은 계속 따라붙어."

"그러네."

"그리고 나기라는 아이의 경우는 너무 어려운 문제라 상당히
조심스럽게 접근해야 해. 아무것도 모른 채 지내는 편이 행복할
지도 모르니까."

"무슨 소리야?"

"우리가 평범하다고 여기는 삶으로 돌아가면 그애는 자신이

당했던 일과 혜택받지 못한 것들이 무엇인지 깨닫게 될 거야. 네 아버지보다 훨씬 끔찍한 부모에게 자랐다는 사실을 알게 될 거야. 그 고통은 나나 네가 헤아릴 수 있는 게 아니라고."

"그렇겠네."

"성적 학대를 당하거나 범죄 피해를 겪은 사람 중에 성적으로 문란해지는 경우가 있다고 들었어. 현실감각을 무디게 해서 자신이 당한 일이 별거 아니라고 여기고 싶어서 말이야. 그애의 경우엔 갑작스럽게 자기방식을 그만두고 현실을 직시하게 되면 자신이 지금까지 해온 일이 뭔지 깨달을 거야. 그러면 죽고 싶을 만큼 괴로움을 느낄지도 모른다고."

"그래도 지금 이대로보단 나아. 실은 나기 말고도 돕고 싶은 여자애들이 많아. 아직 내게는 힘든 일이겠지. 하지만 나기만큼은 내버려두고 싶지 않아."

"친절하게 대해주고 싶다는 자기만족이겠지."

"그럴지도 몰라. 하지만 보고도 못 본 척할 수는 없어."

반년 넘게 홈리스로서 생활하며 그녀들에 대해 알게 되었다. 지금도 여전히 그 거리에는 많은 여자들이 있다. 힘든 일을 겪고 있다는 걸 알면서도 나기를 그대로 두고 싶지 않다.

"제대로 생활할 수 있을 때까지 몇 년이나 걸릴 거야. 지원을 받고, 학교에 다닐 수 있게 되고, 겉으론 괜찮아진 듯 보여도 일

생 동안 계속 고민하게 될지도 몰라. 그동안 줄곧 함께해줄 수
있겠어?"

"괜찮아."

"정말이야?"

"나 혼자서만 같이 있어주는 게 아니야. 나기와 같은 아이들을
보호할 수 있는 환경을 만들고 싶어. 그러기 위해 의지할 수 있
는 사람이 지금 내 주변에는 많고."

"예를 들면, 나?" 아마미야가 자신을 가리킨다.

"물론이지."

"나도 복지과에서 근무하고 있지만 현실을 다 아는 건 아니야.
아무리 공부해도 모르는 일투성이고. 그래서 더욱 네 경험이 도
움이 될 거라고 생각해."

"그래!"

"하나만 약속해줘."

"뭔데?"

"혼자서만 너무 애쓰려고 하지 마. 나기의 일은 지즈루와 가미
야랑도 함께 고민해볼게."

"고마워."

나는 다시 창밖을 바라본다.

건물들이 점점 많아지면서 도쿄가 가까워진다.

도쿄에 도착하면 곧바로 나기를 데리러 가자.

영화관 앞에서 사라졌더라도 만날 수 있을 때까지 계속 찾을 것이다.

그녀를 생각함으로써 나도 구원받는다.

아마미야와 함께 나기도 나의 '신'이다.

홈리스가 된 스물여섯 살, 그녀가 소망하는 작은 구원의 길

국내에 처음 소개되는 작가 하타노 도모미는 2010년 『국도변의 패밀리레스토랑』으로 소설 스바루 신인상을 수상하며 데뷔한 이래, 우리 주변에서 볼 수 있는 다양한 인간 군상을 현실감 넘치게 묘사한다는 평가를 받고 있다. 『신을 기다리고 있어』는 작가의 그런 강점이 여실히 발휘된 소설이다. 감성에 호소하는 문장을 구사하기보다는 간결하고 구체적인 묘사를 통해 평범한 젊은 여성이 직장을 잃고 경제적으로 추락해가는 과정과 그 속에서 마주친 빈곤 여성의 세계를 사실적으로 그려내고 있다.

대학 졸업 후 문구회사에서 계약직 사원으로 일하는 스물여섯 살의 미즈코시 아이. 회사는 계약이 종료되는 시점에 정규직 전환을 검토하기로 했으나 막상 때가 되자 경영 악화를 이유로 약속을 어긴다. 이후 아이는 실업급여를 받으면서 재취업을 준비하지만 좀처럼 정규직 채용의 기회를 얻지 못하고 집세조차 낼 수 없는 형편이 된다. 결국 살던 집에서 나와 홈리스가 된 그녀는 24시간 만화 카페에서 밤을 보내며 일일 아르바이트를 전전하다가, 낯선 남자와 데이트를 해주고 대가를 받는 이른바 즉석 만남으로 돈벌이를 하는 상황에 이른다. 순식간에 빈곤에 집어삼켜진 삶은 전혀 다른 방향으로 흘러가고 이전의 생활로 돌아가는 것은 더욱 요원한 일처럼 보인다.

작가는 순식간에 빈곤의 나락으로 곤두박질치는 아이의 삶을 밀착 취재하듯 리얼하게 그려내는 동시에, 싱글맘 사치와 가출 청소년 나기 등 다양한 사연을 지닌 인물들을 통해 빈곤 여성의 현실과 그 이면에 감춰진 문제점을 직시하게 한다.

더불어 이 소설은 작가의 경험을 토대로 쓰였다. 대학 졸업 후 작가로 데뷔하기까지 십 년 넘게 아르바이트로 생활하면서 겪었던 경제적 불안과 생활고가 자연스레 소설의 주제로 이어진 것이다. 아이가 일일 아르바이트로 도쿄 외곽의 창고에 가서 아동복을 검수하는 일이나 가정을 돌보지 않는 이기적인 아버지의 모습 등이 유독 생생하게 와닿는 이유가 여기에 있다.

『신을 기다리고 있어』에서 표면적으로 의미하는 '신'은 지극히 현실적인 존재다. 일본 사회에서 실제로 사용되는 은어이며, 갈 곳 없는 여성을 재워주는 대가로 성관계를 요구하는 남성을 지칭한다. 그러나 도저히 구원의 길이 보이지 않는 좌절의 나날을 경험하는 아이는 빈곤 여성들과의 가능한 연대를 통해 엉터리가 아닌 서로에게 진정한 신이 되어주는 길을 모색하고자 한다.

작가는 아이의 입을 빌려 "진짜 빈곤이란 돈이 없는 것이 아니라, 의지할 사람이 없는 것"이라고 말한다. 일자리를 잃고 집세를 낼 수 없어 홈리스가 될 위기에서도 도움의 손길을 구할 곳 없는 사람들이 분명히 존재한다. 아이 역시 그렇다. 가족은 절연한 상태나 다름없고, 자신의 처지를 솔직하게 털어놓고 도움을 요청할 친구도 없었다. 그리고 누군가에게는 홈리스가 될 결심보다 타인에게 자신의 처지를 드러내는 게 더 큰 용기가 필요한 일일지도 모른다.

빈곤은 개인의 사정으로 치부할 '남의 일'이 아니라 우리가 더불어 살아가기 위해 함께 고민해야 하는 사회적 문제다. 빈곤의 늪을 벗어나기 위해서는 스스로를 좀먹지 않고 최소한의 인간다운 삶을 누릴 수 있도록 도움의 손길을 내밀어줄 존재가 필요하다. 그것이 바로 진정한 신이 아닐까.

김영주

지은이 **하타노 도모미**

1979년 도쿄 출생. 2010년『국도변의 패밀리레스토랑』으로 제23회 소설 스바루 신인상을 수상하며 데뷔했다.『바다가 보이는 마을』과『남부예능사무소』로 요시카와 에이지 문학신인상 후보에 연이어 호명되었다. 도시 여성들의 고단한 일상을 섬세하게 그린『감정 8호선』의 드라마화로 주목받았고, 본인의 경험을 바탕으로 여성 홈리스의 삶을 그린『신을 기다리고 있어』로 일본 사회에 반향을 일으켰다. 꾸준한 집필 활동을 통해 젊은 세대와 여성의 삶을 중심으로 다채로운 이야기를 선보이고 있다.

옮긴이 **김영주**

상명대학교 일어교육과를 졸업하고 한국외국어대학교 대학원에서 일본 근현대문학으로 석사과정을 졸업했다. 현재 대학에 출강하며 전문 번역가로 활동하고 있다. 옮긴 책으로『결국 왔구나』『세 평의 행복, 연꽃 빌라』『일하지 않습니다』『구깃구깃 육체백과』『시간을 달리는 소녀』『태양의 노래』등이 있다.

문학동네 세계문학
신을 기다리고 있어

초판 인쇄 2020년 4월 7일 ｜ 초판 발행 2020년 4월 16일

지은이 하타노 도모미 ｜ 옮긴이 김영주 ｜ 펴낸이 염현숙

책임편집 고선향 ｜ **편집** 허하나 이현정
디자인 엄자영 최미영 ｜ **저작권** 한문숙 김지영 이영은
마케팅 정민호 이숙재 양서연 박지영
홍보 김희숙 김상만 지문희 우상희 김현지
제작 강신은 김동욱 임현식 ｜ **제작처** 영신사

펴낸곳 (주)문학동네
출판등록 1993년 10월 22일 제406-2003-000045호
주소 10881 경기도 파주시 회동길 210
전자우편 editor@munhak.com ｜ 대표전화 031) 955-8888 ｜ 팩스 031) 955-8855
문의전화 031) 955-3578(마케팅) 031) 955-1917(편집)
문학동네카페 http://cafe.naver.com/mhdn ｜ 트위터 @munhakdongne
북클럽문학동네 http://bookclubmunhak.com

ISBN 978-89-546-7131-6 03830

잘못된 책은 구입하신 서점에서 교환해드립니다.
기타 교환 문의 031) 955-2661, 3580

www.munhak.com